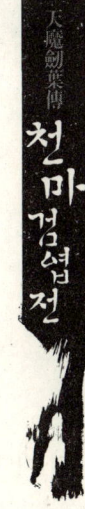

天魔劍葉傳
천마검섭전

임준후 新무협 판타지 소설
FANTASTIC ORIENTAL HEROES

천마검엽전 3
임준후 新무협 판타지 소설

초판 1쇄 찍은 날 § 2009년 11월 13일
초판 1쇄 펴낸 날 § 2009년 11월 20일

지은이 § 김강현
펴낸이 § 서경석

편집장 § 문혜영
편집책임 § 정서진
편집 § 주소영

펴낸곳 § 도서출판 청어람
등록번호 § 제1081-1-89호
등록일자 § 1999. 5. 31
어람번호 § 제2-1845호

주소 § 경기도 부천시 원미구 심곡2동 163-2 서경B/D 3F (우) 420-822
전화 § 032-656-4452 팩스 § 032-656-4453
http://www.chungeoram.com
E-mail § eoram99@chollian.net

ⓒ 임준후, 2009

ISBN 978-89-251-1995-3 04810
ISBN 978-89-251-1954-0 (세트)

※ 파본은 구입하신 서점에서 교환하여 드립니다.
※ 저자와 협의하여 인지를 붙이지 않습니다.
※ 이 책은 도서출판 청어람과 저작자의 계약에 의해 출판된 것이므로,
   무단 전재 및 유포·공유를 금합니다.

天魔劒葉傳

천마검엽전

임준후 新무협 판타지 소설

FANTASTIC ORIENTAL HEROES

철혈무정로 1부

③

目次

第一章　　　　7
第二章　　　　45
第三章　　　　89
第四章　　　　137
第五章　　　　169
第六章　　　　195
第七章　　　　223
第八章　　　　253
第九章　　　　281

第一章

적의 숫자는 백삼십여 명.
무맹 측은 백사십오 명.
숫자는 비슷했다.
산운전에서 전해준 정보대로라면 양측 무사들의 무위도 비슷한 수준.
그렇다면 싸움은 기세가 강한 측이 유리했다.
무맹 측은 암습을 당하며 스물일곱 명의 무사를 잃었지만 적은 더 많은 무사를 잃었다.
기세가 쳐질 까닭이 없었다.
더욱이 무맹은 수성하는 입장이었고, 적이 반드시 통과해야 하는 계곡의 입구는 폭이 칠 장에 불과해 그곳을 지나가는 동안 공격하는 쪽은 적지 않은 손실을 각오해야 했다.

무사들의 수, 지형, 사기 모두 군림성에 유리한 점이 없었다. 그럼에도 치달려 오는 군림성의 기세는 심상치 않았다.

검엽은 눈살을 찌푸렸다.

적에게서 느껴지는 무엇인가가 그의 마음을 불편하게 만들고 있었다. 말 그대로 불편했다. 두려움이나 공포는 아니었다. 적의 기세가 사납기 때문만도 아니었다.

하지만 그것의 정체를 알 수는 없었다.

검엽은 혀를 찼다.

그가 자신을 불편하게 만드는 것이 무엇일까 궁리하는 그 짧은 와중에 적의 선두는 무서운 속도로 접근해 무맹의 선두와 충돌하고 있었다.

나서서 적과 손을 섞고 싶은 마음이야 당연히 없었다. 그렇다고 의문의 해답이나 구하고 있을 만큼 한가하지도 않았다. 아차 하면 눈먼 적의 칼에 고혼이 될 수도 있는 것이다.

첫 격돌의 주인공들은 남악산 분타주 절혼도 곡우와 정남 지부장 심중탁이었다.

곡우의 성명절기 절혼도가 거친 파공성과 함께 심중탁의 목을 노렸고, 심중탁은 평생을 고련한 벽옥수로 곡우의 공세를 마중했다.

두 사람의 무공은 백중세였다.

곡우의 절혼도에 담긴 힘은 무거웠다. 그러나 벽옥수를 압도하지는 못했다.

몇 초 안에 결판이 나기는 어려운 싸움이었다.

심중탁에게서 심안을 거둔 검엽은 좌로 반보를 이동했다.

쏴와악.

그가 서 있던 자리를 날이 두터운 대감도 한 자루가 수직으로 훑고 지나갔다.

소름끼치는 살기가 대감도를 따라 흘렀다.

검엽은 정신이 번쩍 들었다.

위협적인 공격은 아니었다. 하지만 전장에 있다고 실감하기엔 충분했다.

검엽의 송곳처럼 모아진 손끝이 수직으로 공간을 가른 대감도의 측면을 때렸다.

쩡.

두터운 대감도의 날이 활처럼 휘어지며 도를 든 군림성 무사의 어깨가 파도처럼 일렁였다.

우두둑.

대감도를 쥔 무사의 오른팔이 기형적으로 부러지며 덜렁거렸다.

그리고 놀람이 검엽의 마음을 사로잡았다.

군림성 무사는 팔이 부러졌음에도 비명을 지르지 않았다. 표정의 변화도 없었다. 고통과 두려움 대신 눈에 드리워진 적의와 살기가 더 짙어졌을 뿐이다.

그는 팔이 부러지는 순간 성한 왼손으로 대감도를 옮겨 잡은 후 지체없이 도를 사선으로 베어 내렸다.

그것이 검엽을 놀라게 했다.

군림성 무사의 인내심과 투지도 놀라웠지만 그보다 그를 놀라게 한 것은 적이 그를 공격하면서도 기세가 전혀 위축되지 않고 있다는 데 있었다.

사공과 마공을 익힌 자들에게 천적이라 할 수 있는 지존신마기가 통하지 않고 있는 것이다.

'…이놈들 이상한데?'

검엽은 신마기를 통제할 수 있는 능력이 없었다. 신마기를 통제할 수 없는 이상 그를 상대하는 사마공을 익힌 자들은 반드시 그 영향하에 노출된다. 무공의 고하와는 상관없이.

그런데 신마기의 영향권하에 있어야 할 자가 영향을 받지 않고 있었다.

그가 느꼈던 불편함의 정체가 바로 그것이었다.

상황에 걸맞지 않는 호기심이 검엽을 사로잡았다.

"군림성의 개들, 죽어라!"

챙챙챙.

"으아악!"

"이거나 먹엇!"

"지옥으로 보내주마!"

"크윽!"

병기와 병기가 부딪치는 소리, 욕설과 기합이 어지럽게 전장을 뒤흔들었다. 그 와중에 간간이 터지는 처절한 비명이 싸움에 임한 무사들의 등골을 서늘하게 적셨다.

양측이 격돌하는 초반의 기세는 우열을 가리기 힘들 정도로 비슷했다. 이곳에 투입된 무사들은 무공과 경험이 풍부한 정예에 속하는 자들이다.

게다가 지키는 자들이나 공격하는 자들이나 혼신을 다해서 싸움에 임하고 있었다. 절박하긴 매한가지였으니까.

패배를 인정하고 물러나지 않는 한 패한 쪽은 죽음이 예정되어 있는 싸움이었다.

그러나 반 각도 지나기 전 무맹은 계곡 안쪽으로 오 장 가까이 밀려났다.

식은땀을 미처 닦지도 못하며 어깨로 떨어지는 곡우의 칼날을 피한 심중탁은 석 자 뒤로 물러났다. 그도 수하들과 함께 뒤로 밀리고 있었다.

곡우 때문이 아니었다.

짧은 시간 동안 그의 좌우에서 적을 맞이한 수하 이십여 명이 쓰러졌다. 그는 군림성 무사들에게 포위될 상황에 처했고 어쩔 수 없이 물러나야 했던 것이다.

군림성 무사들의 투혼은 경이로울 정도였다.

가슴을 꿰뚫은 칼날을 손으로 움켜쥐고 각법을 날리는 자, 다리가 잘려 바닥에 쓰러진 상태에서도 칼을 휘둘러 무맹 무사의 발목을 벤 자, 양 손목이 잘리자 이빨로 적의 목을 물어뜯는 자…….

비명을 지르는 자는 전부가 무맹 무사들이었다. 군림성 무사들은 팔다리가 잘려 나가도 비명을 지르지 않았다. 오히려 살기를 더 크게 피워 올릴 뿐이었다.

실전 경험이 풍부한 무맹 무사들조차 예상치 못했던 적의 사력을 다한 기세에 눌렸다.

심중탁조차도 사정없이 가슴이 떨릴 정도였는데 휘하의 무맹 무사들이야 오죽하겠는가.

공포가 무맹 무사들의 눈에 스며들고 있었다.

심중탁은 패배를 예감했다.

피아 간 무공의 차이는 크지 않았다. 그러나 기세는 상대가 되질 않는 것이다.

기세의 차이는 몸놀림의 차이로 나타나고 있었다. 두려움에 짓눌린 무맹 무사들의 몸이 굳어지면서 손발이 느려졌다. 시간이 갈수록 죽어가는 무사들의 숫자가 빠르게 늘어갔다.

열흘의 암습으로 누적되었던 무사들의 피로는 뒤이은 열흘의 평화로운(?) 밤 덕분에 거의 다 회복되었다. 지금 그들의 손발이 굳는 것은 누적된 피로 때문이 아닌 것이다.

싸움이 시작되기 전 적의 양동 작전을 염려해 보냈던 무사들도 합류했다. 우회하는 적이 없음을 확인한 후였다. 그러나 그들의 합류가 싸움의 양상에 변화를 주지는 못했다. 단지, 죽어가는 무사의 수를 늘렸을 뿐이었다.

무맹 측의 무사들 중 적의 놀라운 기세로부터 자유로운 사람은 채 열 명도 되지 않았다.

심중탁과 관열, 육자홍, 봉유종, 담천우, 방건, 심익수, 운호강, 헌원미림 그리고 검엽 정도였다.

무맹 측에서 발군의 실력을 보여주는 사람은 헌원미림이었다. 그녀는 바람처럼 표홀한 보법과 놀라운 검법으로 적을 상대했는데, 그녀의 검에 쓰러진 자가 벌써 다섯을 넘었다.

그러나 그녀가 움직이는 공간도 시간이 지나며 좁아졌다.

개인의 싸움보다 더 기세의 영향을 크게 받는 것이 집단전이다. 기세가 죽으면 압도적인 전력을 갖고도 패하는 경우가 비일비재하다.

지금처럼 비슷한 전력을 지닌 무리의 싸움에서 어느 한쪽의 기세가 확연하게 죽어버리면 그 무리에 속한 뛰어난 자들조차 자신의 기세를 유지하기 어렵다.

무맹 무사들이 느끼는 공포가 그녀의 기세에도 영향을 미친 것이다.

지금의 싸움은 검엽이 무창과 막간산의 싸움에서 얻은 깨달음을 적용한 최초의 싸움이라고 할 수 있었다.

그는 싸움에 임할 때 처음부터 최선을 다하라는 이천룽의 가르침을 일단 마음의 무저갱에 묻어버렸다.

그 가르침은 무창에서 효과를 보았다. 하지만 다수를 상대한 막간산 싸움에서는 죽을 뻔했다. 막간산의 싸움 이후 그는 상대의 무공과 숫자를 고려해서 힘의 배분을 달리해야 한다는 걸 분명하게 깨달았던 것이다.

이천룽 또한 말은 그렇게 했어도 검엽이 실전에 임했을 때 그의 가르침대로 움직일 거라 생각을 했던 건 아니었다. 그가 전해주려 했던 것은 싸움에 임할 때의 마음가짐에 가까웠는데, 검엽은 그 말을 액면 그대로 받아들였다.

다섯 노야와 운려를 제외하면 누구와도 교류를 하지 않고 완전히 고립되다시피 한 생활을 했던 까닭에 어리석을 만큼 고지식한 면도 있는 검엽의 착오였다.

그가 깨달은 것은 강호의 이류무사도 비웃을 정도로 간단한 것이었다. 그러나 그것을 깨달은 사람이 검엽이었다. 그래서 그 작은 깨달음이 싸움에 적용되었을 때의 효과는 상상을 초월했다.

검엽이 창안한 암천부운행은 다섯 노야가 전수한 여러 가지 보법을 기초로 구환공의 요결을 더한 것이다. 다섯 노야의 보법 중 가장 중요한 요결로 삼은 보법 두 가지는 구양문의 귀왕보(鬼王步)와 노굉의 개산보(開山步)였다.

귀왕보의 은밀함과 개산보의 순간적인 접근은 강호일절이라 할 만큼 탁월했다. 게다가 암천부운행에 비하면 내력의 소모가 적어 더할 나위 없이 효과적이었다.

 검엽은 철퇴를 휘두르는 적의 궤적 안으로 스며들 듯 뛰어들었다.

 군림성 무사는 철퇴를 종이 한 장 차이로 흘리며 자신과 석 자 거리까지 다가서는 검엽의 움직임을 놓쳤다. 그의 능력으로는 불가항력이었다.

 내뻗은 적의 오른팔을 좌측 겨드랑이 사이에 끼운 검엽의 왼팔 상박이 가슴 안쪽으로 비틀리며 솟아올랐다.

 우두둑.

 무사의 왼팔이 수수깡처럼 부러져 나갔다.

 직후 검엽의 오른 주먹이 무사의 가슴을 무서운 속도로 후려쳤다.

 초식은 개산권의 질초인 일권개산의 형이었지만 내력의 운용이 달랐다. 노굉의 개산권은 패권의 일종으로, 내부만을 부수는 암경을 잘 쓰지 않는다.

 하지만 무사의 가슴에 닿는 순간 폭발하듯 몸 안으로 쏟아져 들어가는 경력은 암경의 백미라 할 수 있는 내가중수법의 묘리를 따른 것으로, 이는 개산권에 추뢰섬전수의 무리를 접목해 가능해진 것이었다.

 삼류 무공도 아닌 개산권과 추뢰섬전수와 같은 절학의 융합이 쉬울 리 없다. 무리가 틀리고 내력 운용 방법이 아예 다른 무공들이었다. 그러나 검엽은 그것을 가능하게 만들었다.

그의 천재성과 천하 무공의 이치가 오롯이 담긴 구환공의 결합 덕분이었다.

만약 이들 무공을 융합시킨 초식이 실전에서 사용되었다는 것을 이천릉과 노굉이 알게 된다면 어떤 표정을 지었을까.

증오와 살기로 넘치던 무사의 눈에서 빛이 사라진 것은 찰나였다. 무사의 투혼은 놀라운 것이었지만 그의 능력으로는 내가중수법을 견딜 수 없었다. 그는 오장육부가 으스러지며 즉사한 것이다.

세 명째다.

검엽이 무사의 팔을 놓자 그의 몸은 모래성처럼 허물어졌다.

'수련이 효과가 있긴 있구만.'

그동안 가용 가능한 시간을 무공 수련에 투자한 보람이 있었다. 막간산에서보다 적을 상대하기가 한결 수월했다. 적이 혈조사마보다 약하기도 했지만 당시에 비해 그는 더 많은 여유를 느끼고 있었다.

철퇴를 쓰는 무사가 쓰러진 자리는 곧 메워졌다. 두 자루의 검이 그의 목과 허리를 횡으로 베어왔다.

그 와중에도 검엽의 심안은 주변에서 벌어지는 싸움을 순간순간 훑었다.

그는 무맹의 무사들보다 일 장을 더 후퇴했다.

혼자 될 이유가 없었고, 살펴봐야 할 것들이 있었기 때문이다.

귀왕보로 검격을 피한 그의 머릿속은 혼란스러웠다.

'눈의 초점이 제대로인 걸 보면 정신이 혼미하지 않은 건 분명해 보이는군. 제정신을 유지하면서 두려움과 통각 기관을 마비시킨 건가? 감각 중에 통각 기관만 마비시키는 약물이 있다는 얘기는 들어보지 못했는데… 고통을 느끼지 못하면 두려움도 줄긴 하겠지만 저들은 아예 두려움을 느끼지 못하는 걸로 보인다. 게다가 상대의 살기가 강해질수록 자신의 살기와 투지도 강해지는 듯하고… 약물인가 아니면 제혼술(制魂術)인가?'

무맹 측 인물 중 군림성 무사들에게 의혹을 가진 사람은 보이지 않았다. 검엽을 제외하면 그럴 여유가 있는 사람 자체가 없기도 했고.

적들이 지존신마기의 영향을 받지 않고 있다는 것을 몰랐다면 검엽도 그저 적이 군림성의 정예이고 가혹한 수련을 받은 자들이라 생각했을 것이다.

하지만 적이 신마기의 영향을 거의 받지 않는다는 것을 안 후 그는 적당히 적의 공세를 받아내면서 살피는 것에 주력했고, 이상한 점을 찾아낼 수 있었다.

'괴이쩍은 건 무맹뿐만이 아니었군. 이놈이나 저놈이나 뭐가 이리 복잡하냐…….'

검엽은 미간을 찌푸리며 투덜거렸다.

물론 속으로.

그 순간에도 무맹 무사들은 짚단처럼 쓰러지고 있었다. 파도에 밀리는 조각배를 연상시킬 정도로 허무하게.

심중탁과 봉유종 등이 결사항전의 자세로 적을 막고 있지 않았다면 군림성은 파죽지세로 무맹을 휩쓸었을 것이다.

그러나 그들도 서서히 한계가 보였다.

숨이 거칠어지고 보법이 둔해졌다. 그 변화는 미미했지만 곡우의 눈을 피하지는 못했다.

물먹은 솜처럼 늘어지던 곡우는 솟아나는 힘을 느꼈다. 심중탁의 벽옥수가 위력을 잃어가고 있다는 걸 눈치챌 수 있었기 때문이다.

"우하하하하하, 정남은 우리 땅이다!"

그는 통쾌한 웃음과 함께 칼을 휘둘렀다. 싸움이 시작되었을 때와 다름없는 맹렬한 도풍이 심중탁을 찔러갔다.

심중탁은 이를 악물었다.

싸움은 어이없을 정도로 일방적으로 진행되었다.

시작된 지 이각여 만에 오십이 넘는 부하들이 죽었다. 적은 이십 명가량이 죽었을 뿐이었다. 그리고 시간이 갈수록 무맹 측 사상자는 급속하게 늘어나고 있었다.

도저히 받아들일 수도, 이해할 수도 없었지만 현실이었다. 과거 이곳에서 이루어졌던 어떤 싸움도 이렇게 일방적으로 진행된 전례가 없었다. 그는 마치 절정고수로 이루어진 초정예 무사 집단과 싸우는 기분이었다.

하지만 적들의 무공 수준이 느낌처럼 그렇게 강하지 않다는 걸 그도 알고 있었다. 그렇게 느껴지는 건 적들의 투혼이 가공할 정도로 강하기 때문이었다.

쩡!

곡우의 절혼도와 심중탁의 벽옥수가 다시 부딪쳤다.

그는 반탄력을 이용해 석 자를 물러났다. 그 틈을 이용해 다시 주변을 훑어본 그는 속이 타들어갔다.

계곡의 입구는 폭 칠 장에 길이 이십 장가량이다. 그곳을 벗어나면 바로 분지 지형이다. 입구를 제외하면 삼면이 막힌 지형. 농성이 가능한 구조가 아니었다.

계곡의 입구 방어는 용이하지만 안으로 밀리면 독 안에 든 쥐처럼 몰린 채 사냥당하게 된다.

그는 결심을 해야 할 시간이라는 것을 깨달았다.

입구를 완전히 내어주면 그들은 전멸할 수밖에 없었다. 적의 대열을 뚫고 나가는 와중에 큰 피해를 입을 것은 자명했지만 전멸을 당하는 것보다는 나았다.

정남지부장은 적과의 싸움에서 패배를 예감했을 때 전력을 보존해야 했다.

정남을 차지했다고 영원히 정남의 주인이 되는 것이 아닌 이상 후일의 반격을 위한 전력 보존은 지부장의 중요한 임무

가운데 하나인 것이다.

그는 이를 갈며 소리쳤다.

"내가 길을 뚫겠다. 관열과 육자홍은 나를 받치고 헌원미림과 고검엽은 정면 좌우를 막아라. 나머지는 그 뒤를 따른다. 목숨을… 아껴라. 살아서 보자!"

그의 마지막 말은 맹수가 포효하는 것처럼 들렸다. 참혹한 자괴감이 떠도는 외침이었다.

심중탁의 지시가 떨어지자마자 검엽의 신형이 심중탁의 뒤에 나타났다.

부운탐섬이었다.

그를 향해 칼을 휘두르던 군림성 무사는 허깨비처럼 검엽이 사라지자 눈을 휘둥그레 떴다. 그의 등골에 소름이 쭈욱 돋았다. 움직이는 기척을 완전히 놓친 것이다.

심중탁의 뒤에 홀연히 나타난 검엽의 모습에 경악한 곡우의 칼이 흔들렸다. 그도 기척을 느끼지 못한 것이다. 나타난 곳이 심중탁의 뒤가 아니라 그의 뒤였다면 이미 죽었을 것이었다.

안색이 허옇게 뜬 곡우의 칼이 멈칫거리는 순간 심중탁의 벽옥수가 태풍처럼 곡우를 쓸어갔다. 생사를 도외시한 심중탁의 공격에 곡우는 다섯 자나 뒤로 물러나야 했다.

물실호기(勿失好機).

곡우가 물러나며 생긴 공간과 짧은 시간이 무맹 측에 진형을 정돈할 시간을 주었다.

 무맹 무사들이 훈련이 잘된 무사들임은 위기 상황에서 잘 드러났다. 심중탁의 지시에 따른 진형이 이루어지는 데는 숨 몇 번 들이마실 시간밖에 걸리지 않은 것이다.

 죽어가는 자들이 속출하면서도 심중탁이 전면에 나선 삼각 형태의 진형이 만들어졌다.

 심중탁이 앞에 서고 그 좌우에 관열과 육자홍이, 그들과 어깨를 나란히 하고 헌원미림과 검엽이 섰다. 그리고 그들의 반 보 뒤에 봉유종 등의 다섯 명이 섰다.

 뒤로 갈수록 두터워지는 진형이었다.

 무맹의 진형이 바뀌자 군림성의 진형도 바뀌었다. 그들은 중앙이 움푹 들어간 초승달 형의 진형을 만들었다.

 정면에 곡우가 서고 부하들이 무맹 무사들을 좌우에서 감싸 안 듯 포위하는 진형이었다.

 무력의 차이가 압도적으로 난다면 무맹은 군림성의 삼면 포위 공격에 압사당할 수밖에 없었다. 그렇게 되지 않으려면 무조건 정면을 뚫어야 했다.

 다급한 상황이 이어졌다.

 무맹 측 무사들의 얼굴은 돌처럼 굳었고, 두려움과 긴장 때문에 눈은 시뻘겋게 충혈되었다.

 하지만 예외는 있었다.

 검엽과 헌원미림이었다.

헌원미림은 시종일관 차분한 표정이었는데 어디에서도 두려움을 찾아볼 수 없었다. 마치 생사를 초탈한 듯한 모습. 실제로 그럴 리는 없었으니 그녀의 수양이 얼마나 깊은지 알 수 있게 해주는 모습이었다.

하지만 아쉽게도 무맹의 무사들 중 그녀를 주의 깊게 볼 마음의 여유를 가진 사람은 없었다.

검엽의 분위기도 처음과 다를 바 없었다. 아니, 변화는 있었다. 싸우기 전보다 운신에 더욱 여유가 있었다.

매번 적의 공세는 종이 한 장 차이로 그를 스쳐 지나갔다. 그는 적보다 빨랐지만 그 차이는 반 호흡에 불과했다. 옆에서 볼 때는 아슬아슬하지만 당사자는 전혀 위험을 느끼지 못했다.

마치 아이가 덤벼드는 것을 아래로 내려다보며 느긋하게 피하는 어른과 같다고나 할까.

이번 싸움으로 검엽은 자신이 막간산에서보다 강해졌다는 것을 분명하게 느끼고 있었다. 자신이 전력을 다한다면 전세를 뒤집을 수 있을 거라는 자신을 할 만큼 그 느낌은 강했다.

적의 공격은 긴장을 하는 게 의미없다고 여겨질 정도로 느렸다.

그 의미는 작지 않았다.

적의 초식은 어떻게 변화하든 그의 심안을 피하지 못했던 것이다.

그리고 절정에 다다르지 못한 자들이 가지는 한계, 변화와 변화의 틈새에 존재하는 파탄도 그의 심안은 잡아냈다. 느리게 움직이는 초식의 파탄을 찾아내는 것은 어렵지 않은 일이었다.

세 명을 죽이고 십여 명의 공세를 피하며 그는 언제든 자신이 마음먹는 순간 적을 죽일 수 있다는 것을 알았다.

그의 심안은 적의 파탄을 잡아낼 수 있었다. 그리고 파탄이 드러나는 찰나의 순간 적을 쓰러뜨릴 수 있는 능력도 있었다.

하지만 검엽은 적의 공세를 최대한 피하며 적당히 균형을 무너뜨리는 데만 신경 쓸 뿐 적을 죽이는 데는 별반 노력을 기울이지 않았다. 그럴 필요를 느끼지 못했기 때문이다.

그의 마음은 무맹을 떠나던 때나 지금이나 한 치도 변하지 않았다.

잘린 팔다리가 나무토막처럼 굴러다니고 수십 명이 시체가 되었다. 중상을 입은 자들의 신음 소리가 끊임없이 울려 퍼졌다. 게다가 피가 냇물처럼 흐르는 지면은 흙이 제대로 보이지 않을 정도로 붉게 물들었다.

그러나 검엽의 심안은 이 모든 것을 한 걸음 물러나 바라보고 있었다.

그는 방관자였다.

이 싸움은 그의 싸움이 아닌 것이다.

진형이 변화하는 잠깐 동안 느슨해졌던 싸움은 다시 격렬해졌다.
 죽이려는 자들과 살고자 하는 자들의 싸움이었다.
 양측 모두 목숨을 걸고 있었고, 손에 사정을 두지 않았다.
 허점을 드러내는 순간 생사가 갈렸다.
 검광과 도광이 빛무리를 이루었다.
 챙챙
 "으아아악!"
 서걱.
 "크윽!"
 우두둑.
 살이 갈라지는 소리, 뼈가 부러지는 소리, 그리고 처절한 비명과 신음 소리가 구천에 사무쳤다.
 선두에서 피 칠갑을 한 몰골로 사력을 다하는 심중탁의 분전이 스러지던 무맹의 사기를 어느 정도 되살렸다.
 무맹은 물러났던 공간을 되찾았고, 살아날 희망을 본 무사들은 군림성 무사들에 못지 않은 투혼을 발휘하기 시작했다.
 칠 장밖에 되지 않는 입구의 폭이 무맹 무사들을 도왔다. 십여 장을 전진했던 군림성 무사들은 그들을 뚫고 나가려는 무맹 무사들이 처음 임했던 것과 입장이 같아졌다.
 방어하는 측이 된 것이다.
 검엽은 철벽처럼 우측을 방어하면서 한 걸음씩 앞으로 전진했다. 그를 공격하는 자들은 다른 곳을 공격하는 자들에 비해 많이 흥분된 표정들이었는데 사정을 알고 보면 그럴 만도 했다.

그들의 공격은 검엽의 몸에 적중할 듯하면서도 여지없이 흘러 버렸다. 이런 상황이 수십 번이나 반복되자 분노와 짜증이 겹쳐 흥분되어 버린 것이다.

그리고 그들의 반응을 보며 검엽은 자신의 추측을 확신으로 바꿀 수 있었다.

군림성의 무사들은 일류라 불려도 손색이 없는 고수들이었다. 그 수준이라면 그의 철벽과도 같은 방어에서 무공의 격차를 알아차려야 했고, 그들이 보일 반응은 짜증이 아니라 두려움이어야 했다.

두려움은 자신을 보호하기 위한 본능이다. 용기있는 자는 두려움을 극복하는 자이지 아예 느끼지 못하는 자가 아니다. 두려움을 이에 느끼지 않는다면 그건 정상이 아닌 것이다.

찔러오는 창날의 측면을 손가락으로 눌러 옆으로 흘린 검엽은 어이없어하는 듯한 적의 얼굴을 무시한 채 군림성 진형의 뒤편을 심안으로 훑었다.

무맹이 삼각 진형으로 바꾸어 앞으로 전진하는 시점부터 강렬한 기운이 그의 감각을 건드렸었다. 그것은 적아를 막론하고 누구에게서도 느끼지 못했던 기운이었고, 그렇게 받아들일 수밖에 없을 정도로 강렬했다.

헌원미림의 기세가 그에 근접할 뿐 무맹 측 무사 중에는 그와 같은 기운의 소유자가 없었다.

검엽의 심안은 전장에서 이십여 장 떨어진 곳에 서 있는 장대한 체구의 도를 등에 맨 장년인과 검을 손에 든 혈의복면인을 포착할 수 있었다.

'저 복면인, 낯이 익은데?'

검엽은 내심 고개를 갸웃했다. 스치듯 지나친다 해도 한 번 본 것은 잊으려야 잊을 수 없는 기억력을 소유한 그다. 그는 의혹을 느낀 순간 복면인을 어디서 보았는지 기억해 냈다.

'맞아, 마지막 날 살아 돌아갔던 암습자… 솜씨가 상당했는데, 단순한 암습자가 아니라 요인이었던 모양이로군.'

혈의복면인은 암습의 마지막 날 침입했던 자였다. 그와 헌원미림이 지키던 장소와 거리가 있는 곳으로 침입한 탓에 손을 섞지는 못했지만 포위망을 단숨에 돌파하며 되돌아가던 그의 모습은 꽤나 인상적이었다. 검엽은 혈의복면인이 그 암습자라고 확신했다.

사람은 모두 기운이 다르고 기도 또한 달랐다. 그리고 검엽은 그것을 잡아낼 감각과 결코 잊지 않는 기억력을 갖고 있었다.

복면인이 암습자였다는 것은 흥미를 끌 만한 일이었다. 그러나 그에 대한 검엽의 흥미는 눈 몇 번 깜박거리기도 전에

식었다. 복면인의 옆에 서 있는 장년인 때문이었다.

복면인의 기도 또한 놀라웠지만 장년인에 비할 바는 못되었다.

다섯 자가 넘어 보이는 거도(巨刀)를 등에 맨 장년인은 전장을 바라보며 뒷짐을 지고 서 있었다. 호수처럼 깊고 흔들림이 없는 눈빛이 인상적인 사내였다.

검엽의 미간에 그늘이 졌다.

'빌어먹을, 저 인간은 또 누구야? 만만치 않은 자다…….'

장년인의 기세는 검엽을 긴장시킬 정도로 강했다. 그는 조금 전 자신이 전력을 다한다면 전황을 뒤집을 수도 있을 거라는 자신감을 슬그머니 지웠다.

기세로 읽은 장년인의 무공은 그보다 하수가 아니었다.

검엽의 심안이 장년인, 초인겸을 포착하는 순간 초인겸도 검엽을 보고 있는 중이었다.

그는 전장에서 거리를 두고 전체를 바라보는 상태였기에 다른 사람들이 보지 못하는 검엽의 움직임을 놓치지 않고 볼 수 있었다.

그의 입매가 슬쩍 비틀렸다.

호기심과 맹렬한 적의가 그 입매에 종유석처럼 매달렸다.

자신이 쏘아 보낸 살기가 검엽의 전면에서 아지랑이로 화해 날아가 버리는 걸 느낀 그였다. 더구나 무맹의 선두는 군림성의 전면 포위망을 뚫기 직전이다.

기분이 좋을 리 없었다.

한 몸이 되어 싸우고 있는 무맹 무사들의 수는 대략 육십여 명. 그들은 구십여 명의 사상자가 났다. 그에 비해 군림성 무사의 수는 일백여 명, 사상자의 수는 사십여 명에 불과했다.

사상자의 수는 반이었고, 남은 무사의 수는 거의 두 배에 달했다. 게다가 그가 베푼 안배까지 더해진 상황이다. 그럼에도 군림성의 진형이 뚫리려 하고 있었다.

선두에 선 심중탁과 관열, 육자홍의 분전 때문이었다.

초인겸은 뒷짐을 진 채 가볍게 턱짓을 했다.

반사적이라고 할 수 있을 만큼 빠른 속도로 혈의복면인이 신형을 날렸다.

움직임과 동시에 날 길이가 석 자에 달하는 검을 빼어 든 복면인의 움직임은 물이 흐르듯 자연스러웠다.

이십 장의 거리가 네 걸음을 걷는 사이에 사라졌다. 다섯 걸음째 군림성 무사들의 머리를 바람처럼 뛰어넘은 복면인의 검이 수직으로 내리그어졌다.

쑤와악!

검의 동선 안에 든 공간이 비단폭 찢어지는 소리와 함께 갈라졌다.

가공할 경력이 검과 함께 심중탁의 정수리를 쪼개갔다.

심중탁의 얼굴에 절망의 빛이 떠올랐다.

죽음을 각오하고 곡우를 정신없이 몰아붙이던 와중이었다.

난데없이 날아든 검을 막을 수는 있겠지만 곡우의 칼이 그 순간에 놀고 있지는 않을 터였다.

곡우와 그의 무공은 백중세.

그가 쓰러지면 간신히 만회했던 열세가 다시 나락으로 굴러 떨어질 것이다.

그 후의 전개는 말이 필요없었다.

전멸이다.

입술을 악문 그의 턱으로 핏물이 흘렀다.

그때였다.

채챙.

"크윽!"

무기 부딪치는 소리와 함께 짤막한 비명이 터졌다. 그리고 심중탁의 머리 위로 피가 폭포수처럼 쏟아졌다.

고개를 들어 보진 않았지만 심중탁은 그 비명 소리의 주인이 누군지 알 수 있었다. 이십여 년 동안 한솥밥을 먹은, 친인과 다를 바 없는 이의 비명인 것이다.

관열의 음성이었다.

무맹의 삼류무사였던 그를 발탁해 직접 가르친 사람이 심중탁이었다. 관열은 삼류 인생으로 끝날 수 있었던 자신을 지금의 자리로 이끌어준 심중탁을 은인으로 여겼다. 그리고 이십여 년 동안 그림자처럼 보좌해 왔다.

어깨부터 사선으로 갈라진 관열의 팔과 극심한 고통으로 휘청거리는 그의 신형이 심중탁의 좌우로 떨어져 내렸다.

투툭, 털썩.

관열의 희생으로 벌어준 시간은 헛되지 않았다.

세 걸음 앞으로 전진한 심중탁은 곡우의 가슴을 향해 전력을 다한 벽옥수를 뿌렸다.

어차피 죽으면 사라질 내력.

심중탁은 진원지기까지 끌어올린 상태인데다, 관열을 벤 후에도 그를 노리고 날아드는 복면인의 검을 무시한 채라 그 일 수의 위세는 무서웠다.

피할 방위를 모조리 차단한 채 날아드는 공세에 죽음을 예감한 곡우의 안색이 시커멓게 변했다.

'미… 미친… 놈. 검이 보이지 않는단 말이냐!'

일수유지간 그의 뇌리를 스친 생각이었다.

혈의복면인은 오늘 분타를 떠나며 처음 보았다. 하지만 초인겸이 전폭적으로 신뢰하는 기색이어서 별다른 의문을 갖지는 않았다. 상부자의 주변 사람에 대한 쓸데없는 호기심은 명을 단축할 뿐이니까.

복면인이 그의 백초지적의 상대인 관열을 일검으로 벨 정도의 고수라는 건 조금 의외였지만 속으로는 뛸 듯이 기뻤다.

하지만 그런 복면인의 검을 무시하는 심중탁 때문에 그는 기쁨을 느낄 새도 없이 공포에 질려야만 했다.

그는 이해할 수 없었다.

최선이라고 해야 양패구사가 아닌가.

자신도 최소한 중상을 피하지 못할 것이고, 복면인의 검초를 해결하지 못한 심중탁도 성하지 못할 터였다.

그는 죽어도 지휘를 할 초인겸이 있지만 무맹 측은 심중탁이 죽으면 지휘할 사람이 없었다.

곡우는 심중탁이 악에 받쳐 뒷일을 망각한 것이라고 생각했다. 그 외에는 심중탁의 태도를 해석할 길이 없었다.

그러나 그의 생각은 틀렸다.

심중탁은 믿는 바가 있었다.

그에게는 관열만큼이나 신뢰하는 사내가 한 명 더 있는 것이다.

"크으윽, 관 아우!"

비명과도 같은 외마디 외침이 육자홍의 입에서 흘러나왔다.

그도 관열처럼 심중탁이 발탁해 키워졌다. 비슷한 처지인터라 둘의 정은 친형제만큼이나 진했다. 철혼대 내에서 두 사람의 우정을 모르는 사람은 없었다.

그는 붉게 충혈된 눈을 부릅떴다. 복면인의 검은 관열의 팔을 자른 후에도 힘을 잃지 않은 채 심중탁의 목을 향해 사선으로 그어지고 있었다.

육자홍은 자신에게 비천혈겸(飛天血鎌)이라는 무명을 안겨준 애병, 참마겸을 움켜쥐고 검의 궤적 안으로 뛰어들었다.

자신과 별 차이 없는 관열을 단 일검에 패퇴시킨 자였다. 몸 성히 상대할 수 있을 거라는 기대는 하지도 않았다. 일초만 막으면 되었다. 그것이 그의 최선이었고, 뒤는 심중탁이 알아서 할 것이다.

촤앙!

퍽!

"으윽."

"허걱!"

심중탁을 중심으로 흙먼지가 미친 듯이 일어나며 인영이 어지러이 교차했다. 쇠가 부딪치는 소리, 가죽 북이 터지는 듯한 소리, 그에 더한 비명과 피가 분수처럼 사방으로 뿌려졌다.

곡우는 오른쪽 가슴이 움푹 들어간 채 정신없이 뒤로 물러나며 피를 게워내고 있었고, 육자홍은 사선으로 쩍 벌어진 복부의 상처를 부여잡고 금방이라도 쓰러질 듯 비틀거리고 있었다.

혈의복면인도 성하지는 않았다.

다섯 치가 넘게 베어져 쩍 벌어진 옆구리에서 내장과 피가 뒤섞여 흘러나오는 참혹한 모습으로 그는 삼 장여를 물러나 있었다. 바로 곡우의 옆이었다.

그는 검을 들고 있긴 하지만 일시지간 그것을 휘두를 여력까지는 없는 듯했다.

그리고 심중탁은 눈꼬리가 길게 찢어져 피눈물을 흘리는 형상으로 곡우를 향해 신형을 날리고 있었다.

그와 어깨를 나란히 하고 신형을 날리는 헌원미림의 뒤로 손톱만 한 크기로 잘게 잘려진 소맷자락이 안개처럼 흩어졌다.

복면인에게 고정된 그녀의 눈빛은 한성처럼 차갑고 날카로웠다. 그러면서도 한 가닥 어두운 기색을 숨김없이 드러내고 있었다.

육자홍의 참마겸을 비껴 흘리며 목을 베던 복면인의 옆구리에 일검을 먹인 사람이 그녀였다.

복면인은 관열에 이은 육자홍의 공격으로 한 번 더 진로가 막혀 허공에서 일시지간 주춤거릴 수밖에 없었다. 그 순간은 찰나에 불과했지만 헌원미림은 놓치지 않았고, 복면인은 그녀의 매서운 검격을 온전히 막아내지 못했다.

그 대가로 그녀의 우측 소매는 팔꿈치까지 옷이 잘려 나갔다. 옷이 사라진 그녀의 팔뚝을 미세한 혈선이 거미줄처럼 덮고 있었다.

무자비한 검격이었다.

복면인의 화후가 조금만 더 깊었어도 그녀의 팔이 조각났을 거라는 걸 어렵지 않게 짐작할 수 있는 흔적이기도 했다.

헌원미림의 입술이 작게 달싹였다.

"저자의 검은 혈마성 곽초환의 삼대절기 가운데 하나인 혈화잔혼검식(血花殘魂劒式)이에요. 모두 조심하세요."

나직한 음성이었다.

그러나 내공이 실려 있어서 그녀의 주변 삼 장 안에 있던 사람은 그녀의 말을 놓치지 않고 들을 수 있었다.

곡우를 향해 짓쳐들던 심중탁은 물론이고 봉유종 등의 안색이 눈에 뜨일 정도로 홱 변했다.

"…혈마… 성, 곽초환?"

어느새 검엽의 반보 뒤에 자리 잡고 있던 방건이 완연히 떨리는 음성으로 중얼거렸다.

그럴 만도 했다.

혈마성 곽초환.

천추군림성을 세운 군림칠마성의 두 번째 자리를 차지하고 있는 불가일세의 거마가 그였다.

그는 호사가들이 즐기는 흑도무림의 강자 서열에 들어 있지 않다. 그뿐만 아니라 다른 오마성(五魔星)도 서열에 들어 있지 않다.

그러나 그것은 곽초환을 비롯한 육인의 마성이 그들의 대형이자 마도제일고수 일제(一帝) 군림마제(君臨魔帝) 혁세기(赫世基)를 존중하기 때문이지, 그들의 능력이 부족해서가 아니라는 건 전 무림이 인정한 사실이었다.

그들 육인 중에서도 곽초환은 대형인 혁세기가 없었다면 마도제일고수를 차지했을 것이라 여겨지는 마도의 절대 초강

고수였다.

 심중탁 등이 놀란 것은 삼패세가 초기 십여 년의 전쟁을 거치며 자신만의 영역을 구축한 이후 이십여 년 동안 칠마성의 본신절기를 익힌 자가 강호상에 나타난 적이 없었기 때문이다.

 멀리서 전장을 지켜보고 있던 초인겸은 심중탁 등과 다른 의미에서 놀랐다.

 '이 상황에 대사부의 절기를 한눈에 알아보는 여검수… 무맹총타를 방문한 청조각의 사람들이 있다고 하더니 그중 한 명인가 보군. 검에 피를 묻히기를 주저하지 않는 청조각의 여인이라……. 눈이 뜻밖의 호강을 하는군. 검후의 길을 추구하는 여인을 보게 되리라고는 생각지도 못했거늘.'

 완성된 검후가 현신하지 않는 이상 오늘의 싸움은 결과가 정해진 것이나 다름없는 터라 초인겸은 곧 놀람의 기색을 지웠다. 검기상인지경(劍氣傷人之境)에도 도달하지 못한 검수 한 명에 의해 바뀔 상황이 아닌 것이다.

 그의 생각대로였다.

 곡우와 복면인이 위태로워지는 듯하자 십여 명의 군림성 무사가 바람처럼 그들의 앞을 막아섰다.

 심중탁과 헌원미림이 전방의 무사들을 쉽게 처리하지 못하며 전진을 멈추자 전황은 교착 상태에 빠진 것처럼 보였다. 하지만 그것이 단순한 착시 효과라는 것을 직후 터져 나오는 처절한 비명 소리가 적나라하게 알려주었다.

"으아악!"

"허윽!"

"우욱!"

무맹 무사들이 짚단처럼 쓰러져 갔다.

삼면이 포위되었던 초기보다 전황은 더 좋지 않았다.

무맹의 선두가 군림성의 전면을 뚫지 못한 채로 앞으로 십여 장 전진하자 그 뒤를 따른 무맹 무사들은 계곡의 입구를 벗어나게 되었다. 그 바람에 그들 진형의 뒤까지 적에게 포위되었다.

사면이 막힌 것이다.

게다가 무맹 무사들이 빠르게 죽어 넘어지면서 이제 적의 숫자는 두 배를 훌쩍 넘어서게 되었다.

심중탁의 얼굴이 참혹하게 일그러졌다.

그는 벽옥수로 적 셋을 뒤로 두 걸음 물러서게 만들고 빠르게 뒤를 돌아보았다.

그가 본 사람은 검엽이었다.

그는 분노와 안도감, 그리고 아쉬움이 뒤섞인 묘한 눈빛이 되었다.

검엽이 맡고 있는 진형의 우측면은 피해가 가장 적었다. 그를 중심으로 좌우 일 장 반경 안으로 들어서는 적은 아무도 없었다. 진형이 만들어진 처음에는 무리해서 그의 경계선 안으로 들어서려고 하는 자들이 있었다.

그리고 그들은 예외없이 목숨을 잃었다.

그렇다고 검엽을 향한 적의 공세가 약한 것은 아니었다. 그들은 한두 명이 나서지 않는 대신 정교한 합격을 구사했던 것이다.

검엽을 공격하는 자들의 수는 열 명이 넘었다. 검엽의 손에 열이 넘는 동료가 죽어갔는데도 여전히 두려움 대신 투지로 가득한 눈빛들이었다.

그들의 공격은 파상적으로 이어졌다.

검엽만 쓰러뜨리면 진형의 우측이 완전히 붕괴된다는 것을 그들도 느꼈기 때문이다.

그 공격을 검엽이 홀로 막다시피 하고 있는 것이다.

말 그대로 철벽이었다.

그래서인지 살아남은 무맹 무사들 중 중간부터 우측에 이르는 곳에 자리 잡고 있던 십오륙 명은 기를 쓰고 검엽의 뒤에 서려고 하는 모습을 보이고 있었다.

심중탁이 검엽을 보며 안도한 이유였다. 그러나 그의 마음 속엔 안도감과 함께 의혹과 분노도 공존했다.

혈조사마를 죽였다고는 하지만 검엽이 무적의 절대고수가 아니라는 건 그도 알고 있었다. 지금 같은 상황에서 검엽이 보여주는 모습이 최선일 수도 있었다.

심중탁은 내심 세차게 고개를 저었다.

'그래, 저게 저놈의 최선일지도 모른다. 그래도 가능성은 저놈밖에 없어. 자로 잰 듯한 저 움직임이 혹여 남겨둔 여유 때문이기를……'

검엽에게 지금 보여주는 역량을 넘어선 여력이 있을지도 모른다는 의혹이 그를 분노하게 만들었다. 그러나 지금은 분노보다 그 의혹에 한 가닥 희망을 걸어야 할 때였다.

헌원미림의 무공은 이미 보았다.

그녀는 고수였지만 혈의복면인을 맡는 것이 한계였다. 그녀의 나이를 고려하면 대단한 수준이긴 해도 작금의 국면을 타개할 정도는 되지 못했다.

악물어 터진 입술에서 피가 흘렀다. 관열과 육자홍의 희생이 가슴 아팠지만 목숨에 연연할 때가 아니었다.

그가 시선을 다시 정면으로 향하며 소리쳤다.

"고검엽! 선두로 와! 너를 믿는다!"

그 말을 끝으로 땅을 박찬 그의 신형이 적의 진형 한복판으로 짓쳐들어 갔다. 이를 악문 관열과 육자홍이 이를 악물며 심중탁의 좌우를 지키며 뒤따랐다.

심중탁의 난데없는 일갈은 적을 상대하는 한편으로 다른 곳에 마음을 쏟고 있던 검엽의 정신을 번쩍 들게 했다.

우측을 공격하는 자들에게 집중되었던 심안이 전장 전체를 조망할 만큼 범위를 넓혔다.

적의 수는 칠십여 명.

살아남은 무맹 무사의 수는 스물네댓 명.

그중 열이 넘는 수의 무사들이 그의 뒤에 몰려 있었다.

넓어진 그의 심안에 적의 진형 안에서 난파선처럼 가라앉아 가는 심중탁의 머리가 보였다. 관열과 육자홍은 이미 지면에 시신이 되어 누웠다.

피를 뒤집어쓴 모습.

구하기에는 이미 늦은 상태였다.

구할 생각을 하지도 않았지만……

검엽의 신형이 그 자리에서 꺼지듯 사라졌다. 그리고 동시에 헌원미림의 우측에 나타났다.

그녀와 다섯 치도 안 되는 거리였다.

기척을 느끼지 못한 사이 검엽이 다섯 치 거리에서 나타나자 헌원미림의 안색이 살짝 변했다. 항상 평정을 유지하던 그녀의 안색이 변할 정도로 검엽의 운신은 놀라웠다.

적의 손목을 베어낸 검의 궤직을 수지으로 바꾸어 그어 올리며 그녀가 물었다.

"선두를 맡을 건가요?"

"유언이잖소."

여느 때와 다름없는 무덤덤한 어투.

그 대답을 마지막으로 검엽은 입을 다물었다.

무맹에 대한 소속감이나 충성심이라곤 샅샅이 찾아보아도 흔적이 없는 그였다.

한 달여를 머무는 동안 심중탁과 만난 횟수는 여섯 번. 한 회당 일각 정도 같이 있었다.

그 짧은 시간 동안에 심중탁과 마음이 통할 리 없었고, 그러고 싶은 마음도 없었던 터라 그에게 심중탁은 다른 사람과 마찬가지로 그저 남일 뿐이었다.

심중탁의 분전과 관열, 육자홍이 보여준 투혼은 감동적인 면이 있었지만 검엽의 마음을 움직이지는 못했다. 감동은커녕 오히려 그는 그들의 행동을 이해하기 어려웠다.

그는 외부와 일정한 거리를 유지하며 철옹성으로 둘러싸인 자신만의 세계에서 살아왔다.

안으로 들어설 수 있는 유일한 타인은 운려뿐인 세계..

그의 마음에는 다른 사람을 이해하거나 그들의 심정을 공감할 수 있는 인간적인 기반이 마련되어 있지 않았다.

그렇다고 그를 이기적이라고 할 수도 없었다. 그는 자신에게도 별 관심이 없는 사람이었으니까.

당연히 그가 선두로 움직인 이유는 헌원미림에게 대답한 것과는 달랐다.

심중탁의 지시가 유언이 된 건 맞았다. 하지만 유언이었기에 그가 심중탁의 지시를 받아들이기로 결정한 것은 아니었다.

궤멸의 위기에 처해 있긴 하지만 무맹 무사들 중에 생존자가 있을지도 몰랐다. 그 사람이 후일 무맹 총타에 복귀해 검엽이 심중탁의 지시를 거부했다고 말하는 건 그가 원치 않는 일이었다.

검엽이 자발적으로 움직이는 유일한 동기는 운려다. 그리고 그는 운려를 불편하게 만들 일은 가능한 한 피하려 했다. 지금의 운신도 그런 생각의 연장선상에 있었다.

하지만 지금 그가 움직인 것은 운려 때문만은 아니었다.

그는 마음속의 의문을 풀기 위해 확인해 봐야 할 것이 있었다. 그러기 위해서는 작정하고 손을 써야 했다. 그리고 어차피 손을 써야 한다면 이 국면을 탈출하는데 도움이 되는 게 더 좋을 거라는 생각에 움직인 것이다.

일석이조였다.

운려에게 피해도 가지 않고 자신의 의문도 풀 수 있는 자리.

그것이 선두였다.

그와 헌원미림이 대화를 나눈 것은 눈 한 번 깜박일 정도로 짧았다.

헌원미림과 어깨를 나란히 했던 검엽이 반보를 앞으로 전진했다. 동시에 그의 손이 허공을 갈랐다.

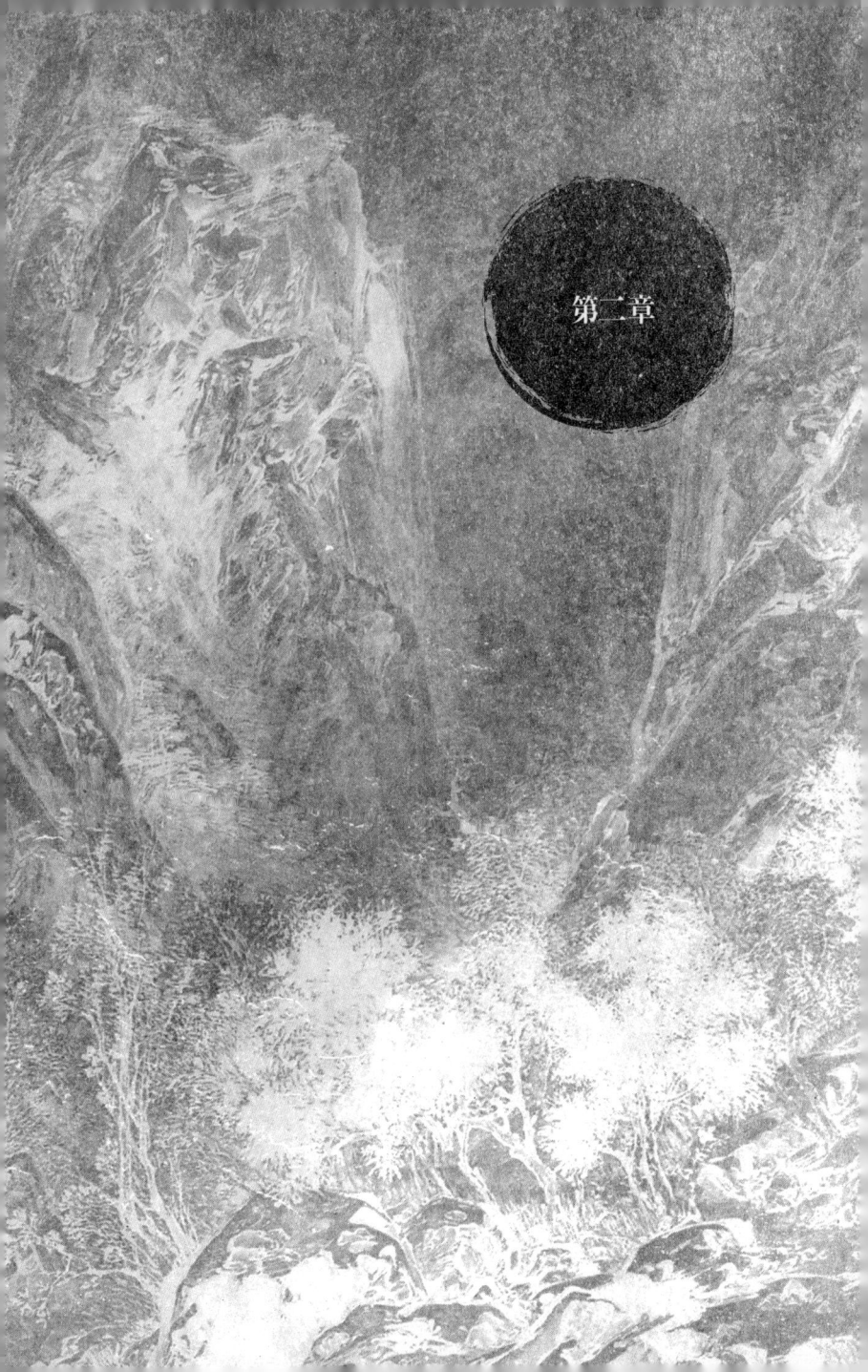

第二章

검엽의 정면에 있던 무사들은 경악으로 눈을 부릅떴다. 전진하는 검엽의 신형이 허깨비처럼 흐느적거리며 실체가 눈에 잡히지 않았기 때문이었다.

전장의 미묘한 변화를 놓치지 않고 지켜보던 초인겸의 눈빛도 살짝 변했다.

현존하는 대부분의 무공, 특히 대륙무맹의 무공에는 일가견이 있는 그의 안목으로도 검엽이 사용하는 보법이 무엇인지 알아볼 수가 없었던 것이다.

무공을 익힌 자가 싸움에서 적의 실체를 잡아내지 못한다는 것은 치명적이다.

통상의 경우라면 이럴 때 공격보다는 뒤로 물러나 검엽의 움직임을 파악하기 위해 노력하는 게 일반적인 행태다.

그러나 군림성의 무사들은 그렇게 하지 않았다.

그들은 물러나는 대신 자신들의 애병을 더 굳게 움켜쥐고 검엽과의 거리를 좁혔다.

놀라운 투지.

불행한 것은 상대가 무맹의 무사가 아닌 검엽이라는 사실이었다.

투지가 승패에 영향을 미치기에는 그들과 검엽의 능력 사이에 놓인 격차가 너무 컸다.

송곳처럼 모인 검엽의 우수 끝이 오른쪽 무사의 검면을 찍었고, 그 충격으로 뒤틀리는 무사의 팔을 따라 올라간 손끝이 재차 무사의 목에 꽂혔다.

우두둑.

비명도 없이 무사의 눈에서 빛이 꺼졌다.

즉사.

격산타우의 묘리가 섞인 추뢰섬전수.

무사의 목은 멀쩡했지만 그 안의 뼈와 근육은 모래처럼 바스러졌다.

검엽의 손끝이 우측 무사의 목에 닿을 때 좌측에서 쇄도하던 무사의 도가 검엽의 머리를 수직으로 쪼개왔다.

경력과 속도 모두 나무랄 데 없는 도초였다.

그러나 무사의 능력으로는 눈이 따라갈 수 없을 정도의 속도로 움직이는 검엽보다 빠르게 도를 쏠 순 없었다.
 즉사한 무사의 측면을 스치듯 지나친 검엽의 활짝 펼쳐진 좌수가 아래쪽에서 무사의 도를 휘어 감았다.
 마치 계란을 잡듯 부드럽고 조심스러운 손길.
 무사의 도는 검엽의 머리 한 치 위 지점에 그대로 정지했다. 검엽의 손이 무사의 손목을 움켜잡은 것이다.
 뚝.
 수수깡처럼 부러진 손목이 다음 순간 칼에 잘리기라도 한 것처럼 무사의 몸에서 분리되었다. 붉은 피안개가 전면으로 방사되었다.
 무사의 얼굴이 참혹하게 일그러졌다. 그는 사력을 다해 뒤로 물러나려 했으나 그것은 희망사항일 뿐이었다.
 그의 손목을 끊어낸 검엽의 좌측 어깨가 비스듬히 틀리며 그의 가슴을 들이받아 버린 것이다.
 쾅!
 벼락이 떨어지는 듯한 소리와 함께 무사의 상체가 암초에 맞닥뜨린 배의 선수(船首)처럼 으스러졌다. 조각난 육편과 피분수가 미친 듯이 뒤로 터져 나갔다.
 혈조사마의 일원인 종일해의 가슴을 단 일격에 구멍냈던 개산권의 굉천고였다. 군림성의 일개 무사가 받아낼 수 있는 공격이 아니었다.

군림성의 무사 둘이 죽어간 것은 그야말로 찰나였다.

검엽이 선두에 나섬과 동시에 무사 둘이 죽어간 것이다.

검엽의 일 보 뒤에서 그를 따르며 측면을 방어하던 헌원미림과 봉유종의 얼굴이 환해졌다.

한 올의 인정도 느낄 수 없는 단호한 손속이다. 같은 편마저 두려움을 느낄 정도. 하지만 지금과 같은 상황에서 검엽의 냉혹한 일수, 일수는 같은 편에게 이루 말할 수 없는 희망이 되는 것이다.

초인겸의 얼굴이 납덩이처럼 굳었다.

어느 정도 눈썰미가 있는 사람이라면 어렵지 않게 알아차릴 수 있는, 조잡한 면구, 기이하게 다가오는 가늘게 뜬 눈, 다른 사람보다 다섯 치는 더 클 듯한 키와 긴 팔다리, 전신을 감싼 흑포, 흑피화……

'얼마 전 전해진 귀마안의 보고서 내용 중에 혈조사마를 단신으로 죽인 자가 무맹에 합류했다는 내용이 있었지……. 그자의 인상착의와 비슷하군. 무명(武名)이 철혈권마였던가? 고 뭐라는 이름이었었는데… 흠, 저자가 고씨든 아니든 수하들이 막을 수 있는 자는 아니야. 내가 직접 나서야 할 듯하군.'

그가 검엽을 보며 상념에 잠긴 그 짧은 시간 동안 세 명의 군림성 무사가 더 쓰러졌다. 당연히 시신으로.

검엽이 전진하는 기세는 파죽지세였다.

그의 앞을 막는 자는 일격을 채 받아내지 못하고 시신으로 화했다. 살기와 투지가 아무리 강하다 해도 군림성의 무사들이 그를 막는 것은 불가능했다.

이유는 두 가지였다. 첫째는 그들과 검엽이 갖고 있는 능력의 차이가 너무 심했고, 두 번째는 검엽의 양측면과 후면을 헌원미림과 봉유종 등의 무맹 무사가 방어해 주면서 검엽은 전면에만 집중하면 되었기 때문이다.

만약 검엽이 사방으로 포위된 상태였다면 지금과 같은 위세를 보이기는 어려웠을 것이다.

포위되어 싸우게 되는 경우 통상 여덟 명에서 열 명의 공격을 받게 된다.

하지만 지금 검엽은 정면에서 들이치는 최대 네 명의 공격만 상대하면 되었다. 측면과 뒤를 헌원미림 등이 맡아준 덕분이었다.

숫자상으로도 상대해야 할 적이 반으로 줄어들었고, 포위된 것보다 심리적으로 몇 배는 더 안정될 뿐만 아니라 정신력과 힘의 분산을 최소화시킬 수 있었다.

검엽이 전진하며 정면에 있는 사람들은 조금 편하고 안전해졌다. 그러나 무맹의 무사들 전부가 무사한 것은 아니었다.

전면의 방어를 위해 측면과 후방을 포위했던 군림성 무사들 반 이상이 전방으로 이동해 공세가 약화되긴 했다. 하지만 측면과 후면에서 죽어가는 사람은 계속해서 늘어났다.

검엽의 좌우 방어를 맡은 사람은 헌원미림과 봉유종 등의 육 인.

살아남은 무사 열다섯 명이 그들의 뒤에서 후방을 맡았다.

군림성의 생존 무사는 오십여 명.

전방으로 스무 명 정도가 이동해서 무맹의 무사 열다섯 명은 삼십여 명을 상대해야 했다.

그들의 무공 수준은 비슷했다. 하지만 싸움에 임하는 자세와 기세는 군림성이 압도적으로 강했고, 숫자 또한 그랬다. 살아남기를 바라는 건 그저 바람일 뿐이었다.

풍차처럼 두 자루의 단창을 휘돌리던 자의 두 다리를 이산퇴(離山腿)의 수법으로 부숴 버린 검엽은 혀를 찼다.

적의 단창을 되잡아 적의 심장에 찔러 넣으면서도 그의 심안은 적들의 뒤에 장승처럼 팔짱을 끼고 서 있던 장년인이 팔짱을 푸는 것을 보고 있었다.

'뛰어들 것 같구만……'

가장 치열한 싸움의 한복판에 있으면서도 그는 장년인을 심안에 담아두는 수고를 마다하지 않았다. 장년인이 싸움에 개입하느냐 마느냐에 따라 상황이 급변할 것이 분명한 터라 그의 기색을 살피지 않을 수 없었기 때문이다.

검엽이 선두로 나선 후 쓰러뜨린 적의 수는 아홉이었다.

적지 않은 수다.

헌원미림과 봉유종 등은 검엽의 솜씨에 경악하고 있었다.

어림짐작하기는 했었지만 검엽의 무공은 그들의 예상을 가볍게 뛰어넘었으니까.

그들도 십여 명의 적을 죽였다.

그러나 대세는 변하지 않았다.

후방을 맡았던 무사의 수는 다섯 명으로 줄었다.

검엽을 포함한 무맹의 생존자 수는 열둘. 적의 수는 아직도 오십여 명이나 되는 것이다. 장년인과 부상으로 인해 전장을 이탈한 혈의복면인, 그리고 곡우를 제외한 숫자가 그러했다.

추뢰섬전수로 전방의 적 넷을 한꺼번에 몰아쳐 뒤로 물러나게 만든 검엽은 한순간의 틈을 이용해 전음을 날렸다.

[헌원 소저, 내가 공간을 만들어보겠소. 다른 사람들을 데리고 빠져나가시오.]

갑작스레 들려온 전음에 놀란 듯 헌원미림의 눈썹이 움찔했다. 그녀가 보아온 검엽은 다른 사람을 위해 자신을 희생할 사람이 아니었다. 그러니 생각지도 못한 검엽의 제안에 놀랄 수밖에. 하지만 이 상황에 검엽이 헛소리를 할 리는 없었다.

정색한 그녀의 입술이 달싹였다.

[위험해요.]

평이한 검엽의 음성과 달리 그녀의 음성은 거칠었다. 지친 기색이 완연했다.

[위험한 게 죽는 거보단 낫지 않겠소?]

[함께 움직이는 게 빠져나갈 가능성이 더 높지 않을까요?]

[저기 장년인이 손을 쓰지 않으면 그렇겠지. 소저라면 느꼈을 거라고 생각하는데?]

[……]

헌원미림은 대답없이 입술을 꼭 깨물었다.

검엽이 지칭한 장년인이 누군지 모를 그녀가 아니었다. 그녀 또한 장년인의 기색을 세심하게 살피던 중이었으니까.

[다른 사람들에게 전하시오. 내가 세 명째 적을 쓰러뜨리는 순간이 신호요.]

검엽의 입술은 더 이상 벌어지지 않았다.

검엽의 등에 시선을 준 헌원미림의 눈빛에 의혹이 떠올랐다. 검엽의 음성은 평소처럼 무덤덤했다. 그러나 헌원미림은 평소와 다를 바 없게 들리는 검엽의 음성에서 미묘하게 다른 무언가를 느꼈다.

'뭔가 좀 다른 거 같아. 무겁고 어두워……. 착각일까?'

그녀는 머리를 저었다.

잡념이었다.

그녀의 입술이 바삐 움직였다.

봉유종에게 전음을 하는 것이다.

검엽의 뜻은 그의 생각보다 빠르게 전파되었다.

헌원미림의 전음을 받은 봉유종은 적과 싸우는 와중에도 틈을 내 전음이 아닌 수인(手印)을 써서 다른 사람에게 의사를 전달했기 때문이다.

수인은 태전각의 사용법과 함께 철혼단에 입문하자마자 배우는 것으로, 전장에서는 전음보다 훨씬 더 빠른 의사 전달 방법이었다. 그리고 싸우면서 전음을 사용할 정도로 봉유종의 상태가 온전하지 않았다. 사기가 떨어진 상태에서 몇 배나 많은 적과 싸우고 있는 그였다. 지쳐 쓰러지지 않은 것만 해도 대단한 일이었다. 살아남은 사람들의 상태 또한 그와 비슷했다.

검엽은 헌원미림이 그의 의사를 다른 사람에게 전하는지 그렇지 않은지 확인조차 하지 않고 현재의 위치에서 나름의 최선(?)을 다하고 있었다.

다른 사람들은 알아서 자기 목숨을 챙겨야 했다. 싸움터에서 누군가 자신의 목숨을 지켜주기를 바라는 건 어리석은 일이다. 그렇지 않다면 사람들이 왜 무림을 도산검림이라고 부르겠는가.

검엽의 난선에서 일어난 구환공익 기운이 기경팔맥과 십이중루의 길을 따라 노도처럼 흘러들어 갔다.

바람처럼 허공으로 두 자를 뛰어오른 검엽의 두 발이 정면에서 덮쳐들던 적의 가슴을 바람처럼 걷어찼다.

줄에 꿴 듯 찰나지간 한 지점을 발끝[脚尖], 발바닥[脚掌]으로 연이어 걷어차는 그의 두 다리는 무릎 아래가 흐릿했다.

너무 빨라 잔상조차 제대로 남지 않는 것이다.

이산퇴와 함께 개산권의 두 가지 퇴법 중 나머지 하나인 연운퇴(連雲腿)의 수법.

퍼퍽!

속절없이 가슴이 무너진 무사들은 으스러진 내부가 숨결까지 막은 탓에 비명도 지르지 못하고 뒤로 튕겨 나갔다.

순간적인 일이라 그 뒤를 받치던 자들은 날아오는 동료의 시신을 피하지 못했다. 둘의 시신과 엉킨 무사 세 명이 한꺼번에 무너졌다.

허공에 뜬 검엽을 향해 세 개의 검이 수평으로 날아왔다. 정면의 좌우에서 동료의 시체와 엉키는 것을 피한 자들의 검이었다.

옆에서 동료들이 죽고 무너졌음에도 무사들의 안색은 차갑게 느껴질 만큼 무표정했다. 그들은 흔한 기합소리 한 번 내지 않았다. 단지 두 눈을 야수처럼 빛내며 검을 휘둘렀다.

검들은 시간차가 있었고, 높이도 달랐다.

검엽의 가슴과 허리, 그리고 무릎이 검의 궤적 아래에 놓였다.

검엽의 굵은 눈썹이 살짝 일그러졌다. 지상에 두 발을 딛고 있었다면 간단하게 피했겠지만 그는 허공에 떠 있었다. 쉽게 피할 수 있는 공격이 아닌 것이다.

이를 악문 그의 턱 선이 강해졌다.

허공에서 상대를 공격한 이상, 그 반동에 의해 주춤하는 순간이 발생하는 것은 필연적이다.

절세라 불리는 경공들도 그 순간을 벗어나지 못한다. 절세의 경공과 그렇지 않은 것의 사이에는 그 순간을 얼마나 빨리 벗어나느냐의 차이가 있을 뿐이다.

그리고 반동을 이용해 뒤로 물러나는 것은 가능하지만 다른 방향으로의 움직임은 불가능에 가깝다. 사람의 관절과 자연의 법칙이 그것을 허용하지 않기 때문이다.

무림의 경공 대가들은 이런 불가능을 가능하게 만들기 위해 끊임없는 노력을 해왔다. 허공에 뜬 상태에서 자유로운 움직임이 가능한 경공을 꿈꾸었던 사람들은 결국 성공했다. 그러나 그 성공의 결과물은 무림사를 통틀어도 몇 되지 않는다.

그중에 독보적인 것은 곤륜의 운룡대팔식.

운룡대팔식이 절세의 경공으로 인정받는 것은 허공에서의 공격이 자유롭고, 반동의 순간이 극히 짧은데다 반동으로 움직이는 방위가 후방에 그치지 않고 팔방을 포괄하기 때문이다.

그러나 곤륜의 도인이 강호상에 모습을 드러내지 않은 지 한 갑자가 넘는다.

그래서 사람들은 검엽이 검을 피한 움직임에 넋을 잃었다.

검엽의 몸은 두 사람의 적을 쓰러뜨린 그 자리에서 마치 누가 머리를 잡고 끌어올리듯이 다섯 자를 솟구쳤던 것이다. 아무런 사전 동작도 없었고, 솟구치는 동안 그의 전신 어느 부위도 움직이지 않았다.

암천부운행의 오대요결 중 비천출운(飛天出雲)의 초현이었지만 누가 그것을 알아볼 것인가.

세 자루의 검이 헛되이 검엽이 있던 자리를 갈랐다.

허공으로 솟구친 검엽의 신형은 멈춰 있지 않았다. 그는 여전히 신체의 어느 부위도 움직이지 않은 채 미끄러지듯 전면으로 다섯 자를 이동했다.

사람이 아닌 유령과도 같은 움직임.

계속되는 비천출운이었다.

검엽의 발아래로 뒤엉켜 쓰러진 군림성 무사들이 자리했다. 그가 움직이는 속도는 경이로울 정도라 군림성 무사들은 일어나 신형을 안돈하기도 전에 머리 위의 검엽을 맞이해야 했다.

무사들의 머리 위에 도달한 검엽의 몸이 화살 맞은 기러기처럼 뚝 떨어졌다.

일류 정도의 무인이라면 누구나 시전할 수 있는 천근추의 신법.

그러나 검엽이 낙하하는 속도는 벼락과 같아서 그 움직임을 본 사람은 전장에 있던 자들 중 두셋에 불과했다.

이어지는 추뢰섬전수와 개산권.

그리고 추풍낙엽처럼 군림성 무사 넷이 시신이 되어 사방으로 날아갔다.

입을 꾹 다문 검엽과 기합이나 비명을 지르지 않는 군림성 무사들의 싸움은 소리없는 인형극을 보는 것처럼 현실감이 떨어졌다.

그래서 나뭇가지 꺾이듯 부러진 팔다리와 비산하는 핏물은 더 기괴하고 공포스러웠다.

검엽은 자신의 손에 세 명의 적이 쓰러질 때를 신호로 삼으라고 했지만 헌원미림 등이 움직인 건 여섯 번째 적이 쓰러졌을 때였다. 여섯이 쓰러진 것이 눈 두어 번 깜짝일 동안이어서 그들은 세 번째를 정확하게 잡아내지 못한 것이다.

검엽이 열어놓은 전면으로 뛰쳐나간 헌원미림 등은 가공할 속도로 자신들을 향해 신형을 날리는 장년인의 우측으로 방향을 틀었다. 그리고 그들은 자신들의 곁을 바람처럼 지나가며 장년인을 막아서는 검엽을 볼 수 있었다.

그 짧은 순간 헌원미림은 스쳐 지나는 검엽의 안색이 인피면구의 겉으로 드러날 만큼 확연하게 굳어 있다는 걸 알아차렸다. 어둡고 무언가 곤혹스러워하는 느낌이 선연한 얼굴이었다.

헌원미림의 마음에 의혹이 들어앉았다. 적을 죽이면서도 변화가 없던 검엽이 왜 그런 표정을 짓는지 이해할 수 없었기 때문이다. 그러나 어느 틈에 군림성 무사 삼십 명가량이 뒤에 붙은 상태라 그녀의 의혹은 오래 지속되지 않았다.

숫자는 여섯 배가 넘었고, 무사들 중에는 잠시지만 전장에서 이탈해 상처를 다스린 곡우도 끼어 있었다.

공력의 절반 이상을 운용하기 어려울 만큼 기력이 빠진 그들이다. 적들도 지쳤겠지만 그것을 충분히 만회하고도 남을 정도로 숫자가 많았다. 뒤를 잡히면 일행 중 누구도 생사를 장담할 수 없을 터였다.

장년인의 앞을 막아서던 검엽은 귓전을 파고드는 방건의 전음을 들을 수 있었다. 거친 숨을 몰아쉬면서도 안타까움이 가득한 전음.

[헉… 헉… 서현 지부에서 봅시다.]

서현 지부는 정남 지부에서 북동쪽으로 이백오십 리 떨어진 곳에 있는 무맹 산하의 거점이다.

전음이 끝날 즈음 헌원미림 일행과 그 뒤를 추적하는 군림성 무사들의 뒷모습은 우측의 숲 속으로 사라져 보이지 않게 되었다.

장년인, 초인겸은 활화산처럼 타오르는 눈길로 검엽을 응시했다.

그는 어이가 없었다.

그에게 이번 싸움의 승리는 당연한 것이었다. 그리고 승리는 피해를 최소화하며 이루어져야 했다. 그의 바람을 뒤틀어 버린 자가 눈앞에 있었다.

홀로 삼십 명이 넘는 수하를 죽인 자.

헌원미림 등의 추적을 위해 빠져나간 자를 제외한 십여 명의 수하가 사면을 포위하는 동안에도 무표정한 얼굴로 자신앞에 서 있는 오만한 자.

일자로 다물려 있던 초인겸의 입술이 천천히 떨어졌다.

"그대가 혈조사마를 죽였다는 고검엽인가?"

검엽은 말없이 고개를 끄덕였다. 혈조사마를 죽인 지 얼마 지나지 않았기에 자신을 알아본 장년인의 안목은 놀라운 것이었다. 군림성의 정보망은 명불허전이라 할 만했다.

하지만 검엽은 지금 그런데 신경 쓸 마음의 여유가 없었다. 그는 극심한 혼란을 겪고 있었다. 장년인의 반보 뒤에 자리를 잡는 혈의복면인을 심안으로 지켜보는 그의 뇌리엔 의문이 꼬리를 물고 일어났다.

'비천출운을 두 번이나 연속해서 시전했는데도 내력의 소모가 감당할 수준에 불과했다. 역시… 내 추측이 맞단 말인가? 하지만 지존신마기에 그런 악마적인 공능이 있다는 말은 들어본 적이 없다. 이런 효과라면 아버님께서 말씀해 주지 않으셨을 리가 없어…….'

방금 전 자신의 손에 죽어간 여섯 명의 적은 그가 싸우는 동안 가졌던 의문의 일부를 확인시켜 주었다. 그리고 그 확인은 그의 마음에 더 큰 의문을 불러일으켰다.

'내가 공력을 가진 자를 죽이는 것, 그리고 죽어가는 자의 강렬한 살기와 원념… 이들이 마치 흡성대법을 사용하는 것처럼 내공을 불려준다. 비천출운을 두 번 연속으로 사용했는데도 크게 부담을 느끼지 않는다는 건 내공이 최소한 십 년 이상 늘었다는 뜻이다. 반 시진도 안 되는 동안. 이게 가능한 일인가? 하지만 일어나고 있는 일을 부인할 수도 없는데……. 아아, 아버지… 대체 제게 무슨 일을 하신 겁니까…….'

검엽의 안색은 창백했다.

그가 생각한 대로라면 끔찍한 일이었다.

어떻게 그런 일이 가능한지에 대한 의문은 차치하고라도, 그리고 그가 아무리 죽음에 대해 별다른 감상을 갖지 않는 사람이라 해도 타인의 살기와 원념, 그리고 죽음으로 내공을 쌓는다는 건 쉽게 받아들일 성질의 일이 아닌 것이다.

그는 사람이었다. 그것을 의심하는 건 무의미했다. 그럼에도 그는 자신이 과연 사람이 맞는지 진심으로 의심하고 있었다. 지금 그의 몸 안에서 벌어지는 일은 사람에게 일어날 수 없는 현상이었다.

사공이나 마공 중에는 사람의 원정을 빼내어 자신의 공력을 높이는 무공들이 있다. 하지만 검엽의 경우는 그들과는 완전히 달랐다. 검엽은 그런 무공을 익히지도 않았고, 상대의 내공을 흡취하겠다는 의지 자체를 갖고 있지도 않았다.

의도하지 않았고, 통제도 되지 않는 일이 벌어지고 있었다.

혈조사마와의 싸움 이후, 내공이 불어난 현상이 싸움과 관련이 있다는 것을 알고 하는 첫 번째 싸움이었다. 그는 적과 싸우는 와중에서도 변화를 관찰하는 걸 게을리하지 않았다.

군림성 무사들 개개인은 혈조사마만큼 강하지 않았고, 그는 혈조사마와 싸울 때보다 많이 강해진 상태다. 게다가 싸움에 전력을 기울일 의사가 전혀 없는 그에게 그건 어렵지 않은 일이었다.

 변화는… 미미하긴 하지만 분명히 있었다.

 자신의 몸에 묘한 변화가 일어나고 있다는 것을 깨달은 건 그의 손에 네 명째 적이 죽었을 때였다.

 창안무공을 쓰고 있지는 않았지만 이천륭 등의 무공 또한 절학들이라 내력의 소모가 아주 없을 수는 없었는데, 그는 시간이 갈수록 오히려 내력이 더 충만해지는 것을 느꼈다.

 피로가 느껴지지도 않았고 집중력은 더 강해졌으며, 적의와 살의는 점점 더 고양되었다.

 어찌 정상일까.

 변화가 있다는 것은 확인되었다.

 그리고,

 확인한 결과는 기존의 어떤 무공 이론으로도 설명할 수 없는 것이었다.

 그렇다면 그 변화의 원인은 과연 무엇일까.

 원인 없는 결과는 없다.

 그것이 자연의 이치다.

 이런 변화를 불러일으킬 가능성이 있는 것, 검엽이 추측할 수 있는 원인은 단 하나였다.

지존신마기.

가문의 근원이 되는 힘이자 알려진 것보다 알려지지 않은 것이 더 많은 미지의 절대지력.

검엽은 등골을 타고 흐르는 전율을 느꼈다.

그가 생각조차 하고 싶지 않은 부분은, 내공을 비롯한 여러 가지 변화에 영향을 미치는 요소 중에 가장 큰 비중을 차지하는 것이 상대의 공력이 아니라 아무래도 죽음에 직면한 상대의 사기(死氣)와 원념(怨念)인 듯하다는 것이었다.

그 추측은 산장을 나와 최초로 그의 손에 죽었던 자가 상당한 고수였음에도 그에게 아무런 영향을 미치지 못했다는 것에 기반하고 있었다.

무창에서 그의 손에 죽은 자는 검엽이 자신을 죽이리라고는 전혀 생각하지 못하고 있다가 죽었다. 삶에 대한 희망이 남아 있었고, 검엽이 자신을 설마 죽이랴 하는 마음이 있는 상태였기에 사기와 원념은 극히 미약했다.

하지만 혈조사마의 경우와 이곳에서 죽어가는 자들은 그렇지 않은 것이다.

사기와 원념으로 내공을 쌓는다니······.

이것이 가능하다는 것이 알려진다면 검엽은 전 무림의 공적이 되고 척살 대상 일 순위에 오를 것이다.

가히 사신(死神)도 가능할 법하지 않은 일이 아닌가.

검엽은 이를 악물었다.

지존신마기에 대해 그가 알고 있는 것은 빙산의 일각이었다. 그의 선친 고천강이 그에게 알려준 것은 신마기의 기본적인 공능뿐이었다.

고천강이 신마기에 대해 마지막으로 언급했을 때 검엽의 나이는 일곱 살이었다. 대법에 들어간 후 고천강은 검엽과 한 달에 두어 번 정도밖에 함께 있을 시간이 없었다.

고천강과 함께 있는 시간이 좀 더 길었다면 지금 그가 깨달은 변화의 해답을 구할 수 있었을지 모르지만 이제는 불가능한 일이다. 고천강은 죽었으니까.

그나마 위안이 되는 것은, 불확실하긴 해도 그가 아닌 다른 사람의 손에 죽어가는 자들은 그에게 아무런 영향을 미치지 못하는 듯하다는 점이었다. 만약 그렇지 않았다면 그에게 무슨 일이 벌어졌을지는 미지수였다.

검엽은 자신의 마음 한구석에서 독아를 드러낸 뱀처럼, 하얗게 꿈틀거리는 생소한 감정의 덩어리를 느꼈다. 이전에는 전혀 느껴본 적이 없었던 감정이었다.

그 감정의 덩어리가 조금씩 크기를 키워가는 동안 흑백 이외의 어떤 색도 침범하지 못하던 그의 심안에 색이 덧입혀지고 있었다.

그 색은 붉었다.

핏물이 흐르는 듯 끈적끈적한 붉은색.

장년인과 그 뒤의 복면인, 그를 사면에서 포위하고 있는 군림성 무사들의 윤곽선이 흰색에서 적색으로 서서히 바뀌어갔다.

그 변화가 진행될수록 그의 마음도 순수한 광기에 휩싸여갔다. 그것은 파괴의 욕망이었다.

차갑게 식은, 하지만 용암처럼 들끓어 올라 뇌리를 붉게 태워 버리는 뜨거운 욕망.

자신을 둘러싸고 있는 자들의 살을 찢고, 뼈를 부수고, 그 피를 뒤집어쓴 채 광소를 터뜨리고 싶다는 처절한 욕망으로 검엽은 몸을 떨었다.

너무나 매혹적이어서 단숨에 취해 버릴 것만 같은 파괴욕.

두려움이 그를 해일처럼 덮쳤다.

마치 처음 본 사람이 그의 안에 있는 것처럼 자신이 낯설었다. 그러면서도 기이하게 익숙했다. 잊고 있었던 또 하나의 자신을 찾기라도 한 것처럼.

전혀 상반되는 느낌이 동시에 그를 사로잡았다.

이런 경험은 처음이었다.

외부에 대한 관심을 끊은 채 물에 물 탄 듯 무미건조하게 살아온 그에게 이처럼 강렬하고 원색적인 욕망은 낯설 수밖에 없었다.

생각은 긴 듯했지만 실제 흘러간 시간은 숨 두어 번 쉴 정도에 불과했다. 그리고 더 이어졌다면 심각한 내상으로 이어졌을지도 모르는 상념은 다행히 짧게 끝났다.

장년인, 초인겸의 턱이 슬쩍 움직이며 그를 포위하고 있던 무사들이 진득한 살기와 함께 달려든 것이다.

검엽은 혼란스럽게 이어지려는 생각을 일단 멈췄다.

지금은 생각할 때가 아니라 움직여야 할 때였다. 살아야 의혹도 풀 수 있을 게 아닌가.

우측에서 달려드는 적을 향해 비스듬히 신형을 트는 검엽의 눈꺼풀이 천천히 위로 올라갔다. 언제나 실눈 상태이던 그가 눈을 크게 뜨고 있었다. 그러나 검엽은 자신이 눈꺼풀을 위로 밀어 올리고 있다는 것을 자각하지 못하고 있었다.

그 작은 변화가 몰고 온 파장은 누구도 예상하지 못했던 것이었다.

신형과 함께 검엽이 고개를 비틀자 날카로운 파공성을 발하는 한 자루의 검이 그의 오른쪽 귀 옆을 스쳐 지나갔다. 검을 쥔 자의 겨드랑이 밑으로 어깨를 밀어 넣은 검엽의 활짝 펼친 손이 적의 턱밑에서 솟아올랐다.

벌컥!

우두둑!

턱뼈와 목뼈가 한꺼번에 부러진 적이 혀를 길게 빼물며 늘어졌다. 극통으로 찢어져라 눈을 부릅뜬 적의 목을 손목으로 휘감아 몸 앞으로 당겨 탄력과 방어를 같이 얻은 검엽은 선풍처럼 죽은 자의 좌측면으로 돌아나갔다.

그가 움직인 거리는 불과 석 자.

하지만 지면을 스치듯 떠오른 그의 두 발끝은 일곱 자 안에 있던 좌측의 적 네 명의 왼쪽 무릎을 완전히 으깨 버렸다.

연운퇴.

퍼어억!

타격점은 넷이었지만 소리는 한 번만 났다. 소리가 속도를 따르지 못하는 것이다.

신체의 균형이 무너진 네 명의 무사가 흙빛으로 변한 얼굴로 휘청거렸다. 한쪽 다리가 부러졌는데 평정을 유지할 사람은 없다. 고통도 고통이지만 적이 코앞에 있는 것 아닌가.

휘청거리는 무사들은 흑포와 밀랍처럼 하얀 얼굴을 손만 뻗으면 닿을 법한 거리에서 보아야 했다.

방금 전까지 믿기지 않는 투지를 보여주던 그들의 두 눈에 공포가 짙게 드리워졌다. 위축된 기세를 누구나 느낄 수 있을 정도로 검엽 앞의 무사들은 달라져 있었다.

퍼석!

휘청거리던 무사들 중 검엽과 가장 가까이 있던 무사 두 명의 머리가 수박처럼 터져 나갔다.

붉은색과 회색이 뒤엉킨 핏덩어리가 뒤로 쏟아졌다.

그리고 검엽의 신형이 환상처럼 석 자 떨어진 곳으로 이동했다. 지켜보던 자들 모두가 한순간 그의 신형을 놓칠 수밖에 없는 속도, 부운탄섬이었다.

검엽이 서 있던 자리는 뼈를 깎을 듯 날카로운 검영으로 뒤덮였다.
 검을 쥔 자는 혈의복면인이었다.
 상처를 다스린 후 초인겸의 뒤에 그림자처럼 서 있던 그가 다시 전장에 뛰어든 것이다.
 혈의복면인, 왕문은 가슴이 떨렸다.
 자신의 검을 피하는 검엽의 움직임을 놓친 것도 심상치 않은 일이었지만 그보다는 정면으로 마주친 검엽의 눈이 그의 평정을 뒤흔들었기 때문이었다.
 처음 볼 때부터 감았는지 떴는지 알아차리기 힘들 정도로 실눈을 뜨고 있어 눈에 무슨 문제가 있다는 생각은 했었다. 하지만 설마 이런 눈일 거라고는 상상도 하지 않았다.
 그를 응시하는 검엽의 눈은 크고 선이 아름다웠다. 남자에게 어울리는 말은 아니었지만 그런 생각이 절로 들 정도로 흠잡을 데 없는 선을 그리는 눈매였다.
 그리고 그 큰 눈엔 흰자위가 보이지 않았다. 검은자위도 보이지 않았다.
 눈동자 전체가 홍옥처럼 붉었고, 검은 안개가 신기루처럼 떠돌았다. 홍옥과 흑옥이 절반쯤 섞인 채 박혀 있는 듯한, 눈이라 부를 수 없는 검붉게 빛나는 '것'이 그곳에 있었다.
 검붉은 빛의 눈은 마주하는 것만으로도 끔찍한 공포와 절망을 느끼게 했다.
 항거할 수 없는 거대한 무엇이 자신을 짓누르는 듯했다. 손에서 힘이 빠져나가는 것만 같았고, 실제로도 왕문은 검이 점점 무거워지는 기분이었다. 검뿐만 아니라 몸도 마음도 무거워져 갔다. 저 눈을 감히 마주 볼 수가 없었다.

왕문은 전율했다.

절세의 마공과 사공을 익힌 자가 헤아릴 수 없이 많은 군림성에서 이십 년이 넘는 세월을 보낸 그였다. 하지만 단지 눈만으로 항거불능의 공포를 느끼게 만드는 마공이나 사공은 본 적도 들은 적도 없었다.

왕문은 진저리를 치며 피를 뱉어냈다. 작은 살덩이가 피와 함께 튀어 나왔다.

비정상적인 상태를 벗어나기 위해 이빨로 혀끝을 끊어낸 것이다.

이를 갈며 왕문이 소리쳤다.

"마공을 익힌 놈이었구나!"

찰나지간 태도가 이리저리 변하던 왕문이 외치는 소리에 검엽은 눈살을 찌푸렸다. 영문을 모를 소리였다. 그는 자신의 눈이 변했다는 것을 알지 못하고 있었다.

그는 왕문이 무어라 소리치든 아랑곳하지 않고 무서운 기세로 왕문을 향해 움직였다. 왜 갑자기 흐트러졌는지 이유를 알 수는 없었지만 왕문은 황망해했고, 그의 검은 눈에 보일 정도로 느려져 있었다.

기회였다.

검엽과 왕문의 거리는 여섯 자가량이었다. 그리고 검엽이 어깨를 슬쩍 흔들자 그 거리는 단숨에 사라졌다.

다시금 움직임을 놓친 직후 검엽의 검붉게 빛나는 스산한 두 눈이 코앞에 나타나는 것을 본 왕문은 사선으로 검을 그어 올리며 두 걸음 뒤로 물러났다.

검첨이 보일 듯 말 듯 떨리고 있어 변화를 짐작키 어려운 검격. 검엽의 상반신 요혈 서른 두 개가 검의 궤적에 놓였다.

삼백 년 이래 등장한 마도의 검법 중 서열 이 위를 차지하고 있는 혈화잔혼검식의 정화, 혈화참혼식(血花斬魂式)이었다.

그러나 왕문이 혈화잔혼검을 펼친 것은 범의 아가리에 머리를 들이민 것과 다를 바 없었다.

그는 상상도 하지 못했지만.

왕문은 관열과 육자홍을 쓰러뜨리면서 두 번 혈화잔혼검을 펼쳤다. 그리고 검엽은 심안으로 그것을 보았다.

혈화잔혼검은 변화를 추구하는 검의 최고봉에 있는 일대의 마도절학이지만 왕문의 성취는 곽초환에 비할 바가 아니었기에 그 변화를 완벽하게 펼칠 수 없었다.

그것만으로도 대단한 위력이긴 했다. 검엽도 왕문이 먼저 혈화잔혼검을 펼치는 걸 보지 않았다면 곤란을 겪었을 정도로. 하지만 불행하게도 검엽은 혈화잔혼검을 보았고, 한 번 본 무공은 검엽에게 위협이 될 수 없었다.

군림성의 무사들이 검엽의 손에 추풍낙엽처럼 쓰러져 간 이유도 이 때문이었다.

싸움이 길어지며 군림성 무사들은 동일한 무공을 다시 써야 했고, 그런 경우 검엽은 초식의 빈틈을 여지없이 파고들어 적을 쓰러뜨렸던 것이다.

검엽은 왕문이 펼친 두 개의 초식에서 혈화잔혼검에 내재하고 있는 본연의 흐름, 검의(劍意)를 어렴풋하게나마 파악해냈다.

혈화잔혼검은 변화에서 변화를 이끌어내기 위해 환검의 묘리를 변검의 묘리와 절묘하게 통합한 검법이었다.

그 통합의 결과, 변화를 따르는 검은 언제나 허와 실을 뒤바꿀 수 있었다. 그래서 예측이 어렵고 검영 하나하나가 노리는 부위들이 하나같이 치명적인 곳들이어서 격중당하면 살아남기 어려웠다. 수련의 정도가 완성에 가까워진다면 검기를 넘어 검객의 꿈이라는 검강을 얻을 수도 있는 절학이었다.

단 두 개의 초식을 통해 파악한 것이라고는 믿기 어려운 결과였다. 그러나 상대가 곽초환이었다면 이 정도의 파악만으로 상대를 어찌할 수는 없었을 것이다. 하지만 왕문은 곽초환이 아니었다.

왕문이 정상적인 상태일지라도 검엽이 움직이는 속도에는 미치지 못했다. 그런데 왕문은 검엽의 기괴한 눈에 심신이 공제당하며 평정이 무너졌고 검이 느려졌다. 미미한 속도의 차이가 승부를 가르는 것이 고수들의 싸움이다.

검엽의 단전 부근을 지나 올라가던 왕문의 검첨의 떨림이 커지며 폭발적으로 늘어난 검영들이 검엽의 상체를 집어삼켰다.

보는 이의 안색조차 변하게 만들 검세. 그러나 당사자인 검엽의 표정을 변하게 하지는 못했다.

표정이 변하는 대신 검엽은 왕문이 펼친 혈화참혼의 검영들 사이로 불쑥 손을 집어넣었다.

쇠로 된 손이라도 잘려 나갈 기세의 검격이 눈에 보이지 않는 듯한 움직임.

이를 악다문 왕문은 검엽이 파고든 부분의 검영을 허에서 실로 바꾸려 했다. 그러나 내력의 운용과 그를 받아들인 육체, 그리고 최종적으로 검의 속도가 그의 마음을 따라주지 못했다.

따나나나다딩!

쇠끼리 부딪치는 듯한 소리가 요란하게 전장을 뒤흔들었다. 왕문의 검이 두 치 간격으로 산산조각 나며 부서져 내렸다.

초현된 벽력섬뢰탄지공이었다. 아직 내력을 외부로 쏟아낼 정도의 성취를 얻지는 못했지만 공력이 모인 손가락 끝은 바위를 두부처럼 부수고 쇠를 엿가락처럼 끊어낸다.

왕문이 쥔 검병 부근까지 검날을 끊은 검엽의 손가락이 모이며 권을 이루었다.

막대한 기세가 실린 일권이 뇌전의 기세로 왕문에게 날아들었다. 변초의 신속함은 가히 불가일세.

노굉이 관통력에 있어서는 개산권 삼십육초 중 최고의 초식이라 자부했던 일권관악(一拳貫岳)이었다.

검이 부러지고 그 충격을 해소하기도 전에 들이닥친 일권이다. 피할 틈이 있을 리가 없었다.

복면 속 왕문의 얼굴이 시퍼렇게 물들었다.

쿵!

"크윽!"

왼쪽 어깨가 함몰된 왕문이 피를 토하며 뒤로 튕겨 나갔다.

"물러나라!"

무거운 일갈.

왕문의 머리 위로 초인겸의 신형이 나타났다.

그와 함께 검엽의 머리를 향해 수직으로 떨어져 내리는 다섯 자 길이의 육중한 패도.

쑤와아악!

허공이 두 쪽으로 갈라지는 것처럼 느껴질 정도로 위맹한 일격.

그러나 검엽은 초인겸의 도를 무시하고 검붉은 눈을 스산하게 빛내며 바람처럼 왕문을 따라잡을 뿐이었다. 그의 신형이 허깨비처럼 흔들리자 초인겸의 패도는 검엽을 비껴 흘렸다.

간발의 차였다.

귀왕보에 이은 암귀행.

이번 싸움을 겪으며 검엽은 다섯 노야의 무공과 자신의 창안무공을 어떤 식으로 사용하는 게 효과적인지 대략적인 감을 잡았다. 상식을 무시하는 초식과 내공 운용의 진경이었다.

그가 제대로 된 싸움을 두 번째로 한다는 걸 누가 믿을 수 있을 것인가.

초인겸의 진중하던 얼굴이 무섭게 일그러졌다.

출관한 이후 자신의 도를 이처럼 무시하는 자를 만난 적이 없는 그였다.

적을 앞에 두고 분노에 마음을 맡길 만큼 어리석은 그는 아니었지만 분노 자체가 어디로 가지는 않는다.

"이놈!"

벽력같은 외침과 힘께 패도에서 흘러나오는 기세가 확연하게 강해졌다. 왕문이 생사의 기로에 처한 데다 노한 기세까지 더해진 도세가 검엽의 등을 노리고 날아들었다.

패도가 이르기 전에 기세가 먼저 이르렀다.

검엽은 손만 뻗으면 취할 수 있는 왕문의 목숨을 포기해야 한다는 것을 깨달았다.

초인겸의 패도는 예전 혈조사마의 공세보다 강했다. 살을 주고 뼈를 깎을 수만 있다면 기꺼이 할 그였다. 그러나 왕문의 목숨을 취하기 위한 공세를 유지한다면 그가 내주어야 하는 건 살이 아니라 목숨이 될 터였다.

초인겸의 패도는 충분히 그런 결과를 만들어낼 수 있었다.

검엽의 검붉은 눈동자가 강렬한 빛을 발했다.

참담하게 일그러진 얼굴로 검엽과 눈이 마주친 왕문의 얼굴이 빠져나올 수 없는 늪에라도 잠긴 사람처럼 검게 죽어갔다.

일시지간 그의 눈이 텅 비었다.

상상해 본 적도 없는 공포가 그의 전신을 지배했다.

그 순간 초인겸의 패도가 검엽을 저지하지 않았다면 그는 완전한 무방비 상태로 검엽의 손을 맞이했을 것이고, 무참하게 죽어갔을 것이다.

"왕문!"

검엽이 우측으로 일 장을 이동하며 자신의 패도를 피하는 것을 본 초인겸은 내공을 가득 실어 왕문을 불렀다. 검엽의 운신에 감탄할 틈이 없었다.

언제나 얼음처럼 차갑고 냉혹하던 왕문의 태도가 이상했기 때문이다. 그는 마치 혼을 빼앗기기라도 한 사람처럼 넋을 놓고 있었다. 찰나의 순간에 생사가 왔다 갔다 하는 전장이다. 왕문의 태도는 죽여 달라고 목을 늘어뜨리는 일이나 진배없었다.

이해할 수 없는 일이었지만 연유를 캐물을 시간 따위가 있을 리 없었다. 그로서도 정신을 차리라고 일갈하는 게 고작이었다.

왕문의 초점을 잃었던 눈동자가 제 빛을 되찾았다. 하지만 그는 검엽을 공격하는 초인겸을 측면에서 지원하지 못했다. 손 하나 까닥할 힘도 없었기 때문이다.

그는 무너지듯 그 자리에 주저앉았다. 탈진한 그의 단전에 내공이라 부를 수 있는 기운은 한 톨도 남아 있지 않았다.

눈 두어 번 깜박일 동안에 불과했지만 검엽의 검붉게 빛나는 눈과 마주치며 그가 받은 심적 충격은 막대했다. 절정의 고수가 정신을 놓을 정도의 충격이었으니 군말이 필요없는 것이다.

그에 비하면 어깨가 부서지며 생긴 내외상은 오히려 아무것도 아니었다.

이동하며 신형을 반전한 검엽과 정면으로 마주한 초인겸의 얼굴이 창백하게 탈색되었다.

그도 검엽과 눈이 마주친 것이다.

'허윽!'

입 밖으로 토해내지 못한 비명이 그의 가슴을 바위처럼 내리눌렀다.

그는 왕문이 한순간 왜 그처럼 무방비 상태가 되었는지 이해할 수 있었다. 그의 전신도 물먹은 솜처럼 늘어지려 했으니까. 그러나 그는 쓰러지지 않았다.

그를 가르친 사람들은 당세에 가장 독하다고 정평이 난 인물들이었고, 그는 그 지독한 사람들을 감탄하게 만들었던 능력과 자질의 소유자였다.

장포에 감춰진 초인겸의 상체가 터질 듯 부풀어 올랐다. 지렁이처럼 꿈틀거리는 굵은 혈관이 그의 얼굴과 목, 드러난 손등을 거목의 뿌리처럼 뒤덮었다.

파앗!

검엽의 목을 횡으로 쓸어가는 패도의 기세는 보는 이들을 질리게 했다.

왕문은 물론이고 무릎이 부서진 무사와 온전한 무사들은 입 안이 바짝 말랐다.

그들로서는 지켜보는 게 전부일 수밖에 없었다. 기세는 확연했지만 실체는 희뿌연 그림자로밖에 보이지 않을 정도의 속도로 움직이며 싸우는 사람들이다.

초인겸을 돕겠다고 나섰다가는 자기 몸을 온전히 건사하지도 못할뿐더러 방해만 될 터였다.

땅거죽이 뒤집히고 흙먼지와 잔돌이 미친 듯이 튀어 올랐다.

반경 일 장이 초인겸의 도세하에 놓였다.

검엽의 기이한 변화를 오래 감당하기 어렵다고 판단한 초인겸이 일초에 승부를 건 것이다.

그물처럼 뻗어온 패도의 기세는 검엽의 움직임을 묶었다.

검엽의 검붉게 타오르는 눈빛이 얼음장처럼 차갑게 변했다. 긴 머리카락이 깃발처럼 나부끼며 검엽의 안면이 누가 뜯어낸 것처럼 찢겨 나갔다. 패도의 기세를 이기지 못한 인피면구가 떨어져 나간 것이다.

밀랍처럼 흰 피부와 사람의 것이라 생각되지 않는 검엽의 얼굴이 햇빛 아래 모습을 드러냈다.

그러나 그의 얼굴을 본 사람들은 아름다움이 아니라 공포를 느꼈다. 인간 같지 않은 아름다운 얼굴과 그 한가운데 박혀 검붉게 빛나는 눈은 현실감이 전혀 없었다.

검엽은 인피면구가 뜯긴 것을 의식하지 못했다. 초인겸의 패도에는 그가 강호에 나선 후 처음 느껴볼 정도로 강한 위력이 담겨 있었다. 게다가 운신을 제약하는 기이한 기세까지 포함되어 있는 것이다.

전설의 금강불괴가 아닌 이상 패도에 맞고 온전하길 기대할 수는 없는 노릇이다.

검엽은 오른발 끝을 땅에 창처럼 내리꽂았다.

푸욱!

진흙을 파고들 듯 발목까지 지면에 파묻은 발을 축으로 그의 신형이 팽이처럼 회전했다.

그 회전의 속도는 패도를 쳐가던 초인겸을 경악시켰다.

경천패도(驚天覇刀)의 발동과 함께 일어나는 패천기(覇天氣)의 흐름은 상대의 운신을 제약한다. 그 흐름은 상대의 주변에 존재하는 기의 흐름을 인위적으로 비틀 정도로 강력한 것이라 상대는 호흡이 부자연스러워지고 움직임이 흐트러진다. 그게 정상적인 반응이었다.

그의 눈앞에서 발을 땅에 파묻자마자 신형이 보이지 않을 정도로 회전하며 거대한 선풍을 일으키는 검엽의 운신은 그가 아는 한 가능할 수 없었다.

그가 어찌 알 수 있으랴.

검엽이 사용하지 않았던 암천부운행의 요결 중 하나인 와선폭류(渦旋爆流)가 펼쳐지고 있다는 것을.

와선폭류는 검엽이 구환공의 풍마진결에서 회전을 통한 선풍의 힘을, 그리고 수혼진결에서 해일의 폭발하는 흐름을 찾아내서 만들어낸 경신법이다.

회전을 통해 바람을 얻고, 바람의 인력(引力)으로 상대의 힘을 몸에 둘러 흘려 버리는 와선의 요결은 회피하는 것을 목적으로 한다. 하지만 필요한 상황에서는 몸에 두른 상대의 힘을 흘리지 않고 묶어둘 수 있고, 그 힘을 수혼결로 증폭시켜 쳐낼 수도 있다. 그것이 폭류의 요결이다.

경신법이되 그에 머무르지 않는 수법.

콰드드드드득!

초인겸의 패도가 검엽이 만들어낸 와선풍을 비단을 베듯 수평으로 가르며 뚫고 들어갔다.

벌어지는 와선풍 사이로 검엽의 얼굴이 보였다.

바람에 휘말린 긴 머리카락 사이로 언뜻언뜻 드러나는 그의 아름다운 얼굴은 무표정했다. 긴장감도 흥분도 아무것도 보이지 않았다. 그러나 눈은 달랐다. 검붉기 때문일까. 그 눈은 인간의 것이라고는 믿어지지 않을 정도로 잔혹하게 보였다.

초인겸의 패도가 검엽의 목을 두 치 정도 남겨둔 지점에 도달했을 때 검엽의 몸이 회전을 멈췄다. 그리고 패도가 다가오는 반대 방향으로 검엽의 신형이 밀려나며 그의 쌍수가 무서운 속도로 초인겸의 패도를 맞이해 갔다.

그의 전신을 휘어 감고 있던 와선풍이 그의 어깨를 타고 거대한 구렁이처럼 팔을 둘러 회전하며 손끝으로 흘렀다. 바람이 만든 노한 해일의 벽이 패도가 전진하는 길을 막아섰다.

쿵!

패도는 검엽이 쏟아낸 바람의 벽을 뚫지 못했다.

충돌의 여파로 검엽을 중심으로 한 반장 이내의 지면이 한 치가량 가라앉았고, 땅거죽이 뒤집히며 피어오른 흙먼지가 하늘을 가렸다.

그 속에서 두 개의 검붉은 빛이 야수처럼 번뜩였다.

초인겸은 와선폭류와 부딪쳐 한 자가 튕겨난 패도를 움켜쥐었다. 찢어진 손아귀에서 피가 흘렀다.

야수의 그것처럼 빛나는 상대의 눈을 마주한 그의 눈빛은 어두웠다. 적을 외면할 수는 없는 노릇이다. 그러나 부딪칠

때마다 전신을 치달리는 소름은 대체 무엇이란 말인가.

초인겸은 울컥하며 솟구치는 핏덩이를 간신히 집어삼켰다. 뱉으면 속이야 편해질 것이다. 하지만 덩어리 피가 빠져나갈 때 발생하는 기의 허는 공력 운용에 틈을 만들어낸다. 그리고 아무리 짧아도 그 시간이면 목숨을 내놓기에 충분했다. 눈앞에 있는 자는 그 틈을 놓칠 자가 아니었다.

초인겸의 육중한 패도가 튕겨나간 거리를 단숨에 좁히며 검엽의 허리를 파고들었다.

번뜩이는 도광.

접근하기도 전에 일어나는 막강한 풍압.

일어난 풍압을 가르며 날아드는 경인할 속도.

검엽의 신형이 바람에 밀려나는 나뭇잎처럼 도의 방향을 따라 뒤로 물러났다.

초인겸의 눈이 경악으로 찢어질 듯 커졌다.

몸을 가볍게 만들어 바람결에 따라 흐르는 보법이 없는 건 아니다. 그러나 초인겸은 눈앞에서 검엽이 보여주는 운신이 상식적으로 가능하지 않다는 것을 알고 있었다.

그의 패도는 도에서 일어나는 풍압보다도 빨랐으니까.

한 줌의 기류라도 존재한다면 그것을 타고 흐를 수 있는 수법.

암천부운행의 마지막 요결, 승풍비류(乘風飛流)였다.

지난 세월 동안 검엽이 가장 공들인 무공이 경공이다.

기괴한 이유로 사용상의 제한이 약화된 지금 암천부운행
은 그가 창안했을 때 목적했던 그 본연의 위력에 근접한, 절
세의 능력을 발휘하고 있었다.
 초인겸을 경악시키며 움직이는 검엽의 사정은 겉보기와
달리 좋지 않았다.
 초인겸과의 충돌로 적지 않은 내상을 입은 것도 문제였지
만 진정한 문제는 다른 데 있었다.
 검엽의 이마는 습기가 번져 있었다. 그냥 땀이 아니라 식은
땀이었다. 그의 안색은 밀랍인형처럼 창백했다.
 '뭔가 잘못되어 가고 있다. 어지러워······.'
 검엽은 자신의 심안에 들어오는 광경이 이리저리 일그러
지며 기괴한 붉은 선에 의해 잠식당해 가는 것을 보고 있었
다. 그것은 그에게 격렬한 증오와 살기, 그리고 파괴와 살육
의 충동을 불러일으켰다.
 초인겸과의 충돌은 그 현상을 확연히 느낄 수 있을 만큼 더
가속화하고 있었다. 상대가 단숨에 처리할 수 없을 정도로 강
한 것이 원인인 듯했다. 추정이었지만.
 검엽은 입술을 깨물었다.
 자신이 자신이 아닌 것처럼 느껴지는 이런 기분을 느껴본
적이 없는 그였다. 허허롭기 그지없는 생활을 해온 그에게 증
오와 파괴욕이라니······.
 마치 다른 사람이 자신을 조종하는 듯한 기분은 그에게 또

다른 분노와 역겨움, 그리고 공포를 느끼게 했다.

'승부를 내려면 백 초는 더 싸워야 할 자다. 그동안이면 무슨 일이 벌어질지 몰라. 일단 피하자. 내게 무슨 일이 벌어지고 있는지 알아보는 게 이자를 죽이는 것보다 중요해.'

어차피 헌원미림 등은 이미 자리를 피했고, 확인하고자 했던 것도 확인이 끝났다. 생전 처음 보는 초인겸이 죽자 하고 덤비고 있었지만 딱히 군림성에 적의를 갖고 있지 않은 검엽이 그와 생사결을 할 이유는 없었다.

도주가 불가능하다면 생각할 필요도 없이 처리해야 하겠지만 그런 상황도 아니었다. 또한 쉽게 처리가 가능한 자도 아니었고, 무엇보다 오늘 이후에 다시 볼 일이 없는 자였다.

초인겸의 패도가 쏟아내는 기세를 타고 다섯 자를 물러난 검엽의 쌍수가 움직였다. 번개처럼 나아간 그의 손은 패도의 도면을 비파를 타듯 두드렸다.

벽력섬뢰탄지로 강화된 그의 손가락은 십이초 겁천벽뢰타 중의 뇌주비파연(雷柱琵琶演)의 요결을 따랐다.

쩌~엉!

부딪침은 십여 회가 넘었지만 쇠끼리 부딪치는 듯 듣는 이의 속을 뒤집어놓는 소음은 길게 한 번 나는 걸로 그쳤다. 소리가 그들의 속도를 따라가지 못하는 것이다.

왕문은 흙먼지가 만들어낸 거친 돌풍 속에서 마치 튕기듯 뒤로 물러나는 초인겸을 볼 수 있었다.

손해를 본 듯 초인겸의 신형은 술 취한 사람처럼 비틀거렸다. 지면을 향해 힘겹게 늘어진 패도의 도면에 움푹 파인 십여 개의 흔적이 보였다.

백련정강에 한철을 섞어 만든 도를 지력으로 저렇게 만들었다고 말하면 믿는 자를 찾기가 힘들 것이다.

왕문이 한 번도 본 적이 없는 낭패한 모습이었다.

그가 경악을 추스르기도 전 초인겸이 소리쳤다.

"왕문, 그것들을 깨워라!"

뜬금없는 지시였다.

"……!"

왕문이 미처 대답을 하지 못하자 초인겸이 고개를 돌렸다. 악다물어 뒤틀린 그의 턱은 핏물로 흥건했다.

"그자를 추적한다. 반드시 죽여야 해!"

초인겸의 말에 왕문은 정신이 번쩍 들었다.

흙먼지가 가라앉은 전장엔 더 이상 검엽의 모습은 보이지 않았다.

검엽이 도주한 것을 확인한 왕문은 침을 삼키며 말했다.

"이 공자님… 그것은……."

말을 흐리며 초인겸의 지시를 기다리는 군림성 무사들을 훑던 그의 시선이 다시 초인겸을 향했다.

초인겸은 이글거리는 눈빛으로 왕문의 눈길을 받았다.

"계획에 없던 희생이긴 하지만 어쩔 수 없다. 그런 자에게

쓰기 위해서 이렇게 공을 들인 건 아니었다. 그러나 너도 겪은 것처럼 이자는 너무 위험하다. 나중을 위해서라도 살려둘 수 없다."

초인겸의 어투는 무겁기 이를 데 없었다. 상처 때문은 아닐 터였다. 그런 것으로 평정을 잃을 그가 아니었으니까.

왕문은 초인겸의 말에서 짙은 살기와 함께 두려움을 읽었다. 그것이 그의 심장을 떨게 했다. 그가 아는 초인겸은 두려움이라는 것을 모르는 사람이었다.

더 이상의 말은 필요없었다.

초인겸이 그처럼 중하게 생각하는 자라면 후일의 대세에 영향을 미칠 가능성이 있는 자였다. 그런 자의 수는 적을수록 좋았다.

왕문은 호흡을 고르며 신형을 날렸다. 검엽과의 충돌로 입은 내상 때문에 내장을 칼로 찢는 듯한 고통이 일어났지만 그는 내색하지 않고 오히려 속도를 냈다.

그가 본 검엽의 경공은 필설로 형용할 수 없을 정도로 뛰어났다. 그런 자를 잡기 위해서는 시간을 허투루 보낼 수는 없었다.

그가 향한 방향은 정남 지부가 자리 잡은 분지의 후면이었다.

그가 목적으로 한 곳에 접근하자 공기의 흐름이 달라졌다. 칙칙하게 몸을 내리누르는 기분 나쁜 기운이 농밀해졌다.

왕문이 걸음을 멈춘 곳은 평지였는데 다른 곳보다 지면이 위로 불룩하게 솟아 있었다.

왕문은 품에서 한 손으로 쥘 수 있는 크기의 작은 병 하나를 꺼내 들었다.

병을 보는 그의 눈에 여러 감정의 빛이 뒤섞여 떠올랐다.

그는 죽음을 각오하고 암습에 동참했었다. 혈마성의 진전을 일부 이은 그였으나 생환을 장담할 수 없는 암습이었다. 만약 그때 죽었다면 이 병을 쥐고 있는 이는 그가 아닌 다른 사람이었을 것이다.

왕문의 손아귀에 힘이 들어갔다.

퍼석!

작은 소음과 함께 짙은 회색의 안개가 왕문의 손에서 분수처럼 뿜어져 나오더니 아래로 가라앉았다. 그 안개가 퍼져 나가는 속도는 상당히 빨랐다. 방원 십여 장 이내는 곧 왕문의 무릎 높이까지 회색으로 변했다.

퇴색한 융단처럼 보이는 회색 안개는 보는 이의 가슴을 서늘하게 만들고 등골을 쭈뼛하게 하는 음습함이 담겨 있었다.

안개가 느리게 출렁이는 것을 보며 왕문은 가슴에 다시 손을 집어넣었다. 가슴을 빠져나온 그의 손엔 세 치 길이의 퉁소가 들려 있었다. 그는 퉁소를 입에 물었다.

그의 뺨은 부풀었다가 홀쭉해지기를 반복했다. 하지만 소리는 들리지 않았다. 대신 기분 나쁜 기운은 더욱 강해졌다.

그리고 일다향이 지났을 때.

투툭, 투툭, 후두둑!

불룩하게 솟은 지면이 조금씩 들썩이기 시작했다.

푸욱!

무언가가 지면을 뚫고 튀어나왔다.

그것은… 손이었다.

시퍼렇게 물든, 하지만 살아 있는 자의 것과 다름없는 윤기가 흐르는 손…….

하나, 둘…….

지면을 뚫고 나온 손의 수가 늘어났다. 그리고 소름끼치는 사기(邪氣)가 새벽의 안개처럼 자욱하게 정남 지부를 뒤덮어 갔다.

천마검섭전

"씨부럴……."

방건은 뺨을 타고 흐르는 눈물을 쓰윽 훔쳤다.

가슴이 찢어지는 듯했고, 머리는 멍해졌다. 악을 쓰며 울고 싶었다. 그럴 수만 있다면…….

심익수와 담천우가 죽었다.

그들은 다른 사람들을 살리기 위해 뒤에 남았다. 그들의 죽음으로 번 시간은 반 각도 되지 않았지만 살아남은 사람들에겐 천금과도 바꿀 수 없는 시간이었다.

말속에 뼈가 들어 있는 말을 많이 해서 가까이 하기엔 너무 까다로운 사람이라고 정평이 났던 담천우도, 덩치만큼 두꺼운 입술을 놀리는 걸 싫어해서 하루 종일 한마디 듣기 어려울 정도로 과묵했던 심익수도 망설임없이 일행을 위해 뒤에 남았다.

가장 먼저 떠난 심익수는 일행을 향해 애병, 방천화극을 엿가락처럼 휘두르며 한 번 씨익 웃어주고 말았지만 두 번째로 떠난 담천우는 한마디를 남겼다.

칼밥을 먹고살다 보면 언젠가 이런 날을 맞이하게 된다는 말을.

방건이라고 그런 말을 모를까. 하지만 시간이 흐를수록 그 말의 울림은 커지기만 했다. 그 울림을 견디지 못한 가슴이 가뭄에 마른 땅처럼 갈라지고 뒤집어졌다. 그의 눈물은 쉽게 멈출 기미를 보이지 않았다.

한낮인데도 하늘은 잘 보이지 않았다. 일행이 숲의 안쪽으로 들어가며 아름드리 거목들이 하늘을 가린 것이다.

거목들 사이에 자란 잡목들 때문에 전진은 더뎠다. 시야가 트인 나무의 정상을 밟으며 이동할 수는 없는 일이어서 일행이 택한 건 거목들 사이의 잡목을 밟으며 전진하는 것이었다.

그러나 그도 쉬운 일은 아니었다.

숲은 무성한 잎을 자랑하는 크고 작은 나무로 가득 차 있어서 사람이 빠져나갈 만한 공간을 확보하기 어려웠기 때문이다. 이곳은 대륙의 남쪽인 것이다.

선두에서 길을 내며 달리고 있는 봉유종과 헌원미림의 전신은 피와 땀으로 범벅이 되어 있었다.

방건은 이를 악물었다. 어떻게든 눈물을 멈추어야 했다. 그만 가슴이 아픈 게 아니었으니까.

오십여 장 뒤편의 숲에서 나뭇가지 부러지는 소리가 은은하게 들려왔다.

일행의 안색이 딱딱하게 굳어졌다.

소음의 주인공이 누구인지는 자명했다.

심익수와 담천우는 철혼대 내에서 발군의 실력을 가진 일류고수였음에도 저들을 오래 막지 못했다. 저들도 정예라 실력 차이가 많이 나지 않았고, 숫자 또한 삼십여 명이나 되었다. 더욱이 저들 중에는 비록 상처를 입었다고 해도 남악산 분타주 곡우가 있었다.

곡우를 제외하더라도 비슷한 실력을 가진 자들 삼십여 명을 한 명이 얼마나 오래 상대할 수 있겠는가. 누구나 결과를 예상할 수 있는 승부였다.

그때 누군가 방건의 등을 쳤다.

탁!

방건이 흠칫하며 옆을 보자 땀으로 범벅된 운호강의 선이 가는 얼굴이 보였다.

언제나 매섭게 번뜩이던 운호강의 눈은 깊었다. 그는 돌아보는 방건과 눈을 마주치며 작게 입을 벌리고 웃었다.

"방가야, 계집처럼 질질 짜지 마라. 흐흐흐."

방건의 안색이 희게 변했다. 운호강이 왜 자신에게 말을 거는지 직감한 것이다.

그가 입술을 떨며 말했다.

"운… 형님!"

하지만 운호강은 더 이상 방건을 보지 않았다. 그의 시선은 은연중 일행의 우두머리가 되어 있는 봉유종을 향했다.

"형님……."

봉유종은 운호강이 방건의 등을 쳤을 때부터 전진을 멈추고 뒤로 돌아서 있었다.

그는 가슴이 먹먹한 표정으로 말없이 고개만 끄덕였다. 무슨 말이 필요할 것인가. 고개를 끄덕이는 데 망설임은 없었다. 하늘이 돕지 않는다면 다음 차례는 그였다.

후배들을 먼저 보내서 미안하긴 했지만 이곳 지리를 가장 잘 아는 그였기에 그들보다 앞서 죽을 수는 없었다. 최소한 막내나 다름없는 방건과 이방인인 헌원미림은 살려야 했다.

운호강은 조금 굳은 얼굴로 일행과 눈을 한 번씩 마주친 후 애검을 움켜쥐고 신형을 날렸다. 그의 신형은 그처럼 애써서 뚫고 나온 잡목들의 한복판으로 사라졌다.

"으으으……."

방건의 입술 사이로 앓는 신음이 새어 나왔다. 갑자기 말을 잊어버리기라도 한 듯 그는 입술만 벙긋거릴 뿐이었다. 그의 머리는 하얗게 텅 비었다.

그들이 지체한 시간은 눈 두어 번 깜박일 정도밖에 되지 않았다.

봉유종은 다시 정면으로 몸을 돌렸고, 무표정한 얼굴의 헌원미림이 그와 어깨를 나란히 하며 길을 막는 잡목을 향해 칼을 휘둘렀다.

그리고 이제는 온 얼굴을 일그러뜨리며 소리없이 오열하는 방건이 그들의 뒤를 따랐다.

*　　　*　　　*

나무 사이를 한줄기 바람처럼 통과하던 검엽이 갑자기 신형을 세웠다. 그는 심안을 최대한 확장했다.

오십여 장 이내에 적의 기척은 느껴지지 않았다. 군림성에서 추적을 해올 가능성이 높았지만 그 수뇌들이 심신에 충격을 받은 상태라 시간이 걸리는 듯했다.

그의 안색은 여전히 창백했다.

내공이 늘며 창안절기의 연속 사용이 어느 정도 가능해지긴 했지만 여유있게 사용하는 건 아직 요원한 일이었다. 가파른 내력 소모는 피할 수 없는 일이었고, 설상가상으로 초인겸과의 마지막 충돌은 그에게 가볍지 않은 내상을 안겼다. 그 내상은 제때 수습하지 못하면서 서서히 악화되고 있었다.

숲을 통과하며 그가 사용한 경공은 이천룡의 섬전유운신

법이었다. 섬전유운신법은 속도도 발군이지만 상승의 절기임에도 내력 소모가 동급의 경공에 비해 오 할도 되지 않을 만큼 극히 적다. 암귀행에 비한다면 말할 필요도 없었고. 그는 속으로 이천룡에게 감사하다는 말을 열 번도 더 했다.

검엽은 눈을 깜박였다.

그는 아직까지도 자신의 눈이 변했다는 것을 알지 못했다. 단지 눈이 거북하다는 느낌을 받을 뿐이었다. 그리고 그 거북한 느낌은 미묘하게 그의 평정 상태를 지속적으로 깨뜨렸다.

전장을 이탈하고 난 후 그의 눈은 검은빛이 확연하게 짙어졌다. 그리고 전신의 피를 들끓게 했던 기이한 감정들이 조금씩 사라져 갔다. 시간이 흐르며 그는 평소의 감정 상태를 거의 회복할 수 있었다. 하지만 다시 피와 주검을 보았을 때도 이런 상태를 유지할 수 있다고는 그 자신조차 확신하지 못했다.

'거참, 전부가 온전히 도주할 수는 없을 텐데… 하지만 그들에게 가면 다시 그자들을 상대해야 하잖아.'

검엽의 미간에 골이 깊게 파였다.

함께 생활하면서도 동료라 생각하지 않았던 사람들의 안위를 이제 와서 걱정하는 것은 웃기는 일이었다. 더구나 그는 다른 사람을 걱정할 정도로 한가한 처지가 아니었다.

몸과 정신이 그의 통제를 어느 정도 벗어난 상태가 아닌가. 그리고 그는 자신의 몸에 일어나고 있는 변화보다 그들이 중요하다고 생각하지 않았다.

그런데도 검엽은 뇌리에 어른거리는 봉유종 일행의 모습을 지워내지 못했다.

그다지 성실하다고 할 수 없었던 그의 태도에도 불구하고 배려 깊었던 봉유종과 친근하게 굴던 방건의 모습이 계속해서 마음 한구석에 밟혔다. 그리고 위기의 순간에 동료를 위해 목숨을 바쳤던 심중탁을 비롯한 정남 지부 무사들의 모습들도.

그들의 행동이 검엽에게 감동을 주지 못한 것은 분명했다. 하지만 그에게 봉유종 일행을 나 몰라라 하며 외면하지 못하도록 만든 것도 분명했다.

다른 사람과 치열하게 감정이 엮인 경험이 거의 없는 검엽에게 이런 마음의 움직임은 자신에게도 뜻밖일 수밖에 없었다.

'빌어먹을······.'

내심 혀를 찬 검엽은 몸을 날렸다. 그의 신형이 지금까지 진행한 방향과 직각으로 꺾이며 움직였다.

반 각도 지나기 전 검엽은 봉유종 일행의 흔적을 발견할 수 있었다. 흔적을 찾는 것은 어렵지 않았다. 쫓고 쫓기며 움직인 사람의 수가 사십여 명에 가까우니 흔적도 크고 많았다.

사실 전장을 이탈한 검엽이 봉유종 일행이 간 방향으로 행로를 잡은 것은 그 자신에게도 뜻밖의 일이었다.

도망치는 것이나 다름없는 상황인데 잘못하면 앞뒤로 적

을 맞이할 수도 있기 때문이다. 그리고 다시 적을 죽이게 되면 자신에게 어떤 변화가 일어날지 알 수 없었다.

그럼에도 검엽은 다른 선택에 대한 미련을 갖지 않았다.

그는 어렴풋하게나마 깨닫고 있었다.

지금 다른 길을 선택한다면 후회할 거라는 걸. 그리고 적지 않은 시간 동안 그 감정이 사라지지 않으리라는 것을.

그는 마음에 앙금을 남기고 싶은 생각이 전혀 없었다.

검엽이 곡우가 이끄는 군림성 무사들을 발견했을 때 그들은 멈추었던 발걸음을 다시 옮기는 중이었다. 그들의 뒤로 처참하게 난자당한 운호강의 시신이 남겨져 있었다.

거목의 위에서 그 광경을 심안으로 목격한 검엽은 입 안이 썼다. 후회를 남기지 않기 위해 봉유종 일행을 찾아왔지만 일행의 죽음에 가슴이 아프거나 한 건 아니었다.

그래도 씁쓸하긴 했다.

언제 죽어도 이상하지 않은 무림인의 삶이라고 해도 생판 모르는 사람도 아닌 한솥밥을 먹었던 사람의 죽음인 것이다.

'운호강까지 셋……. 그럼 봉유종과 방건, 헌원미림은 아직 살아 있다는 말이군.'

그는 이곳까지 오며 심익수와 담천우의 시신을 보았다.

검엽은 밀물처럼 숲의 안쪽으로 달려가고 있는 군림성 무사들의 등을 심안으로 응시하며 오른손에 쥔 작은 돌들을 슬쩍 어루만졌다. 모래알 두 개를 합쳐 놓은 것 만한 크기의 돌 수십 개가 그의 손에 있었다.

검엽은 왼손을 들어 손가락으로 잠시 눈을 눌렀다. 평소처럼 가늘게 뜨고 있던 눈이 감겼다가 손가락이 사라지자 다시 실눈이 되었다.

그의 눈은 완연히 검은빛으로 돌아와 자세히 보지 않으면 발견하기 어려운 흐릿한 혈기만이 남았다. 하지만 크게 뜨면 아직도 눈이 거북했다.

그 느낌은 상당히 거슬려서 검엽은 아예 눈을 감고 이동하기도 했다. 어차피 눈이 아닌 심안으로 세상을 보는 그가 실눈을 뜨고 있는 건 습관이기 때문이었다.

만약 실눈을 뜨는 게 아니라 눈을 감는 습관이 들어 있었다면 그는 눈을 감았을 것이다.

검엽은 길게 심호흡을 했다.

군림성 무사의 수는 스물넷이었다. 봉유종 일행을 추적하기 위해 떠났던 수가 서른 명 전후였으니 여섯 명 정도가 줄어든 수였다. 담천우 등이 목숨을 던져 줄였을 것이다. 그러나 여전히 적다고 할 수 없는 숫자였다.

저들에게 그가 생각한 공격을 발각되지 않고 실행하기 위해서는 암귀행이 반드시 필요했다.

구환공이 경락을 따라 움직이며 자극받은 장부와 근육이 뒤틀리는 것이 느껴졌다. 상처를 치유하기 위한 고통이었지만 아픈 건 아픈 것이다.

'몸이 비명을 지르는군.'

검엽은 혀를 찼다.

심중탁의 유언 이후 그는 확실히 무리를 했다.

창안절기를 사용하면서 밑 빠진 독에 물 붓듯 빠져나간 공력은 기괴한 이유로 흡수된(?) 공력이 어느 정도 받쳐 주긴 했지만 충분한 수준에는 크게 못 미쳤고, 모자란 부분은 그대로 그의 몸에 충격으로 남았다. 몸이 온전하기를 기대하는 것은 무리였다.

장신의 검엽이 한 가닥 연기처럼 나뭇가지 사이를 흐르기 시작했다. 무게가 느껴지지도 않으며, 보고 있어도 형체를 잡아낼 수 없는 운신, 암귀행이다.

군림성 무사들을 따라잡는 데는 찰나의 시간으로 족했다. 그들은 수가 많았고, 숲은 울창하게 우거져 있었으니까.

움직일 때마다 내상이 도지는 듯한 느낌에 검엽은 미간을 찡그렸다. 고통이야 개의치 않았지만 이렇게 고통을 느끼면서도 자신을 움직이게 만드는 감정은 그리 쉽게 익숙해지지 않았던 것이다.

그가 군림성 무리와 오 장가량 떨어진 나무 위에 신형을 세웠을 때 군림성 무사들은 봉유종 일행을 십여 장 앞에 두고 있었다.

얼굴을 돌처럼 굳힌 봉유종이 뒤를 돌아보는 것이 검엽의 심안에 들어왔다.
 봉유종은 방건과 헌원미림을 향해 빠르게 말했다.
"이제 내 차례다. 무사하길 빈다!"
"봉 형님……!"
 방건의 얼굴이 무참하게 일그러졌다.
 상상하기도 싫었던 순간이 마침내 온 것이다.
 봉유종은 헌원미림에게 시선을 주었다.
 헌원미림은 나직이 한숨을 내쉬면서도 단호하게 고개를 끄덕였다. 그녀는 봉유종의 눈빛에서 방건을 부탁한다는 뜻을 읽었다.
 마지막 인사를 눈으로 나눈 봉유종이 뒤에 있던 방건의 어깨를 잡아 자신의 등 뒤로 던지듯 끌어당겼다.
 방건의 저항을 염두에 두었던 터라 봉유종은 자신이 평생 수련한 금나수의 정화를 사용했고, 방건은 움찔도 못하고 봉유종의 손길대로 던져졌다.
 마주 선 군림성 무사들의 이글거리는 눈과 부딪쳐 가는 봉유종의 눈길은 담담했다. 삶의 미련을 버린 자의 눈이었다.
 막아선 사람은 한 명에 불과하다. 그렇지만 추적하는 동안 한 명의 적이 막아설 때마다 최소한 두 명의 동료를 잃은 군림성 무사들은 봉유종을 경시하지 못했다.
 곡우조차도 긴장한 기색이었다. 가장 먼저 그들을 막아섰던 심익수를 죽인 것이 그였다. 그러나 심익수는 죽어가며 두 명의 군림성 무사와 곡우의 손가락 네 개를 잘랐다.

그로 인해 곡우는 두 번째와 세 번째로 그들을 막아선 담천우와 운호강을 상대할 수 없었고 두 사람은 죽기 전까지 네 명의 무사를 죽이고 십여 명의 무사를 부상시켰다.

그들 사이에 긴장의 파고가 극단적으로 높아졌다.

검엽이 움직인 순간이 바로 그때였다.

그는 밟고 있던 나뭇가지를 슬쩍 밟았다. 그 미미한 동작의 결과로, 믿어지지 않는 속도로 군림성 무사들이 모여 있는 지점의 허공으로 신형을 날리며 검엽은 입술을 오므렸다.

휘이이익!

검엽의 입에서 용이 울부짖고 맹호가 포효하는 듯한 휘파람이 터져 나왔다.

장중에 있는 사람들 중 가장 강한 축에 끼는 곡우와 헌원미림조차 심신이 흔들릴 만큼 웅혼한 내력이 깃든 휘파람.

군림성 무사들은 물론이고 봉유종 일행도 놀라 소리가 난 방향을 돌아보았다. 그렇게 모든 사람의 움직임이 찰나간이나마 멈추어졌고, 검엽은 손에 움켜쥐고 있던 돌을 뿌렸다.

수십 개의 작은 돌은 밤하늘에 찬란히 빛나는 별들의 조각처럼 군림성 무사들을 향해 떨어졌다.

돌들은 일백팔 개의 방위를 일시에 점하며 육안으로는 확인이 불가능한 속도로 군림성 무사들에게 날아갔다.

은하낙구천(銀河落九天)

천수자 장현이 시선(詩仙) 이백의 망여산폭포(望廬山瀑布)에서 영감을 얻어 창안했다는 이 암기 수법은, 그가 평소 사천당가 최고의 암기 수법이라는 만천화우에 절대 뒤지지 않는 무공이라고 거품을 물며 자랑하곤 했던 절기다.

"헉!"

"흐윽!"

"커억!"

폭발하듯 터져 나온 억눌린 신음이 장내를 휩쓸었다. 군림성 무사들 가운데 두 발로 멀쩡히 서 있는 사람은 전무했다. 곡우도 다르지 않았다.

검엽이 은하낙구천의 수법으로 던진 돌들은 군림성 무사들의 양 무릎 관절을 부수었다.

모래알 두 개 크기만 한 돌이 무릎을 타격했다고 얼마나 큰 상처가 났을까 하고 가볍게 생각하면 큰 오산이다. 군림성 무사들의 양 무릎은 돌이 격중한 부분은 작은 구멍 하나가 뚫렸지만 돌이 빠져나간 뒤쪽은 동전 세 개만 한 큰 구멍이 났다.

이는 은하낙구천의 창안자인 장현이 보아도 이해할 수 없었을 것이었다. 그가 창안한 은하낙구천은 이런 결과를 낼 수 없었으니까.

이는 검엽이 은하낙구천에 암천유성혼의 회(回)결을 섞어서 사용했기 때문에 난 결과였다.

암천유성혼의 회결은 손을 떠난 암기의 방향을 자유로이

바꿀 수 있는 요결인데, 검엽은 그 회전을 방향을 바꾸는 데 사용하지 않고 돌 자체를 강력하게 회전시키는 데 썼다.

그래서 이런 결과가 난 것이다.

봉유종과 헌원미림, 방건은 바람처럼 자신들의 앞에 날아내린 검엽을 보며 넋을 잃었다.

쫓아오리라는 건 예상했지만 검엽의 등장은 그들의 예상을 훌쩍 뛰어넘을 만큼 빨랐다. 게다가 등장과 함께 그들을 그처럼 괴롭혔던 군림성 무사들을 단 일 수로 완전히 무력화시켜 버린 것이다.

게다가 저런 외모라니!

무맹 내에서 검엽의 외모에 대한 소문을 들어보지 못한 사람은 없었다. 하지만 봉유종 일행은 검엽이 계속 면구를 쓰고 있어서 실제 그의 외모를 보지 못했다.

검엽의 아름다운 얼굴은 지금처럼 긴장감이 높고 혈육이 난무하는 상황에서도 보는 이의 가슴을 떨리게 만들 정도로 비현실적이었다. 오죽하면 무표정으로 일관하던 헌원미림조차 순간적으로 평정이 무너졌을까.

반면 검엽의 등을 질린 눈으로 보고 있는, 곡우를 비롯한 군림성 무사들의 입은 아교를 바른 것처럼 딱 붙어 떨어지지 않았다.

근 삼십여 명이나 되는 무사들을 일시지간 무력화시키는 암기 수법을 직접 겪은 그들이다. 아무리 암습이라 해도 상상하기 어려운 능력이었다.

그들의 눈에 검엽은 사람처럼 보이지 않았다. 기이할 정도로 두려움을 느끼지 않는 그들조차 검엽은 무서웠다. 그 두려움이 고스란히 그들의 눈에 떠올라 있었다.

다친 것은 다리라 그들은 손을 사용해 공격할 수 있었다. 그러나 그들은 공격할 엄두를 내지 못했다.

검엽의 공격으로 입은 타격 때문만은 아니었다. 그들은 검엽의 등장과 더불어 기세가 심하게 위축되었다. 하지만 그들은 자신들의 상태를 정확하게 짚어내지 못했다. 당연히 이유를 생각하지도 못했다. 그것은 그들의 심신이 모종의 이유로 비정상적이었기 때문이다.

검엽은 과도한 내력 소모로 인해 창백해진 얼굴로 일행을 돌아보며 머쓱해했다.

일행의 시선에 담긴 반가움과 고마움이 검엽을 낯간지럽게 만들었기 때문이나. 누군가에게 이런 시선을 받은 경험이 거의 없는 그가 아닌가.

상처의 고통보다 일행의 시선이 그를 더 곤란하게 했다. 검엽은 의식적으로 심안을 뒤쪽에 널브러져 있는 적에게 돌렸다.

그는 자신이 펼친 은하낙구천의 위력에 많이 놀랐다. 이 정도로 효과적일 거라고는 예상치 못했던 것이다. 그리고 한편으로 안도했다. 만약 그가 적의 목이나 심장의 요혈을 노렸다면 저들은 절명했을 것이고, 그는 또 어떤 일을 겪었을지 모르는 것이다.

지부의 입구에서 벌어진 싸움을 겪은 후 검엽은 사람을 죽이는 것을 꺼리게 되었다. 비록 추정에 불과하지만 그것이 맞을 가능성은 대단히 높았다. 그리고 그 추정대로라면…….

봉유종의 앞에서 약간 멋쩍은 표정을 지은 검엽이 말했다.

"내 얼굴만 쳐다볼 겁니까? 저쪽에 있는 자들은 이자들보다 더 강합니다. 그리고 그들은 저를 쫓고 있습니다."

봉유종은 정신이 번쩍 든 얼굴이 되었다.

검엽이 마지막으로 상대하던 장년인의 모습이 바로 생각이 났다. 그 무서운 위세를 보이던 패도와 함께.

"그렇군. 자네가 나타난 게 뜻밖이라 잠시 정신이 없었네."

검엽의 말을 듣자마자 감정을 수습하는 봉유종의 모습은 그가 나이를 헛먹지 않았다는 것을 여실히 증명했다.

검엽이 합류한 봉유종 일행은 최고의 속도로 자리를 떠났다. 하지만 그들은 멀리 갈 수 없었다. 이백여 장을 전진했을 무렵 검엽이 신형을 멈추었기 때문이다.

검엽이 멈춘 것을 알지 못하고 사오 장 앞서 나갔던 일행은 봉유종의 수신호를 받고 몸을 세웠다. 봉유종은 갑자기 정지한 검엽에게 의아해하며 물었다.

그의 안색은 긴장으로 많이 굳어 있었다. 지부 앞에서부터 방금 전까지 검엽이 보여준 능력은 그의 작은 행동 하나하나에도 특별한 의미를 부과하게 만들었다.

"무슨 일인가?"

검엽은 씁쓸한 표정으로 봉유종에게 고개를 돌렸다.

"그 장년인 꽤 능력이 있군요. 아무래도 함께 가기 어렵겠습니다."

"허……."

봉유종은 탄식했다. 말뜻을 알아들은 것이다. 그가 물었다.

"괜찮겠나?"

"저 혼자라면 언제라도 몸을 뺄 수 있습니다."

검엽은 담담하게 말했다. 그러나 내용은 매몰찼다. 사실이었으니까.

그의 말을 들은 봉유종과 방건은 시선을 바닥으로 떨구었다. 헌원미림도 입술을 깨물며 시선을 돌렸다. 그들은 검엽에게 짐이었다.

봉유종은 침중한 얼굴로 고개를 끄덕였다. 자신들이 검엽과 함께 있는 것은 돕는 것이 아니라 어렵게 하는 일이라는 걸 그는 인정했다.

"미안하네……."

"그렇게 생각하실 필요는 없습니다. 하고 싶어서 하는 거니까요."

검엽의 말은 묘한 구석이 있었다. 평범한 반응인 듯했지만 깊이 생각하면 해석의 여지가 많았다. 그러나 봉유종과 방건은 그것을 의식하지 못했다. 그들의 마음은 미안함으로 가득 차 있었다.

검엽의 말투에서 미묘한 의미를 읽어낸 사람은 헌원미림뿐이었다. 그녀의 눈이 빛났다.

'마음이 가는 대로… 특이한 사람이야.'

검엽이 헌원미림에게 고개를 돌렸다.

"헌원 소저, 내가 이런 말 하는 게 뭐하다는 건 알지만 그래도 해야겠소. 난 더 이상 죽는 사람이 나오는 걸 보고 싶지 않소."

헌원미림의 눈이 이채를 발했다. 검엽은 그녀가 전력을 다하지 않고 있다는 것을 알고 있었던 것이다. 그녀는 말없이 검엽을 보다가 검병을 쥔 손을 살짝 들어 그에게 보여주었다.

검엽은 작게 고개를 끄덕였다.

헌원미림의 대답을 들은 것이다. 그의 말이 이어졌다.

"가십시오. 더 지체하면 가고 싶어도 갈 수 없게 됩니다."

"알겠네. 부디 조심하게."

검엽은 이를 드러내며 웃었다.

"여의치 않으면 바로 도망칠 거니까 염려하지 않으셔도 됩니다."

검엽의 미소를 본 사람들은 잠시 멍해졌다. 어둠을 밝히는 여명처럼 은근하면서도 사람의 시선을 잡아매는 미소였다. 그가 한 말은 무림인이라면 쉽게 하지 못할 말이다. 그러나 그의 미소를 본 사람들은 그가 무슨 말을 했는지 귀에 제대로 들어오지 않을 정도였다.

봉유종은 긴장이 조금 풀린 얼굴로 말했다.

"자네, 여자들 앞에서는 웃는 걸 자제하게나. 큰일나겠네."

뜬금없는 소리다.

검엽은 어리둥절했다. 하지만 이유를 묻거나 하는 짓은 하지 않았다. 한시가 천금같은 때였다.

방건이 일그러진 얼굴로 말했다.

"고 형, 조심하시오."

"저도 제 목숨 아낄 줄 압니다."

검엽의 담담한 대꾸를 들으며 장내를 떠나는 일행의 자리에 나직한 방건의 한마디가 남았다.

"같은 사내인 내 가슴이 떨릴 정도라니, 정말⋯ 무서운 웃음이군요⋯⋯."

일행이 떠난 후 검엽은 천천히 흐트러진 머리를 가다듬었다. 세차게 맞아야 했던 바람 덕에 굵은 밧줄처럼 이리저리 뒤엉켰던 머리가 가지런해졌다.

칠흑처럼 검은 장포와 머리카락, 그리고 눈처럼 하얗다 못해 푸르게까지 보이는 피부.

흑백의 선명한 대조는 뒷짐을 지고 서 있는 검엽의 비현실적인 분위기를 더 강하게 만들었다. 물론 당사자는 의식하지 못했지만.

'길군. 이 자리를 벗어나면 조금 자를까?'

허리까지 내려온 긴 머리카락은, 사실 자르기가 귀찮아서 일 뿐이지 꼭 길러야겠다는 생각이 있어서 이렇게 길어진 건 아니었다.

검엽은 쓰게 웃었다. 이 상황에 머리카락 타령이라니, 상황에 어울리는 상념이 아니란 건 분명했다.

'긴장했어……'

그는 설명하기 어려운 힘이 다가서는 걸 느끼고 있었다. 그 힘은 그의 마음을 천근만근 무겁게 했다. 두려움과는 다른 느낌이었다. 설명하기 어려운 기묘한 느낌. 그래서 머리카락 같은 엉뚱한 생각을 하게 된 것이다.

'여기서는 특이한 경험을 많이 하게 되는군. 대체 이 느낌의 정체가 뭐야? 그건 그렇고 군림성 작자들도 참 어지간하구만. 어차피 이긴 싸움이고, 놓아두어도 위협이 되지 않을 숫자인데 이렇게까지 끈질기게 씨를 말리려고 할 필요가 있나?'

초인겸의 속을 알 수 없는 검엽으로서는 당연한 의문이었다. 지금 해답을 얻을 수 없는 의문이기도 했고.

검엽의 앞에 초인겸이 이끄는 무리가 나타난 것은 반 각이 지나기 전이었다.

나무 사이를 무서운 기세로 통과하며 다가서는 그들을 본 검엽의 심안이 미미하게 흔들렸다.

정면에 선 자는 그가 지부에서 본 장년인과 혈의복면인이었다. 뒤에 선 무사들 몇도 지부에서 본 자들이었고. 하지만 그들 뒤에 있는 삼십 명의 검은 누더기를 걸친 자들은 그가 본 적이 없는 자들이었다.

머리카락은 물론이고 온몸에 흙덩이가 덕지덕지 붙어 얼굴을 확인하기 어려운 자들.

검엽의 심안은 그들의 눈을 보며 충격을 받았다. 눈에서 생기(生氣)를 찾을 수 없었던 것이다. 그들의 전신에서 흘러나오는 것은 숨이 막힐 듯한 사기(死氣)와 사기(邪氣)뿐이었다. 산 자의 기운은 한 올도 읽어낼 수 없었다.

'설마 죽은 자들?'

검엽의 안색이 딱딱해졌다.

흑의인들을 둘러보던 그의 초인적인 기억력은 죽은 자들 중 한 명이 낯익다는 걸 기억해 냈다. 그리고 그는 그 낯익은 자가 누군지도 바로 알아차렸다.

'암습자… 나와 헌원 소저의 손에 죽었던 자다.'

뒷짐 진 그의 손에 땀이 흥건히 솟았다.

'암습했던 자들……. 저들은 그때 분명 죽었다. 강시란 말인가? 하지만 어떻게?'

죽은 자들의 세계를 다루는 풍도문의 비전을 전해준 구양문은 강시에 대해서도 해박했다. 그리고 그가 아는 건 전부 검엽에게 전해졌다. 당연히 강시에 대해서는 검엽도 아는 바가 적지 않았다. 그러나 그가 아는 강시에 관한 내용 중 눈앞에 있는 것들과 비슷한 내용은 하나도 없었다.

구양문이 강시 제조술을 아는 건 아니었지만 강시 제조를 위해 필요한 환경과 재료 등에 대해서는 아는 대로 검엽에게 말해주었다. 그래서 검엽도 저들처럼 멀쩡히 살아 있다가 죽어 십여 일 정도 땅속에 묻힌 후 강시로 변하는 제조법이 존재하지 않는다는 걸 안다.

더구나 저들의 운신은 살아 있는 자와 별다르지 않았다. 전설로 전해지는 강시 특유의 부자연스러운 관절의 움직임 등이 보이지 않는 것이다. 경공의 속도 또한 대단해서 일류고수가 펼치는 경공을 보는 듯했다.

저렇게 자연스러운 관절의 운용과 생전의 능력을 온전히 발휘하는 것은 강시들 중에서도 최상위의 강시가 아니라면 구현이 불가능했다. 게다가 숫자가 삼십 여구나 된다.

검엽의 머릿속은 난마처럼 뒤엉켰다.

'구양 노사가 말하기를 당대에 강시 제조술은 실전되어 현존하지 않는다고 했었는데… 강시술로 무림사상 독보적인 성취를 이루었었다는 고루마문(骷髏魔門)이 전 무림의 협공을 받아 멸망한 것이 이백여 년 전이고, 당시 고루마문이 보유했던 최상위 급의 강시라는 천혈강시(天血殭屍)는 살아 있는 사람과 같은 움직임을 보였다고 했다. 생전과 같은 능력에 도검과 백독이 통하지 않는 신체를 지닌 그들을 상대할 방법을 찾을 수 없었기에 그들은 무인지경처럼 전장을 누볐다고 했지. 하지만 제조가 너무 어려워 고루마문의 절정기에도 그들이 보유한 천혈강시의 수는 십여 구를 넘지 못했다고 했는데…
저것들은 뭐야?

검엽의 의문은 거기에서 끊겼다.

진로의 한복판에 뒷짐을 지고 서 있는 검엽을 발견하고 눈을 빛낸 초인겸이 말없이 허공으로 솟구치더니 패도를 수직으로 휘두르며 덮쳐 왔기 때문이다. 검엽도 마찬가지였다. 서로를 베지 않으면 안 되는 상황이었다. 말을 나눌 이유가 없는 것이다.

자신의 변화를 알지 못하는 검엽이 당연히 알 수는 없는 일이었지만 초인겸은 검엽의 눈이 검은빛인 것을 보고 안도하고 있었다. 그는 검엽이 검붉은 눈을 다시 보게 될까 두려워하고 있었고, 검엽의 눈이 변하기 전에 승부를 내고 싶은 마음이었다.

쑤와앙!

공간을 가르며 정수리로 날아드는 패도를 심안으로 지켜보는 검엽의 안색이 돌처럼 굳었다.

지부의 앞에서 싸울 때는 장년인 혼자만 상대하면 되었다. 하지만 지금은 장년인이 도를 휘두름과 동시에 강시로 추정되는 삼십 명이 썰물처럼 그를 향해 밀려들고 있었다.

'빌어먹을.'

속에서 욕이 목까지 차올랐다. 장년인은 그의 몸이 정상이라도 쉽지 않은 상대였다. 거기에 서른 구의 강시라니. 운기로 몸을 추스르기는 했지만 아직 그의 몸은 정상이라고 할 수 없었다.

게다가 군림성의 무사들과 마찬가지로 강시들도 신마기에 영향을 받지 않는 것 같았다. 크게 바란 건 아니어도 신마기의 기세하에 든다면 훨씬 수월한 싸움이 되었을 터라 아쉽지 않을 수 없었다.

'이거, 몸을 빼는 것도 간단히 생각할 일이 아닌데……'

그러나 생각과는 달리 그의 신형은 미끄러지듯 좌로 다섯 자를 이동하며 어렵지 않게 패도의 권역을 벗어났다. 마치 패도가 피하라고 그에게 길을 내주는 듯했다.

놀란 초인겸이 이를 악물었다. 얼마나 놀랐는지 가슴이 떨릴 지경이었다. 그는 경천패도와 경천기를 이렇게 손쉽게 파훼하는 자를 본 적이 없었다. 상대는 정남 지부에서 싸울 때와는 또 다른 움직임을 보여주고 있었다.

그가 어찌 알 것인가. 검엽에게 한 번 사용했던 초식은 더 이상 통하지 않는다는 것을.

초인겸의 패도가 그려내는 궤적을 피하는 건 어렵지 않았다. 하지만 반격까지 쉬운 건 아니었다. 검엽이 이동한 자리엔 여섯 구의 강시가 벌써 도달하고 있었던 것이다.

검엽의 신형이 팽이처럼 회전하며 손이 추뢰섬전수의 투로를 따라 전방으로 접근한 강시 세 구의 머리를 후려치고, 이산퇴의 법을 따른 두 발이 후방의 강시 세 구의 가슴을 걷어찼다.

퍼퍼퍼퍼퍼퍽!

구슬을 꿰듯 이어진 수족의 움직임은 현란했다. 강시들의 운신이 생전의 그것과 비슷하다고 하지만 온전한 정도는 아니었다. 초식의 운용이 살아 있는 사람과는 차이가 있는 것이다.

더구나 검엽은 그들과 비슷한 무공을 소유했던 군림성 무사들을 파죽지세로 쓰러뜨린 고수다. 강시들이 그의 공격을 피하는 건 불가능했다.

전력을 다한 공세에 요혈을 격중당한 여섯 구의 강시가 화탄에 맞은 것처럼 사방으로 날아갔다.

외관상 분명 득을 본 검엽의 눈썹이 마치 손해를 본 사람처럼 일그러졌다. 곤혹스러워하는 기색이 역력했다.

'강시 맞구만. 쇳덩이를 친 느낌이야.'

손과 발이 얼얼했다.

강시들의 신체는 전율이 일 정도로 단단했다. 맞고 튕겨 나가긴 했지만 어기적거리며 일어서는 그들의 머리와 옷이 찢겨나간 가슴엔 상처는 보이지 않았다. 문제는 그뿐만이 아니었다.

 검엽의 육장은 두 치 두께의 쇠를 끊고 우그러뜨린다. 그런데 그의 손과 발에 가격당한 강시들의 몸은 멀쩡했다. 오히려 검엽의 손과 발이 충격을 받았다. 이것이 말해주는 것은 명백했다.

 '저것들의 몸은 충격을 흡수하고 반탄한다. 갈수록 태산이구만.'

 검엽의 얼굴빛이 무거워졌다.

 방금 전 여섯 구의 강시를 쓰러뜨린 직후 그는 빠져나갈 시간이 있었다. 하지만 그는 도주하지 않았다. 지금 그가 자리를 뜨면 봉유종 일행이 적들에게 잡힐 게 불을 보듯 뻔했기 때문이다. 그는 한 명에 불과했고 봉유종 일행은 셋이었다. 적들은 숫자가 더 많은 봉유종 일행을 추적할 것이다. 그게 이치에 맞았다.

 그는 초인겸이 봉유종 일행이 아닌 그를 목적으로 추적해 왔다고는 생각지 못했다. 초인겸에게 자신의 존재감이 어느 정도인지 그는 전혀 감을 잡지 못했기 때문이다.

 거친 파공성과 함께 장년인의 패도가 어느 틈에 그의 옆구리를 베어오고 있었다. 튕겨 나간 강시들도 일어나 다가섰고, 다른 강시들도 둥글게 원을 그리며 그를 포위했다. 그들은 검엽에게 틈이 생기면 가차없이 덤빌 준비가 되어 있었다.

 난전이 벌어졌다.

검엽은 강시들의 목과 손을 추뢰섬전수 중의 금나수법으로 잡아 자신을 공격하는 초인겸에게 집어던졌다. 정면으로 연속해서 부딪친다면 상대하기 까다롭기가 이루 말할 수 없는 강시들이지만 피하며 잡아채는 건 그에게 일도 아니다. 이천륭과 장현으로부터 사사한데다 창안절기로 단련된 그의 손의 속도보다 강시가 빠를 수는 없는 일이기 때문이다.

 그런 검엽을 쫓는 초인겸의 안색이 사정없이 일그러졌다. 검엽은 별 표정이 없었는데 긴장한 기색은 아니었다. 그것이 그의 속을 뒤틀리게 했다. 놀리는 느낌을 받은 것이다.

 그는 무력하게 검엽에게 휘둘리고 있는 강시들을 보며 내심 이를 갈았다.

 강시들은 본연의 위력을 발휘하지 못하고 있었다. 그들에게 마지막 대법을 펼치지 못한 탓이었다. 그리고 그 대법을 펼치려면 강시들을 데리고 본성으로 가야만 했다.

 초인겸은 검엽이 자신을 놀린다고 받아들였지만 그건 검엽의 사정을 모르고 하는 생각이었다.

 검엽의 전신은 땀으로 젖어들고 있었다. 하나하나의 강시를 피하는 건 어려울 게 없어도 수가 너무 많은 것이다. 초인겸의 패도를 피하랴, 사방에서 날아드는 강시들의 주먹과 발, 그리고 무지막지한 몸통 공격을 피하랴, 그는 정신이 없었다.

 심안의 범위가 넓고 기감이 비상식적인 수준까지 확장되어 있지 않았다면 무공이 강하다 해도 이처럼 일격도 당하지 않고 피하지는 못했을 것이다.

한순간, 한순간이 살얼음판을 밟는 듯했다.

아차 하다 일격이라도 격중당하면 바로 싸움은 끝이었다. 그의 발이 잠시라도 묶이면 초인겸이 그냥 두지 않을 테니까.

'별 수 없나?'

다섯 노야의 무공으로는, 자신을 지킬 수는 있어도 이들을 어찌할 수 없었다.

그런데도 다섯 노야의 무공을 고집하는 건 필패로 가는 지름길이었다.

적은 삼십이 넘는 데다 장년인과 혈의복면인을 제외한 강시는―그가 아는 바로는―체력의 저하를 모르는 사기적인 존재였다. 반면에 그는 혼자였다. 그리고 시간이 갈수록 내상이 악화되고 체력은 떨어지는 중이었다.

'더 이상은 정말 위험해.'

시간은 그의 편이 아니었다. 무리를 감수해야 했다. 봉유종 일행도 어느 정도 거리를 벌렸을 것이다. 그는 최선을 다했다. 이제는 하늘이 그들을 돌보기를 바랄 뿐이었다. 이 순간 이후 그가 그들을 돌보는 건 가능하지 않을 테니까.

마음을 정한 검엽의 움직임이 변했다.

측면에서 어린아이 주먹만 한 주먹을 도끼질하듯 후려 패는 강시의 손목을 잡아 앞으로 끌어당긴 검엽은 움켜쥔 강시의 손목을 등 뒤로 돌려 꺾으며 자신의 앞으로 내세웠다.

강시의 관절 움직임이 유연한 게 오히려 도움이 되었다. 무리없이 검엽의 의도대로 팔이 꺾여 돌아간 것이다.

지면으로부터 사선으로 그어 올린 초인겸의 패도가 강시의 사타구니와 부딪치며 정지했다.

캉!

귀를 긁어대는 듣기 싫은 소음이 터졌다.

초인겸이 이를 갈 때 검엽은 인질(?)로 잡은 강시의 손목을 놓고 목을 팔뚝으로 휘감았다. 그의 신형이 팽이처럼 회전했다.

강시의 두 발이 허공으로 뜨더니 곧 지면과 수평으로 누운 상태가 되었다. 그리고 거대한 회오리가 검엽이 휘두르는 강시의 발을 경계로 하며 일어났다. 나뭇잎과 흙먼지가 회오리를 따라 허공으로 말려 올라갔다.

강시의 단단한 몸은 검엽을 공격하던 강시들과 연속적인 충돌을 일으켰다.

쾅쾅쾅쾅!

연이어 터져 나오는 폭음.

미처 피하지 못한 강시들이 검엽이 휘두른 강시의 다리에 머리와 목, 어깨를 두드려 맞고 정신없이 쓰러졌다.

살아 있을 때에 비해 크게 떨어지지 않는 능력을 발휘하는 강시들이었지만 열 중 아홉이 검엽의 공격을 피하지 못하고 격타당했다. 검엽이 강시를 휘두르는 속도가 너무 빨랐고, 회오리에서 발생한 인력(引力)이 그들의 운신을 제약했기 때문이다.
 와선폭류의 재현이었다.
 정남 지부 입구에서 한 번 겪은 터라 초인겸은 긴장했다. 그는 회오리의 권역 안으로 들어서지 않고, 검엽과 강시의 박투를 바라보았다. 그는 지부의 입구에서 검엽이 저 무공을 쓴 후 도주할 때 안색이 시체처럼 창백해졌던 걸 기억하고 있었다.
 위력이 대단한 만큼 내력 소모가 극심한 무공임이 분명했다. 극심한 내력 소모는 파탄을 드러낼 가능성이 높았다. 초인겸은 검엽이 다시 한 번 지부의 입구에서처럼 도주하려 한다면 이번에는 놓치지 않을 자신이 있었다.
 와선폭류로 공간을 확보한 검엽은 팔뚝으로 휘감았던 강시의 몸에서 손을 떼었다. 그리고 원심력에 의해 날아가는 강시의 머리를 양손으로 잡아 비틀었다. 강시의 숫자가 하나라도 줄어들면 그보다 좋은 일이 없었다.
 강시는 이미 죽은 시신으로 만들어진 존재. 검엽은 고수를 자신의 손으로 죽일 때 무언가 문제가 생긴다는 것을 알아차렸지만 죽은 자를 무력화시키는 것은 별문제가 없을 거라고 생각했다.
 벽력섬뢰탄지공의 기운이 담긴 그의 양 손가락이 철벽과도 같은 강시의 목을 파고들었다. 그리고 목 안으로 한 치를 들어간 양 손가락의 끝에서 쏟아져 나온 경력이 중간에서 부덮치며 폭발했다.

검엽이 작정하고 쓴 손길이다.

강시의 목이 터지며 끊어졌다.

그리고 그 일이 일어났다.

'컥!'

강시의 목에 벽력섬뢰탄지를 박아 넣은 후 결과를 보지도 않고 신형을 날리려던 검엽의 창백하리만큼 하얗던 얼굴이 시커멓게 변했다.

휘우우우웅!

지면에 널브러진 강시의 목에서 흘러나온 회색빛의 음산한 안개가 그의 전신을 후려쳤다. 그 안개는 후려치는 것으로 그치지 않고 뱀이 똬리를 틀듯 그의 몸을 타고 오르더니 그의 미간으로 사정없이 파고들었다.

검엽의 전신이 한순간 사시나무 떨듯 떨렸다.

'끄으으윽!'

끔찍한 고통이 검엽의 뇌를 뒤흔들었다. 미간을 불로 달군 쇠꼬챙이로 지지는 듯했다.

그리고 무엇인가가 공간을 가르는 날카로운 파공성과 함께 그의 옆구리로 날아들었다.

쐐애액!

검엽의 심안은 무력한 상태에 빠져 있었다. 세상이 회색으로 변했고, 아무것도 보이지 않았다.

날아든 것은 초인겸의 패도였다.

검엽이 도주할 것이라 생각하고 준비하고 있던 초인겸은 강시 하나가 부서진 직후 마치 벼락이라도 맞은 사람처럼 주춤거리는 검엽을 보았다. 그리고 전신에 드러난 무수한 허점도.

이해할 수 없는 일이었다. 그가 지금까지 겪은 검엽은 그를 곤란하게 만들 정도로 강한 절정고수였다. 그런 고수가 찰나에 불과할지라도 저렇게 무방비 상태로 자신을 노출시킨다는 건 상식적으로 만분지 일의 가능성도 없었다.

그런 경우는 의도적으로 적을 끌어들이려 한다고 보는 게 옳았다. 하지만 초인겸은 눈앞의 검엽이 함정을 판 것이.아니라는 걸 확신할 수 있었다. 자세만 흐트러진 것이 아니라 검엽의 기세 전부가 태풍에 휘말린 가랑잎처럼 흔들리고 있었기 때문이다.

초인겸의 눈에는 강시의 목에서 흘러나온 회색의 안개는 보이지 않았다. 그 안개가 검엽의 미간을 파고든 것은 더더욱 보지 못했다. 그는 그것을 볼 수 있는 능력이 없었다. 그러나 이런 천재일우의 기회를 놓치지 않을 능력은 넘쳤다.

초인겸의 패도에 격중당한 검엽의 왼쪽 옆구리가 반 자가량 쩍 갈라지며 붉은 피가 분수처럼 뿜어져 나왔다.

옆구리의 상처에서 전해지는 화끈한 통증은 미간의 고통을 상쇄시켰다. 그러나 그것이 검엽에게 닥친 기괴한 현상을 더욱 악화시켰다.

옆구리의 고통이 더해지자 검엽의 심안에 보이는 광경이 회색에서 검붉은 색으로 변해갔던 것이다. 동시에 검엽의 마음 깊은 곳에서 무서운 증오와 살기, 그리고 목표없는 분노와 끝없는 파괴의 욕망이 용암처럼 끓어올랐다.

혼미한 와중에도 검엽은 다급함을 느꼈다.

불과 얼마 전 심안으로 보이는 세상이 검붉게 변했을 때 그는 자신의 안에 또 다른 자신이 있는 듯한 경험을 했었다. 그는 다시 그런 경험을 하고 싶지 않았다.

옆구리를 스쳐 지나갔던 초인겸의 패도가 역으로 방향을 바꾸며 사선으로 검엽의 오른쪽 어깨를 노리고 도끼처럼 떨어졌다.

검엽은 찢어진 옆구리를 돌보지도 못한 채 두 걸음을 바람처럼 뒤로 물러나 패도를 피했다. 그리고 재차 한 걸음 우측으로 움직여 그의 등을 무릎으로 찍어오는 강시의 공격을 흘린 후 허공에 떠 있는 강시의 발목을 잡아 그대로 초인겸에게 집어던졌다.

검엽을 따라 움직이던 초인겸의 패도가 강시의 머리와 부딪쳤다.

쾅!

패대기쳐진 개구리처럼 지면에 처박힌 강시의 이마에 붉은 선이 나타났다가 빠르게 사라졌다. 초인겸은 강시의 몸을 단숨에 건너뛰어 검엽에게 달려들었다.

도첨이 창처럼 검엽의 가슴을 찔러갔다. 도가 이르기도 전에 먼저 도달한 삼엄한 도세가 검엽의 옷을 갈기갈기 찢어버렸다.

검엽의 신형은 눈에 뜨일 정도로 균형을 잃고 흔들리고 있었다. 초인겸은 이번의 공격으로 검엽을 쓰러뜨릴 수 있으리라 확신했다. 검엽은 방금 전처럼 강시를 잡아 방패로 써먹을 여력도 없는지 고개를 반쯤 숙인 채 가슴을 패도의 반경 아래에 그대로 드러낸 채 서 있을 뿐이었던 것이다.

초인겸의 패도가 한 치가량 오른쪽 가슴을 파고들었을 때 숙였던 검엽의 고개가 들렸다.

그리고 그의 눈과 초인겸의 눈이 마주쳤다.

"헉!"

절대의 고수들이나 펼치는 것이 가능하다는 호신강기의 반탄력과 충돌한 사람처럼 초인겸은 거친 신음 소리와 함께 뒤로 이 장을 튕겨 나갔다.

물러나 휘청거리는 그의 거대한 패도가 중풍에 걸린 노인의 손에 들린 지팡이처럼 와들와들 떨렸다. 도첨에서 검엽의 것으로 짐작되는 핏물이 방울지어 지면으로 떨어져 내렸다.

검엽은 옆구리와 가슴에서 붉은 피를 흘리며 서 있었다. 마치 넋을 잃은 사람처럼.

크게 뜨고 있는 두 눈은 진득한 핏물이 뭉쳐 만들어진 것처럼 붉은빛을 발했다. 검은 안개 같은 것이 붉은빛을 감싸며 일렁이고 있었지만 정남 지부의 입구에서 변화했을 때와 비교하면 확연할 정도로 검은빛이 약해져 있었다.

사형제로부터 전신이 간으로 되어 있다는 평을 받을 만큼 담대한 초인겸조차 등골에 흐르는 전율과 공포를 참지 못하고 몸을 떨 만큼 음산한 기운이 사위를 휘감았다.

그 근원은 검엽의 눈이었다.

초인겸은 비현실적인 두려움을 느끼는 와중에도 새벽 산사의 종소리처럼 마음 깊은 곳을 건드리는 강한 위기감을 느꼈다.

그는 알고 있었다.

고수들의 싸움에서 실제 손발을 놀리다가 패배하는 것보다 기세의 싸움에서 밀리는 것이 더 위험하다는 것을.

전자의 영향은 그 순간으로 끝이 나지만 후자의 영향은 평생을 긴다. 기세를 제압당한 자가 상대를 다시 만나면 고양이 앞의 쥐처럼 기세가 죽는 것이다.

그는 혀끝을 깨물었다.

극렬한 통증이 느껴졌다.

"퉤!"

잘려 나간 혀끝이 피와 함께 지면에 뿌려졌다. 스러져 가던 초인겸의 눈빛이 불사조처럼 되살아났다.

그에 반해 검엽의 모습은 변화가 없었다. 그는 여전히 반쯤 넋이 빠진 사람처럼 서 있었다. 무방비 상태다. 그럼에도 그가 무사한 것은 초인겸뿐만 아니라 강시들의 상태도 정상이 아니었기 때문이다.

검엽을 둘러싼 강시들은 그가 고개를 든 순간부터 뱀을 만난 개구리처럼 전신을 움츠리며 주춤거렸다. 이미 죽어 빛을 잃은 그들의 눈이 마치 공포라도 느끼는 듯 가늘게 떨렸다. 그에게 공격을 가하는 강시는 단 한 구도 없었다.

정신을 차린 초인겸은 그런 강시들을 볼 수 있었다. 검엽의 눈과 자신이 받은 충격도 그랬지만 강시들이 보여주고 있는 현상도 그가 알고 있는 한계를 넘어섰다. 이해할 수도, 믿을 수도 없는 일이었다.

그러나 한 가지는 확실했다.

검엽이 지금 벌어지고 있는 현상의 원인이라는 것, 그래서 더 제거해야 한다는 것.

"왕. 문!"

초인겸이 이를 갈며 소리쳤다.

돌아가는 상황이 급전직하인 터라 떨리는 가슴을 부여잡은 채 멍하니 서 있던 왕문은 눈을 홉떴다. 그가 초인겸과 손발을 맞춘 세월이 얼마이던가. 그는 초인겸이 자신을 부르는 외침에 담긴 의미가 무엇인지 단숨에 알아차렸다.

왕문은 손에 든 통소, 제혼소(制魂簫)를 전력을 다해 불었다.

주춤거리던 강시들의 얼굴이 보기 싫게 일그러졌다. 그들의 입술 사이로 낮고 기괴한 신음이 흘러나왔다.

"끄으… 끄으… 끄으……."

신음과 함께 강시들은 천천히 검엽에게 다가갔다. 얼마 전까지 보여주었던 속도가 아니었다. 보통 사람의 걸음이나 다름없는 속도였다. 하지만 그 속도로도 충분했다. 검엽과 그들의 거리는 일 장도 채 되지 않았으니까. 다섯 걸음을 옮기기 전에 그들은 검엽의 몸이 손에 닿는 지점에 도착했다.

검엽이 스물아홉 구의 강시에 의해 십여 겹으로 포위되었을 때 패도를 움켜쥔 초인겸의 신형이 허공으로 솟구쳤다. 그는 물러났던 이 장의 거리를 일 보로 좁히며 강시들의 머리를 뛰어넘어 검엽의 머리 위에 도달했다.

초인겸이 시전한 것은 십구초 경천패도법 후반삼절초의 제일초인 일도참룡격이었다. 일도참룡격은 공격 범위가 넓지는 않으나 일인을 상대할 때는 경천패도법의 초식 중 가장 강력한 살상력을 발휘하는 초식이었다.

검엽의 전신이 그대로 패도의 기세하에 노출되었다.

그때까지도 검엽은 두 손을 늘어뜨린 채 멍하니 서 있었다. 그는 초인겸의 패도를 의식하지 못한 듯 초점이 흐린 검붉은 두 눈으로 정면을 응시하고 있을 뿐이었다.

패도가 검엽의 정수리와 두 자 거리까지 접근했다. 검엽의 긴 머리카락이 패도의 도풍에 휘말리며 깃발처럼 나부꼈다.

검엽의 전신이 두 쪽이 나는 건 정해진 일인 듯싶었다.
 그 순간,
 한줄기 번개처럼 패도와 검엽의 사이로 인영이 뛰어들었다.
 퍽!
 검엽의 머리 위로 붉은 피 무지개가 떴다.
 피를 뒤집어쓴 검엽의 눈에 초점이 돌아왔다.
 검엽은 붉게 물든 심안에 잡힌 광경에 경악했다.
 머리 위.
 가슴이 길게 갈라진 봉유종이 그의 옆으로 떨어져 내리고 있었다. 봉유종은 입술이 찢어질 정도로 악물고 있었는데, 그의 눈은 안타까움에 젖은 채 검엽을 보고 있었다.
 검엽은 상황을 단숨에 이해했다. 봉유종이 아니었다면 죽은 건 자신이었을 거라는 것까지.
 검엽은 봉유종의 입술이 작게 움직이는 것을 보았다. 밖으로 새어 나오지는 않았지만 그가 하고자 하는 말도 읽을 수 있었다. 귀에 들리는 것처럼 선명하게.

 정신차려! 살아야 하지 않겠나!

 검엽은 봉유종을 보며 침묵에 잠겼다.
 떠났던 봉유종이 돌아와 목숨을 던져 자신을 구한 현실이 현실같이 느껴지지가 않았다.

'왜……?'

자신이 돌아온 것은 빠져나갈 수 있다는 자신이 있었기 때문이었다. 봉유종 일행을 위해 목숨까지 던지며 그들을 구할 생각은 애시당초 갖고 있지도 않았다. 그리고 그는 그런 자신을 할 만한 무공을 갖고 있었다.

하지만 봉유종은 달랐다. 그는 약했고 돌아오면 죽을 게 분명했다. 그리고 돌아와서 죽었다. 자신을 구하고.

검엽의 전신이 진동했다.

그는 남에게 목숨의 빚을 진 적이 없었다. 그래서 그 느낌을 알지 못했다. 하지만 이제는 알게 되었다.

그 기분은 말로 표현할 수 없을 정도로 무겁고… 참혹했다.

봉유종의 눈엔 빛이 없었다.

초인겹의 패도는 그 자체로 무서운 중병기였고, 전력을 다한 초식이었기에 패도에 담긴 기세도 무서웠다. 그렇게 강한 절정고수의 일격을 맞은 봉유종의 숨이 길게 유지될 리가 없는 것이다.

검엽은 마음 깊은 곳에서 무엇인가가 솟아오르는 것을 느꼈다.

그것은 끝없는 어둠이었다.

증오와 분노, 살기와 파괴욕이라는 이름의.

그 어둠은 화선지에 먹물이 번지듯 그의 마음을 차지하고도 모자란 듯 스멀스멀 전신으로 퍼져 나갔다. 그리고 위로 올라와 그의 뇌리를 장악했다.

끔찍한 고통이 그의 영육(靈肉)을 뒤덮었다. 심안에 들어오는 모든 것이 붉었다. 그리고… 모든 것이 사라졌다.

텅 빈 공간은 무저갱처럼 어둡고 깊었다.

처절한 공포와 허무가 심안이 닿는 모든 공간에 가득했다.

갑작스럽게 대면한 그 심연은 충격으로 흔들리던 검엽의 정신적 균형을 결정적으로 무너뜨렸다. 상상해 본 적도 없는 공포가 검엽을 강타했다.

"으아아아아악!"

처절한 비명이 천지를 뒤흔들었다.

왕문의 커진 눈이 더 커졌다.

강시들이 포위한 중앙에서 터져 나온 비명은 그가 알고 있는 비명 소리와 달랐다.

비명이 미치는 범위에 존재하는 하늘과 땅이 어둡게 물드는 듯했다. 그는 갑작스레 찾아든 한기가 등골을 타고 흐르는 것을 느끼며 전율했다.

무언가 일어나서는 안 되는 일이 일어난 것만 같은 기분이었다.

초인겸이 받은 느낌도 왕문과 비슷했다.

다른 점이 있다면 그는 왕문처럼 전율하기만 하지 않았다는 것이다. 봉유종을 베며 늦추어졌던 그의 패도가 다시 움직였다.

검엽의 침묵은 긴 듯했지만 찰나였고, 변화 또한 긴 듯했지만 순간이었다.

비명이 잦아들 때 초인겸의 패도는 검엽의 우측 어깨를 파고들고 있었다. 혼미한 와중에도 위기를 느낀 검엽의 본능이 그의 몸을 좌측으로 반보 이동시켰기 때문이다.

쩌억!

패도가 파고든 검엽의 어깨는 두부가 쪼개지듯 갈라졌다.

솟아오른 피분수가 패도를 적시고 초인겸의 얼굴에 튀었다.

초인겸은 검엽의 어깨를 가르던 패도가 가공한 반탄력에 의해 튕겨 나오는 것을 느꼈다. 그 힘은 그가 일찍이 겪어본 적이 없는 것이었다. 비슷한 것이라면 그가 스승들에게서 느꼈던 것 정도를 꼽을 수 있을까.

검엽의 전신은 거대한 회오리에 휘감기고 있었다.

와선폭류.

펼쳐진 것은 초인겸이 두 번이나 경험한 와선폭류였다. 하지만 앞서의 그것들과 지금 검엽이 펼친 것은 바람의 색이 달랐다. 앞서의 것들은 회오리와 함께 흙먼지를 말아 올려 갈색에 가까웠다. 그러나 지금의 바람은 투명했다. 단순히 투명한 것만이 아니라 은은한 검은빛이 관통하는 투명함이었다.

투명한 어둠.

그 어울릴 수 없는 이율배반적 조합이 회오리바람의 빛을 구성하고 있었다.

회오리에 휘말린 초인겸의 신형이 무기력하게 허공으로 삼 장이나 날아올랐다.

그의 뜻이 아니었다.

천근추의 신법을 발휘했지만 바람의 힘은 그의 저항을 간단하게 제압했다.

항거불능의 힘이었다.

그 회오리에 휘말린 건 그뿐만이 아니었다.

검엽을 중심으로 반경 일 장 이내에 있던 강시 열일곱 구가 회오리에 휘말렸다.

그리고 허공에 뜬 초인겸과 장내에서 벗어나 있던 왕문은 믿을 수 없는 광경을 보아야만 했다.

검엽이 일으킨 회오리에 휘말린 강시들의 몸이 진흙으로 만든 인형처럼 우그러지더니 잠시 후 모래성처럼 부서져 내렸던 것이다. 그들의 흔적은 회오리에 보태졌다.

투명했던 어둠에 회색이 더해졌다.

초인겸과 왕문은 더 이상 손을 쓸 생각을 하지 못했다. 그들이 보고 있는 것은 무공이 아니었다. 현존하는 어떤 무공으로도 그들의 눈앞에서 벌어지고 있는 현상을 만들어낼 순 없었으니까.

바람의 색이 그랬고, 담금질한 강철에 버금가는 강시들을 가루로 만들어내는 미증유의 힘이 그랬다.

그들이 할 수 있는 일은 아무것도 없었다.

회오리는 열을 셀 정도가 지나자 나타날 때처럼 만큼이나 갑작스럽게 사라졌다.

남은 건 장승처럼 제자리에 못 박힌 듯 서 있는 열두 구의 강시뿐이었다.

검엽의 모습은 보이지 않았다.

마지막에 뛰어들었던 중년 무사의 시신도 없었다.

초인겸의 얼굴이 사정없이 일그러졌다.

검엽이 중년 무사의 시신을 가지고 떠났다는 건 의심할 필요도 없는 일이었다. 그런데도 그는 상대의 기척을 전혀 감지하지 못했다. 검엽이 그가 어찌할 수 없을 정도의 초강자라면 납득하겠지만 손속을 직접 나눈 초인겸은 그 정도의 강자가 아니라는 걸 알고 있었다. 이해할 수 없는 일의 연속이다.

"이 공자님……."

왕문의 음성은 더 이상 무거울 수 없다 싶을 정도로 무거웠다. 벌어진 일을 그도 보았다. 적지 않은 심적 충격을 받은 것이다.

"그자는, 죽여야만 한다."

초인겸의 이를 악문 입술 사이로 흘러나온 음성은 살기에 젖어 있었다.

왕문은 고개를 끄덕였다.

검엽을 위태롭게 한 것은 초인겸이었다. 그처럼 공을 들인 강시들이 검엽에게는 별 위협이 되지 않았다. 비록 완성되려면 몇 가지 과정이 더 남아 있긴 했지만 강시들이 검엽의 앞에서 보인 모습들은 누구도 예상치 못했던 것이었다.

"마치… 천적이라도 되는 것 같았습니다."

이번에는 초인겸이 고개를 끄덕였다. 검엽을 대하는 강시들의 모습을 보면서 그도 비슷한 생각을 했었기 때문이다.

"그래서 더 제거해야만 한다. 내가 잘못 본 것이 아니라면 감정이라는 것이 존재하지 않는 강시들이 분명 그를 두려워했다. 있을 수 없는 일이야. 반드시 이유를 알아내야만 한다."

초인겸은 왕문에게 고개를 돌리며 말을 이었다.

"너는 성으로 돌아가 오늘 있었던 일을 보고하도록 해라."

왕문이 고개를 번쩍 들었다.

"이 공자님께서는?"

"난 그자를 추적하겠다."

"위험합니다."

왕문은 말을 하고 아차 했다. 자존심 높은 초인겸의 앞에서 해서는 안 될 말을 한 것이다.

초인겸은 쓴웃음을 지었다. 하지만 왕문을 질책하지는 않았다. 그럴 마음의 여유가 없었다.

"그자가 마지막에 보여준 무공을 자유롭게 쓸 수 있다면 그렇겠지. 하지만 그자는 자신의 무공을 제어하지 못하는 듯했다. 그러니까 지금이 기회야. 만약 그자가 그 무공을 자유롭게 펼칠 수 있다면 사부님들께서 직접 나서지 않는 한 그자를 어찌할 수 없을 것이다."

왕문은 초인겸의 말을 인정했다. 그도 눈으로 본 것이 있는 것이다. 고검엽이라는 자가 마지막에 보여준 모습은 분명 정상이라고 말할 수 없는 것이었다.

"가기 전에 정남 지부를 정리하도록."

초인겸의 마지막 명령에 왕문의 얼굴이 쓴 약을 삼킨 것처럼 일그러졌다.

초인겸의 명령엔 강시를 목격한 자들은 적아를 막론하고 모두 죽이라는 의미가 담겨 있었다. 이곳에 오며 스쳐 지난 남악산 분타주 곡우도 예외가 될 수 없었다.

한솥밥을 먹던 동료를 죽여야 하는 건 내키지 않는 일이었다. 더구나 동료가 손을 쓰리라고는 상상도 하지 않을 사람들을 죽여야 하는 것은 더욱 그랬다.

하지만 불가피한 일이다. 강시의 존재는 때가 될 때까지는 절대로 비밀이어야만 했다.

"존명."

말과 함께 고개를 숙여 보인 왕문은 제혼소를 불었다.

남은 열두 구의 강시가 왕문의 주변으로 모여드는 것을 보며 초인겸은 신형을 돌렸다.

지면에 남은 흔적을 훑는 그의 시선은 진득한 살기로 빛났다.

그에게 생애 최초의 패배감을 안겨준 자를 추적하는 일이었다.

잠시 후 격전이 일어났던 현장은 스쳐 지나가는 숲의 바람만이 남았다.

第四章

천마검섭전

"려 매, 불안해 보이는데 무슨 안 좋은 일이라도?"

숙소 현관 앞 계단에 앉아 은가루를 뿌려놓은 듯한 밤하늘을 올려다보던 운려는 가볍게 고개를 저었다.

"그냥 기분이 좀 이상하네요……."

음성이 가라앉아 있었다. 눈가에 드리워진 그늘도 깊다.

단목린은 망설이는 기색 없이 운려의 옆 계단에 엉덩이를 붙이고 앉았다.

절망탑에서 나온 지 일각도 지나지 않은 터라 두 사람의 몰골은 흉악스럽기 그지없었다. 땀에 전 머리카락은 허연 소금기가 보일 정도였고, 군데군데 찢어지고 해진 옷은 정신 멀쩡한 사람이라면 절대 입지 않으려 할 지경이었다.

"그 친구 생각하는 모양이로군."

단목린은 운려가 보는 밤하늘에 나란히 시선을 주며 말했다. 그가 빙긋 웃으며 말을 이었다.

"별일없을 테니 염려하지 않아도 될 거야. 능력이 넘치는 친구잖아."

운려는 고개를 끄덕였다. 방금 전보다 표정이 밝아졌다. 하지만 눈가의 그늘이 완전히 사라진 것은 아니었다.

"오늘 따라 마음이 싱숭생숭해요. 여기 오고 나서 이런 적이 없었거든요. 엽이가 일언반구 없이 떠났을 때도 이렇지 않았는데……."

"하하하, 내 기억이 정확하다면 그 친구, 사막 한가운데 떨어뜨려 놔도 웃으며 살아 나올 친구라고 했던 사람이 려 매 아니었던가?"

낮은 웃음과 함께 단목린의 말을 들은 운려는 불안하게 흔들리던 마음이 조금씩 진정되는 것을 느꼈다.

그녀가 단목린과 친해진 것은 절망탑에 들어가고 이십 일쯤 지났을 때였다.

그날 그녀는 무맹오룡에 속한 두 명의 기재와 함께 탑의 팔층에 오를 수 있었고, 그곳에서 먼저 팔층에 오른 단목린과 다른 한 명의 기재를 만날 수 있었다.

그날 이후 지금까지 운려를 포함한 무맹오룡은 팔층에 머물렀다. 교두들과 싸우며, 친해지지 않을 수 없는 환경이었다. 그리고 그들 중 단목린과 운려는 단짝처럼 친해졌다. 자기 한 몸 간수하기 어려운 상황에서도 단목린이 운려를 각별히 배려했기 때문이다.

운려에 대한 단목린의 배려는 노골적일 정도여서 당사자인 운려도 단목린의 마음을 어렵지 않게 알 수 있었다. 그 후 두 사람은 수련 시간을 제외하면 거의 항상 함께 있었다. 운려도 단목린의 접근을 거부하지 않았던 것이다.

"으드득, 정말 속 썩이는 자식이야. 돌아오면 진짜 가만두지 않을 거야!"

운려는 이를 갈며 머리를 벅벅 긁었다. 땀에 푹 절었다가 마른 머리다. 가렵지 않을 리가 있겠는가.

옆에서 그런 운려를 보며 단목린은 크게 웃었다.

"하하하하하."

딥에 들어갈 때는 남녀를 불문하고 같은 형태의 무복을 입는다. 얼핏 보면 미소년이라고 착각할 만큼 행동 거지가 남자 같은 운려다. 운려는 단목린의 눈에 닿을 만큼 키도 크고 남자만큼은 아니어도 여자치고는 선이 굵은 외모였다. 그런 그녀가 무복을 입은 모습에서는 여자라는 느낌이 오지 않아야 정상이었다.

그러나 단목린에겐 머리를 긁어대며 허연 소금기를 풀풀 날리는 운려의 모습조차 사랑스럽기만 했다. 스물여섯 해 만에 찾아온 감정이었다. 이런 곳에서 찾아올 거라 생각지도 못했던 감정이기도 했고. 그래서 그에게 운려는 더욱 소중했다.

운려가 자신과 같은 감정을 갖고 있는지는 아직 확실하지 않았다. 하지만 그 이외의 남자와 개인적인 자리를 만들지 않는 운려가 그의 접근을 허락했다는 건 의미가 작지 않았다.

한 가지 마음에 걸리는 건 운려에게 검엽이라는 남자친구가 있다는 점이었다. 하지만 그는 크게 개의치 않았다. 운려에게 검엽은 친구였다. 처음에는 단목린도 그 사실을 이해하지 못했다. 그는 남자와 여자가 친구가 될 수 있다고 생각해 본 적이 없었던 것이다.

그러나 그가 어떻게 생각하든 운려와 검엽이 친구라는 사실은 변하지 않았다.

그는 철기문 역사상 최고의 기재였다는 대륙무제 단목천을 넘어설 거라는 기대를 받고 있는 일대의 영재였다. 그리고 그에게는 사람들에게 그런 기대를 품게 만들 만한 포용력이 있었다.

단목린은 운려와 검엽이 친구라는 사실을 받아들였다. 그 과정이 쉬운 건 아니었다. 그러나 인정한 후 그는 더할 수 없이 마음이 편해졌고, 운려를 더 깊이 마음에 두게 되었다.

"들어가자. 쉬어야지. 교두들이 려 매가 걱정으로 날을 새웠다고 봐주는 거 아니니까."

단목린의 말이 옳았다. 걱정한다고 검엽이 돌아오는 건 아니었다. 무사하기를 빌 수밖에 없었다.
 운려는 나직하게 한숨을 쉬며 자리에서 일어섰다. 어깨를 나란히 한 두 사람의 모습이 문 안으로 사라졌다.

* * *

 검엽은 눈살을 찌푸렸다. 그리고 놀라 뒤로 두 걸음이나 물러섰다.
 "뭘 그리 놀라나?"
 모닥불 저편에 앉은 사내가 풀썩 웃으며 놀리듯이 말했다.
 길게 흘러내린 머리카락과 모닥불의 영향으로 음영이 짙게 드리워져 있어 얼굴을 확인할 수 없는 자였다. 하지만 낮고 조금 탁한 듯하면서도 선명한 음색은 너무나 익숙한 것이었다.
 검엽의 흰 안색이 창백해졌다.
 '앞이 보여? 게다가 천연색……'
 그는 눈을 뜨고 있었다. 심안이 아닌 두 눈으로 모닥불과 그 너머에 앉아 있는 사내를 보고 있는 것이다.
 모닥불은 붉게 타오르고 있었고, 사내의 머리카락은 검었다. 사위를 감싸고 있는 어둠의 빛도 분명했다.
 십일 년 전 잃었던 시력이 돌아와 있었다.
 그때, 모닥불 너머의 사내가 비웃으며 말했다.

"후후후, 많이 놀란 모양이구만."

그의 말은 놀란 검엽의 마음을 가라앉혔다. 검엽은 사내의 맞은편에 털썩 주저앉았다.

"꿈이로구만."

사내와 비슷한 말투였다.

사내가 고개를 모로 비틀었다.

"오호! 벌써 알아차린 건가? 이거 별로 재미없는 걸. 좀 더 어리바리한 모습이 유지되길 바랐는데 말이야."

"웃기는 놈이군. 남의 꿈에 들어와서 흰소리나 하고, 누구냐?"

"나?"

사내가 손가락을 들어 자신의 가슴을 가리켰다.

"여기 너밖에 더 있나?"

"내가 있는 것으로 보이나?"

검엽의 눈매가 일그러졌다.

"말장난하지 마라."

"으하하하하하, 십여 년 동안 그렇게 말을 듣지 않아 속을 무던하게 태우더니 간신히 만난, 기념할 만한 날에 그런 식으로밖에 말을 못하는 거냐!"

고개를 젖히고 크게 웃은 사내의 시선이 검엽의 눈을 향했다.

"헉!"

사내와 정면으로 눈이 마주친 검엽은 안색이 변하며 절로 뱉어진 신음이 입 밖으로 흘러나왔다.

 그와 마주친 사내의 눈.

 그 눈은 홍옥처럼 빛나고 있었다.

 한 점의 다른 기운도 섞이지 않은 채 붉게 빛나는 눈.

 잠을 이기지 못했던 어린 시절 언제나 도둑처럼 그의 꿈을 찾아들어 형용할 수 없는 두려움과 공포를 안겨주었던 그 눈이었다.

 붉은 눈이 빛을 발하자 주변을 둘러싸고 있던 어둠이 진저리를 치는 게 느껴졌다. 코를 찌르는 혈향이 안개처럼 자욱하게 검엽과 사내의 주변을 에워쌌다.

 사내는 피식 웃었다

 "이제 기억이 제대로 나는가 보구만. 네 녀석을 만나는 게 이렇게 힘들 줄은 몰랐다. 어린놈이 고집은 쇠심줄처럼 질겨가지고선. 알았으면 어떤 대가를 치르더라도 네놈의 그 미친 아비의 염원에 응하지도 않았을 텐데… 후회해도 소용없는 일이지만 말이야."

 영문을 알 수 없는 말을 중얼거린 사내는 굵은 나뭇가지로 모닥불을 뒤적였다.

 사내의 모습을 보며 검엽은 공포를 넘어선 무서운 혼란을 느꼈다. 사내의 움직임은 너무나 익숙했다.

 "뭐야? 아직도 굳어 있는 거냐? 긴장 풀어. 이제 좀 제대로 된 대화라는 걸 나눠보자구. 그래야 할 필요성을 너도 느끼고 있잖아. 난 정말 오래 기다렸단 말이다."

사내는 여전히 비웃음이 서린 어조로 말을 하며 검엽을 보았다. 뒤적인 모닥불의 불이 크게 일어나며 사내를 비추었다. 그리고 공포로 얼어붙었던 몸이 조금씩 풀려가던 검엽은 사내의 얼굴을 보고 다시 얼어붙었다.

두려움 때문이 아니었다. 놀람 때문이었다.

"…너는?"

드러난 사내의 입가에 드리워진 미소가 짙어졌다. 사내의 가지런한 흰 이가 보였다.

사내가 피식 웃으며 말했다.

"나? 너잖아!"

말과 함께 사내의 눈 부분에서 튀어나온 붉은 무엇인가가 몸집을 불리기 시작했다. 그것은 곧 검엽의 시야에 닿는 모든 곳을 붉게 물들였다. 그리고 검엽을 단숨에 집어삼켰다.

"으헉!"

펄쩍 뛰듯 상체를 일으킨 검엽은 사방이 나무의 형상을 한 흰 선과 검은 바탕, 그리고 하얀 점으로 가득한 하늘을 보며 안도했다.

꿈에서 깨어난 것이다.

"나이가 몇인데 아직도 이런 악몽이나 꾸고……."

힘없이 중얼거린 검엽은 손을 들어 얼굴을 쓸었다. 흘러내린 식은땀이 옷을 축축하게 적실 정도였다. 당연히 얼굴과 머리카락도 물에 빠졌던 사람처럼 젖어 있었다.
 '다른 때와는 차이가 심한 꿈이었다. 붉은 눈… 그건 그렇고 그 자식 정말 재수없었는데, 나하고 똑같이 생긴 건 더 재수없었어. 개꿈이다. 그런 놈이 아버지를 언급하다니. 아버지의 염원에 응했다고 했었는데, 그게 무슨 뜻이었을까. 하여튼 다시 만나면 그냥… 아니야, 다시 만날 필요가 있겠어? 꿈속에서 만난 놈한테 억하심정 가져 봐야 나만 손해지.'
 검엽은 의식적으로 꿈의 내용을 잊으려 노력했다. 꿈속에서 만났던 모닥불 건너편의 사내를 떠올리는 것만으로도 그는 전신을 타고 흐르는 전율을 느꼈기 때문이다. 그것은 공포라는 이름으로만 부를 수 있는 것이 아니었다.
 공포와 환희가 범벅된 기묘한 기분…….
 폭풍의 자락을 잡고 하늘을 나는 듯한 흥분…….
 사내를 보며 검엽이 느낀 감정은 그로서도 해석하기 힘들 만큼 복잡했다.
 '개꿈이야, 개꿈이야… 개꿈이라니까. 빌어먹을.'
 내심 투덜거리던 검엽의 움직임이 딱 멎었다.
 이해할 수 없는 충격적인 꿈 때문에 망각했던 현실이 떠올랐던 것이다.
 그러고 보니 잠에서 깨어났을 때 심안에 보인 광경 중 기이한 것이 있었다. 의식을 하자마자 검엽은 이상하다고 생각했던 것의 정체를 볼 수 있었다.

"......"

검엽은 말을 잃었다.

피를 얼마나 흘렸는지 밀랍처럼 창백한 신색의 봉유종이 그의 옆에 누워 있었다. 가슴에 두 자는 됨직한 도상을 입은 모습으로.

봉유종의 시신을 보며 검엽은 멍한 얼굴이 되었다.

그는 혼미했던 뇌리에도 봉유종의 최후는 선명하게 각인되어 있었다.

봉유종은 패도를 막고 죽었다. 그가 막지 않았다면 지금 검엽은 두 쪽으로 갈라진 시체가 되어 숲에 버려져 있을 것이다.

죽고 사는 것에 관심이 없는 검엽이었다. 그래서 자신을 살리기 위해 누군가가 대신 죽어간 현실은 그에게 깊은 탄식을 토하게 만들었다.

혼란스러웠다.

그는 다른 사람을 위해 죽을 수 있다는 생각을 해본 적이 없었다. 운려를 위해서라면 그럴 수 있을 것 같기도 했지만 절실하게 와 닿는 느낌은 아니었다. 그래서 더 봉유종을 이해하기 어려웠다.

그것은 그가 이기적이냐, 아니냐의 문제가 아니었다.

관계의 문제였다.

타인과 비슷한 감정을 공유하고 상대와 자신의 삶이 일치한다는 감정, 그 감정의 고양과 확장을 느껴본 적이 없는 사람은 희생이라는 말을 이해할 수도 실천할 수도 없다. 그런 감정은 진정성이 담보된 타인과의 관계 속에서만 알 수 있다.

만리장성을 넘은 후로 검엽은 운려 말고는 다른 사람과 그렇게 깊은 관계를 맺은 경험이 없었다.

"후우, 왜 그러셨습니까? 제가 그럴 가치가 있었습니까?"

침울한 어조로 중얼거리며 봉유종의 시신을 수습하던 검엽은 또 다른 사실 하나를 깨달았다.

두 손이 자유롭게 움직일 뿐만 아니라 몸에서 아무런 고통도 느껴지지 않는다는 것을.

그가 입은 상처는 작지 않았다. 생사의 경계를 오락가락해도 이상하지 않을 상처가 아니었던가.

그러나 신안으로 자신의 전신을 훑어본 검엽은 상처의 흔적이 전혀 없다는 것, 심지어 상처를 입은 적도 없는 사람처럼 몸이 온전하다는 것을 알 수 있었다.

상처도 없었고, 심맥의 움직임도 정상이었다. 오히려 싸움이 일어나기 전보다 기력이 왕성하고 힘이 넘쳤다. 전장의 흔적은 그의 전신에 달라붙어 있는, 바짝 말라 가뭄에 든 논바닥처럼 비틀어지고 갈라진 핏자국으로만 남아 있을 뿐이었다.

"하… 하… 하"

봉유종의 시신을 땅에 묻은 검엽은 자리에 앉아 허탈하게 웃었다. 예전부터 그랬지만 자신의 몸인데도 그 안에서 일어나는 중요한 변화의 원인을 알 수 없다는 건 정말 답답하기 이를 데 없었기 때문이다.

'젠장.'

내심 욕이 절로 나왔다.

검엽은 팔베개를 하고 낙엽 위에 누워 버렸다.

강시의 목을 떼어낸 후부터 기억이 온전하지 않았다. 그 이후 띄엄띄엄 생각나는 전장의 기억들은 자신의 것이 아닌 듯했다.

회색의 안개.

미간을 불에 달군 쇠꼬챙이로 지지는 듯했던 고통.

전신을 가득 채우던 음산한 사기와 용암처럼 들끓어 오르던 차가운 살기와 파괴욕.

그 모든 것을 태풍에 휘말린 가랑잎처럼 뒤흔들던 까닭 모를 증오와 분노.

고통도 납득하기 어려웠지만 그가 받아들이기 어려웠던 건 감정이었다. 그에겐 자신의 것이라고 인정할 수 없는, 낯설기만 한 감정들의 연속이었다.

게다가 색이 보였다.

'회색 안개, 안개의 색은 선명한 회색이었다. 흰 외곽 선과 검은 바탕이 아니라 온전한 회색의 안개였어. 어떻게 심안이 색을 있는 그대로 볼 수 있었지? 후우, 그리고 안개의 정체는 무엇이었을까? 그 안개가 미간을 파고들 때 합창하듯 터진 비명 소리가 들렸었다. 소름끼치는 비명소리. 사자(死者)로 보이는 수백 명의 얼굴도 본 거 같다. 사념(死念)과 원령(怨靈)이었을까? 설마 죽은 자의 기운(死氣)조차도 내게 영향을 미치고 있단 말인가? 게다가 그 고통은 또 뭐냐? 혈조사마나 군림성의 살아 있는 무사들과 싸울 때는 그런 고통이 없었는데?

검엽은 곤혹스러움이 역력한 얼굴로 밤하늘을 심안에 담았다. 별의 위치로 추정할 때 그는 싸움이 있던 장소에서 북서쪽으로 족히 오백 리 이상 올라와 있었다.

의식이 없는 중에도 인적이 없는 곳을 찾은 듯 그가 누워 있는 곳은 십여 장 높이의 거목들이 빽빽이 들어찬 숲의 한가운데였다. 추종술에 능한 자도 쉽게 추적하기 어려울 만큼 숲은 울창했다.

그 상처를 입고서도 봉유종을 안고 오백 리를 뛰어 이런 곳을 찾아들었다는 걸 어떻게 받아들여야 할 것인가.

검엽은 팔베개도 풀지 않고 누운 채로 구환공을 운기했다.

단전에서 꿈틀거리며 일어난 기운은 노도처럼 대맥을 휘돌더니 회음으로 빠져나가 독맥을 타고 올라갔다. 생사 경계라는 백회혈을 가볍게 지나친 기운은 임맥을 타고 내려와 다시 단전으로 흘러들어 갔다.

 검엽의 생사현관은 태어난 이후로 막힌 적이 없었다. 그 뿐만 아니라 가문의 모든 사람 역시 마찬가지였다. 다른 가문의 사람들도 그의 가문 사람들과 다르지 않을 것이다.

 생사현관의 타통을 절정으로 넘어가는 관문으로 생각하며 중히 여기는 무림의 인물들은 아무도 믿지 않을 일이었다. 하지만 그런 정도의 능력은 검엽의 가문과 다른 가문에는 기본적인 것이었다.

 간단한 소주천만으로 검엽은 자신의 내력이 놀라울 정도로 불어나 있다는 것을 알 수 있었다.

 '허, 십 년 이상의 내력이 늘었다. 이걸 도대체 어떻게 받아들여야 하나. 늘어난 것도 그렇지만 외부의 기가 들어왔는데도 구환공과 전혀 충돌이 없어. 마치 녹아들기라도 한 것처럼.'

 검엽은 손바닥으로 뒤통수를 눌렀다.

 이해할 수 없는 일의 연속이라 골이 지끈거렸다.

 고민하던 그의 얼굴에 심각한 기색이 떠올랐다. 내공이 늘어난 거야 예상했던 일이고 원인도 어렴풋이 짐작한 터라 크게 놀랄 일은 아니었다.

 하지만 이건 달랐다.

 매사를 슬렁슬렁 넘어가는 그였지만 그렇게 넘어갈 수 없는 일이 있었다.

'어둠이 느껴진다.'

검엽은 전신을 감싸고 있는 짙은 무언가를 느끼고 있었다. 그의 전신을 감싸고 있는 그것은 어둡게 느껴지는 두터운 질감을 갖고 있었으며 느리지만 멈추지 않고 회전하고 있었다.

게다가 그 회전하는 기운은 그가 창안한 암천부운행의 와선폭류처럼 인력(引力)을 지닌 듯했다.

천지간에 가득한 어두운 기운이 마치 시냇물이 강물에 합쳐지듯 검엽을 향해 몰려들어 회전하는 기운과 더해지는 것이 느껴졌다. 그리고 그 기운은 검엽의 의지와는 전혀 관계가 없었다. 그로서는 그 기운을 멈출 수도 흩어버릴 수도 없는 것이다.

그 기운은 구양문에게서 배운 풍도문의 귀기(鬼氣)와 비슷하면서도 달랐다.

검엽은 풍도귀왕공의 운기 행로를 따라 기운을 돌렸다.

섬뜩한 귀기가 그를 중심으로 동심원을 그리며 사방으로 퍼져 나갔다. 그에게서 가까운 곳부터 먼 곳으로 점차 깊은 정적에 잠겨갔다. 귀기는 죽은 자의 세계에 흐르는 기운, 생기를 지닌 것들은 본능적으로 두려워할 수밖에 없다.

숲은 귀기에 잠식당한 것이다.

검엽의 미간에 굵은 주름 여러 개가 생겨났다

'귀왕공이 십일 성을 넘었다. 극에 근접한 성취······.'

얼굴을 찌푸리고 생각에 잠겼던 검엽의 단전에서 내력이

썰물처럼 빠져나갔다. 내력이 빠져나간 자리에 남은 건 허탈함이다. 하지만 그의 전신을 채운 것은 반대로 기이한 활력과 상쾌함이었다.

누워 있는 검엽의 삼 장 위 공간이 일그러지며 벌어졌다. 그 틈을 비집고 날개 밑으로 검은 기운을 안개처럼 흘리는 귀응(鬼鷹)이 서서히 모습을 드러냈다.

느리게 검엽의 머리 위를 활강하는 귀응은 예전 남창에서 나타났을 때와 비슷해서 외관상 변한 건 없는 듯했다. 그러나 귀응을 불러낸 당사자인 검엽은 귀응의 변화를 한눈에 알아차렸다.

'커졌다. 그리고 단단해졌어.'

본래 귀응은 날개를 편 길이가 다섯 자 정도였다. 하지만 지금은 양 날개의 끝에서 끝까지의 길이가 일곱 자에 가까웠다. 게다가 아지랑이를 두르고 있는 것처럼 일렁이던 전신은 선이 확연했다. 귀응은 마치 실재하는 새처럼 보였다.

귀왕공의 성취가 높아지면서 일어난 현상인 듯 싶었지만 변화의 폭이 너무 컸다.

심안으로 찬찬히 귀응의 변화를 살피던 검엽은 어느 순간 너무 놀라 머릿속이 텅 비어버렸다. 그가 정신을 차리기까지는 일다향의 시간이 필요했다.

'귀응의 눈이 붉다……?'

검엽은 가슴이 떨리는 것을 느꼈다.

귀웅은 눈의 형태가 있긴 했지만 검은 기류가 그곳을 차지하고 있을 뿐이었다.

 당연한 일이었다.

 전신이 귀기로 이루어진 존재인데 눈에 눈동자가 있을 리도, 색이 있을 리도 없는 것이다.

 그런데 지금은 있었다.

 광포한 기세를 담고 뚜렷하게 붉게 빛을 발하는 눈이.

 그리고 그 붉은 눈의 색감을 검엽의 심안은 볼 수 있는 것이다.

 검엽은 귀웅의 눈이 위에서 자신을 내려다보고 있다는 걸 알았다. 그리고 그 눈에 절대 복종의 기색이 어려 있다는 것도 알았다.

 생각지도 못한 것을 본 검엽은 귀왕공을 해제했다.

 공간이 일그러지며 귀웅의 모습이 사라졌다.

 검엽은 고향을 떠난 후 처음이다 싶을 정도로 진지해졌다.

 '…안개의 회색, 내 몸을 중심으로 회전하는 기이한 힘의 검은색, 귀웅의 눈이 가진 붉은색… 하지만 주변의 풍경은 여전히 흰 외곽 선과 검은 바탕이다. 나와 직접 관련이 있는 것들의 색만이 제대로 보여.'

 검엽은 입술을 깨물었다.

 '…이 모든 일의 근원에 아버님이 펼치셨던 혼돈귀원대법(混沌歸原大法)이 있음은 의심할 여지가 없다. 내게 일어나는 현상들은 그 대법이 잘못됨으로 인해 벌어지는 것들임에 틀림없어. 문제를 풀기 위해서는 대법을 알아야만 하는데…….'

검엽의 아름다운 얼굴에 쓸쓸함이 내려앉았다.

'하지만 대법의 전부를 알고 계셨던 분은 아버님뿐이셨다. 너무나 위험하고, 유출되었을 때 상상하기 어려운 일이 벌어질 것이라며 아무에게도 알려주지 않으셨었지…….'

검엽은 갈등을 느꼈다.

'긴 세월 전해지며 손실된 부분이 많아 불완전하던 대법을 아버님께서 완성할 수 있었던 것은 '그것'을 발굴하실 수 있었기 때문이다. '그것'은 세월이 아무리 흘러도 손상되지 않는 것이니 폭발의 여력이 광범위하긴 했어도 아직 온전히 남아 있을 가능성이 크다. 돌아가서 '그것'을 연구하면 대법의 진체를 복원할 수 있을지도 몰라. 하지만 '그것'의 진체를 연구하려면 본가의 비전을 수습해야 한다. 현재의 내 능력으로는 '그것'의 진체를 알아내는 게 불가능하니까.'

그의 입술 사이로 긴 한숨이 새어 나왔다.

오래전 일단락 지었던 고뇌의 끝자락이 되살아나며 쳇바퀴 돌듯 반복되려 하고 있었다.

'그건 본 가를 잇는다는 걸 의미한다…….'

검엽은 일어나 앉았다. 깎은 듯 하얀 그의 이마에 내려앉으려던 별빛이 미끄러졌다.

'후우…….'
검엽은 고개를 저었다.
가문을 잇는 문제는 이미 오래전에 결론을 내리지 않았던가.
그가 평범하게 사는 것은 그의 선친 고천강의 뜻이었고, 이제는 그의 뜻이었다.
'아버님은 천년이 넘는 세월 동안 이어져 온 고통스런 전통을 당신의 대에서 마무리 지으려 하셨다. 혼돈귀원대법을 시행하신 까닭도 그 때문이었고. 운이 좋아 '그것'에서 대법의 진체를 알아낸다면 지금 내게 벌어지는 현상이 어떤 것인지 알 수 있을 가능성도 있다. 하지만 대법의 진체를 알아낼 수 있을 뿐 그것을 다시 시행할 수 있는 방법은 없다. 대법을 시행하려면 적어도 아버님이 지니셨던 능력의 칠 성 수준에 도달한 능력자 오십 명이 필요해. 그만한 능력자를 가문의 사람으로 채우려면 족히 삼백 년의 세월은 걸린다. 그것도 최고의 운이 따라주었을 때… 신마기를 타고 태어나는 사람은 흔치 않으니까. 그리고 그동안 후예들은 선조들이 느꼈던 그 열패감을 가슴에 안고 살아가야 하겠지. 진체를 알아내려면 가문의 비전을 이어야 하고, 그것은 내가 금약(禁約)에 매이게 된다는 것을 의미하니까. 삼백 년의 세월을 진력하고도 대법이 성공한다고 확신하기는 어렵다. 본 가 역사상 최고의 기재였다는 아버님도 실패한 일이다. 어떻게 성공한다고 자신할 수 있단 말인가. 막연한 가능성에 목을 매고 수백 년의 세월을 선조들과 같은 고통 속에서 살게 하는 건, 후인들에게 못할 짓이다. 아버님께서도 그래서 당신의 대에 모든 것을 마무리 지으려 하신 게 아닌가.'

검엽은 탄식했다.

이미 답이 나온 고민이다.

자신의 몸에 일어나는 일의 전모를 알고 싶은 마음은 절실했다. 하지만 그 때문에 가문을 이어야겠다는 쪽으로 생각이 기울거나 하지는 않았다.

그의 몸에 일어나는 일은 개인적인 문제였지만 가문을 잇는다는 것은 그 개인에 국한된 문제가 아닌 것이다.

검엽은 고개를 저어 상념을 털어버렸다.

미련없는 일이었다. 재고할 이유가 없었다. 그리고 지금은 오래전 마음속에 묻어버린 일보다 앞으로의 일을 생각해야 할 때였다.

'예상했던 것보다 전장에서 받는 영향이 너무 크다. 가능한 생사가 오가는 전장은 피해야 할 거 같은데… 돌아가면 악단주가 그냥 내버려 두지 않을 건 분명하고. 운려가 회계산을 벗어날 때까지는 돌아가지 않는 편이 나을 것 같구만.'

검엽은 소리없이 이를 드러내고 웃었다. 정신을 차린 후 계속 무겁기만 하던 마음이 조금 가벼워졌다. 악우곤을 엿먹일 수 있다는 기분이 들었기 때문이다.

'나중에 돌아가면 여러 인간이 길길이 뛰겠지만 정남의 싸움에서 치명적인 상처를 입어서 거동할 수가 없었다고 둘러대면 그 인간들도 뭐라 하기는 힘들 거고. 흐흐흐'

한 가지 걸리는 건 강시에 대한 것이었다.

그는 살아 돌아갔으리라 생각되는 헌원미림과 방건이 강시를 보지 못했다는 걸 알고 있었다. 정남의 싸움에서 군림성이 강시를 사용하는 걸 본 사람은 그가 유일했다.

강시는 대규모 전투에서 전장의 향배를 바꿀 파괴력을 가진 존재다. 그가 무맹에 소속감을 가지고 있었다면 반드시 정보를 알려주었을 것이다. 그러나 불행하게도 무맹은 검엽의 충성심을 손톱만큼도 확보하지 못했다.

검엽은 자리에서 일어나 옷자락에 묻은 나뭇잎을 털어냈다.

어차피 남의 일이었다.

그가 무슨 영화를 보겠다고 피곤한 일상이 기다리고 있을 게 뻔한 무맹에 돌아가 강시의 정보를 전해야 한단 말인가. 그리고 무맹도 강시의 존재를 알게 될 것이다. 단지 시간상으로 조금 늦게 알게 되겠지만.

'아홉 달 정도 뒤에 돌아가면 운려도 수련장을 나와 있을 것이다. 그리고 일 년만 더 버티면… 자유다!'

검엽은 마음을 어지럽히려 하는 의문들을 찍어 눌러 버렸다. 산장에 있을 때부터 해오던 습관이라 어려울 것도 없었다.
 검엽은 심안으로 하늘의 별자리를 훑었다.
 '어디로 갈까?'
 검엽은 팔짱을 꼈다.
 정남의 북서쪽 오백 리 지점이라면 그가 있는 곳은 호남성일 가능성이 높았다.
 심안으로 살핀 주변 풍경은 태고의 적막함을 간직한 거산(巨山)의 형상이다.
 '정남의 북서쪽 오백여 리 지점, 호남성에 있는 거산이라··· 그럼 형산(衡山)인가?'
 형산이라는 말이 떠오른 순간 그는 자신이 그곳에 있다는 것을 확신했다. 전신에 느껴지는 산세(山勢)와 지기(地氣)는 이 산이 평범한 산이 아니라는 것을 웅변하고 있었다.
 오악의 남쪽을 대표하는 천하의 명산, 남악 형산이 아니고서야 이 정도의 산세와 지기는 갖고 있지 못할 거라 생각이 든 것이다.
 '장강 이남에서는 무맹과 군림성의 이목을 피하기 힘들 거야. 무맹에서도 그렇지만 정남에서 본 그 군림성의 장년인도 나를 찾을 가능성이 있다. 상당한 공을 들였을 것이 분명한 강시 열 몇 구를 내가 진흙덩어리처럼 부숴 버렸으니 나를 조각조각 분해해서라도 이유를 알고 싶겠지. 장강을 넘자. 정무총련의 지역이라면 무맹과 군림성의 간세들도 쉽사리 내 행

적을 추적하지 못할 테니까.'

 마음을 정한 검엽의 신형이 바람에 밀려 올라간 것처럼 전방을 향해 사선을 그리며 날아올랐다.

 구름인 듯 안개인 듯 숲을 통과하는 그의 운신은 유령을 방불케 했다.

 절세의 암귀행이 창안 당시 목표로 삼았던 위력에 가까워지고 있는 것이다.

*　　*　　*

 검엽이 우려했던 대로 초인겸은 검엽을 포기하지 않았다.

 그가 호남성 형산의 권역에 들어선 것은 검엽이 형산을 떠난 후 닷새가 지났을 무렵이었다.

 먼지가 뿌옇게 앉은 장포와 헝클어진 머리는 그가 먼 길을 오며 어떤 생활을 했는지 어렵지 않게 짐작할 수 있었다.

 그는 추적을 시작하고 구 일이 지난 지금까지 단 한 번도 침상에서 자지 않았다.

 형산의 울창한 숲을 느리지만 멈춤없이 나아가는 그의 안색은 돌처럼 굳어 있었다. 그리고 그는 혼자가 아니었다.

 어느 모로 보나 평범한 사냥꾼 이상으로 보이지 않는 사십대 중반의 중년인이 정중하게 그를 안내하고 있었다. 사냥꾼 차림의 중년인, 일묘는 천추군림성의 정보 조직 귀마안에 속한 호남성의 세작 중 한 명이었다.

초인겸은 절정의 고수이고 추종술에도 일가견이 있었다. 하지만 검엽은 땅으로 꺼졌는지 하늘로 솟았는지 흔적이 거의 남아 있지 않았다.

하루를 추적한 후 단신으로 검엽을 추적하는 것이 불가능에 가깝다는 걸 깨달은 초인겸은 귀마안의 도움을 청했다. 자존심을 따질 때가 아니었다.

일묘는 호남성에 배치된 세작들 중 추종술에 있어 첫손가락에 꼽히는 전문가였다.

형산에 들어선 지 이틀 째 되던 날 오후.

초인겸과 일묘는 사람의 흔적이 완연히 남아 있는 사방 이장가량의 공터에 도착했다. 누군가 누워 있었던 듯 일정한 지역의 수풀이 쓰러져 있었고, 땅을 뒤집어놓은 흔적도 완연했다. 장님이 아니라면 누구나 알 수 있을 정도였다.

일묘는 주변을 샅샅이 수색하고 나서 마지막으로 헤집어진 땅을 묵묵히 팠다. 반 장 깊이의 구덩이 안에서 땀에 젖은 얼굴을 든 일묘가 초인겸을 보며 말했다.

"부대주님, 시신입니다."

초인겸은 말없이 고개를 끄덕였다.

가슴이 갈라진 시신은 심하게 부패되어 있었다. 하지만 초인겸은 시신의 주인이 누구인지 대번에 알아차렸다.

자신의 손에 죽은 자가 아닌가.

난전 중에 죽인 자라면 기억하지 못했을 것이다. 하지만 죽은 자는 검엽을 살리고 대신 죽은 자였다.

어찌 잊을 수 있을까.

구덩이에서 나온 일묘는 구덩이를 다시 흙으로 메웠다. 특별한 이유가 있어서 그런 건 아니었다. 적이었다고 하지만 이미 죽은 자다.

그리고 일묘는 정남 지부에서 있었던 싸움을 이미 상부로부터 전해 들었다. 정남을 차지하고 있던 무맹 측 무사들은 전멸했고, 승리한 군림성 무사들도 십수 명 정도만이 살아남은 처절한 싸움이었다고 했다.

여기 묻혀 있는 자는 그런 전투에서 적을 맞아 최선을 다해 싸우다가 죽은 자였다. 존중받을 만한 자격이 있는 무사였기에 일묘는 굳이 영면을 방해할 필요는 없다고 생각한 것이다.

초인겸은 일묘의 행동을 막지 않았다.

적이 되어 싸웠던 자였지만 그는 봉유종에게 원한이나 복수심 같은 악감정을 갖고 있지 않았다.

거대 세력과 거대 세력이 부딪친 싸움이다. 일선의 하위무사들은 그저 상부의 명령에 따를 뿐이다.

상대 세력에 대한 적개심은 있어도 개개인의 무사에게 원한을 품을 까닭이 없는 것이다.

일묘가 구덩이를 원상 복구하는 데는 반 각도 소요되지 않았다. 그 정도 시간은 충분히 용인할 수 있었다. 남겨진 흔적으로 보아 고검엽이 이 자리를 떠난 건 수일 전이었다. 하루 이틀 사이에 끝날 추적이 아니었다.

뒷짐을 진 초인겸은 주변의 숲을 둘러보았다. 그의 눈에는 의혹의 빛이 충만해 있었다.

'그자는 왜 호남성으로 왔을까? 무맹총타로 가려면 진로를 북동쪽으로 잡았어야 하는데 이자는 북서쪽으로 왔다. 자신이 적을 두고 있는 척천산장으로 가기 위해서? 도움을 청하기 위해서라면 싸움이 있던 곳에서 이백오십여 리 떨어진 지점에 무맹의 서현 지부가 있다. 굳이 척천산장까지 갈 이유가 없다.'

초인겸은 가슴이 답답해졌다. 검엽의 행로를 예측할 수가 없었기 때문이다. 검엽이 그에게 보여준 능력도 상상을 넘어선 것이었는데, 행로까지도 예측불허였다.

구덩이를 복구한 일묘가 그의 옆에 시립했다.

초인겸이 물었다.

"그자가 어느 방향으로 움직였는지 알겠나?"

일묘는 눈을 빛내며 입을 열었다.

"이것을 보시지요."

일묘의 손끝이 향한 곳에는 선이 둥근 두 치 정도의 희미한 흔적이 남아 있었다. 구덩이에서 일 장가량 떨어진 곳으로 사람이 누워 있었던 듯 수풀이 눌린 자국이 있는 곳이었다.

"근방 십여 장 이내에 있는 발자국 중 내공이 사용된 유일한 족흔(足痕)입니다. 발의 앞부분인데 발끝이 다른 부분보다 미세하긴 하지만 더 깊습니다. 이런 흔적은 경공을 사용한 자가 전방으로 신형을 날렸다는 걸 의미합니다. 만약 수직으로 뛰어올랐다면 발끝이 아니라 발가락과 발바닥이 맞닿는 면에 힘이 실렸을 것이고, 그 흔적이 남았을 겁니다. 전방이 아니라 다른 방향으로 움직였다면 발의 측면이 뒤틀린 흔적을 남겼을 것이고요. 그자는 발끝이 향한 쪽으로 갔습니다."

일묘는 단정적인 어조로 말을 맺었다.

초인겸의 미간에 깊은 내천자가 나타났다.

일묘의 주장대로라면 검엽은 북서쪽으로 갔다는 말이 된다. 문제는 그 방향으로 가면 무맹도 척천산장도 나오지 않을 뿐더러 오히려 멀어지게 된다는 데 있었다.

'놈, 무슨 생각이냐? 우회하려는 것이냐? 추적을 의식하고 있다는 건가?'

그의 시야에 들어오는 형산은 붉게 타오르고 있었다.

석양이 지고 있는 것이다.

'실낱같은 가능성도 배제해서는 안 되겠지.'

생각을 정리한 초인겸이 일묘를 불렀다.

"일묘."

"예, 부대주님."

"척천산장까지 가는 길에 배치되어 있는 사람들에게 그자를 찾아보라 전하게. 아무리 사소한 흔적이라도 그자에 관한 것이라면 결코 놓쳐서는 안 된다는 것을 분명하게 전하도록. 그리고 귀마안주께는 따로 서신을 보냈으니 형산과 상음의 척천산장 사이에 있는 귀마안 소속의 무사들은 이 일에만 전념하라 전하게. 다른 모든 업무는 그자를 찾아낼 때까지 중단일세."

"알겠습니다. 부대주님께서는?"

"난 자네가 본 흔적이 가리킨 북서쪽으로 가보겠네. 자네는 지시를 전하는 즉시 내 뒤를 따르게."

"예."

짧게 대답한 일묘의 신형이 왔던 길을 되돌아 숲 속으로 사라져 가는 것을 일별한 초인겸은 시선을 북서쪽 하늘로 돌렸다.

'귀마안주께서 그자에 대한 정보를 빨리 알아내셔야 추적의 단서를 찾을 수 있을 텐데. 척천산장의 역량이 범상치 않다는 건 인정하지만 그런 자를 척천산장이 키워낼 수 있었으리라고는 생각되지 않는다. 그런 역량을 척천산장이 갖고 있었다면 오늘날처럼 철기문이 무맹 전체를 장악하다시피 하는 것을 소진악이 그냥 두고 보았을 리는 없으니까. 그럴 가능성은 적지만 만약 그런 역량이 있는데도 자신을 숨기고 있는 거라면 소진악은 정말 무서운 자다. 어쨌든 척천산장 전체를 다시 살펴볼 필요는 충분하다.'

초인겸은 귀마안에 도움을 청하며 고검엽의 신상에 대해

조사해 줄 것을 함께 요청했다. 귀마안의 능력을 생각할 때 그 일은 오래 걸리지 않을 것이다.

'반드시 잡는다.'

이를 악문 초인겸의 신형이 떠올랐다.

방향은 북서쪽이었다.

第五章

절강성 항주.
대륙무맹 맹주 집무실.
혼자 있을 때나 여러 사람과 함께 있을 때나 온화한 표정을 유지하던 단목천의 안색이 좋지 않았다. 딱딱하게 굳은 표정이라고까지 할 수는 없었지만 눈썹과 미간의 간격이 좁았다.
책상 너머 의자에 앉아 있는 단목천을 보며 구양일기는 내심 한숨을 쉬었다. 절로 어깨가 축 늘어졌다. 단목천의 표정이 자신으로 인한 것이라는 자책감 때문이었다.
"죄송합니다, 맹주님."
"자네가 죄송할 것이 무에 있겠나. 일이 그렇게 돌아가리라고는 나 또한 예상치 못했던 일이네."

단목천은 미간을 찌푸린 채로 말을 이었다.

"아직도 검엽이라는 아이의 행방은 묘연한가?"

"예. 산운전에서 전력을 기울여 종적을 찾고 있습니다만 호남성으로 들어섰다는 것 외에는……."

"헌원미림과 방 무사의 퇴로를 확보하며 그가 마지막으로 싸웠던 자들이 혈풍대 부대주가 이끄는 자들이라고 했었지?"

"그렇습니다. 사십 근 대도를 사용하는 장년인의 인상착의와 일치하는 군림성의 요인은 혈풍대 부대주 초인겸뿐입니다. 정남 지부의 패배는 하좌의 계산 착오였습니다. 그들이 초인겸을 투입하리라고는 생각지 못했습니다."

"승패야 어느 쪽으로 나든 상관이 없는 일이었네. 피해가 생각보다 크다는 게 안타까울 뿐이지. 그리고 책임 소재를 따지자면 자네보다 산운전의 책임이 더 크다고 할 수 있네. 그런 고수의 움직임을 파악하지 못했다는 건 산운전의 정보력에 문제가 있다는 뜻이니까 말일세."

구양일기는 고개를 숙였다.

단목천의 말은 옳았다. 하지만 정보가 부족한 상황에서도 최선의 결과를 끌어내는 것이 뛰어난 군사의 역할이다. 그는 그 역할을 충분히 하지 못했다. 명성에 걸맞은 역할을 하지 못한 것이다.

그가 차분한 음성으로 말했다.

"정남의 싸움에 투입한 군림성의 전력을 볼 때 저들 내부에 강경파가 득세하고 있는 것으로 생각됩니다. 그리고 하좌의 판단으로는 혁세기의 군림성 장악력이 약화된 게 아닌가 싶습니다. 그렇지 않다면 그 정도의 전력을 정남에 보내기가 쉽지 않을 테니까요."

"시기 때문인가?"

"그렇습니다. 정남의 싸움에 혁세기가 개입하지 않은 건 명백합니다. 만약 그가 개입했다면 저는 그 즉시 그 사실을 알 수 있었을 겁니다만 그런 징후는 전혀 없었습니다. 이는 정남의 싸움이 혁세기의 뜻이 아닌 다른 자의 뜻으로 이루어졌다는 걸 의미합니다."

구양일기는 군림성의 주인이자 당대 마도를 지배하는 혁세기의 속내를 당연히 알 수 있다는 듯 말했다. 누가 들어도 이상하다 생각할 말이었지만 단목천은 하등 이상할 게 없다는 표정으로 고개를 끄덕였다. 그가 물었다.

"다른 자라면 누구라고 생각하는가?"

"곽초환입니다."

단목천의 혈색 좋은 얼굴에 심한 짜증이 묻어났다.

"그 멧돼지처럼 앞만 보고 달려들기만 할 줄 아는 천하에 불학무식한 놈 말인가?"

"예."

대답을 하며 구양일기는 쓴웃음을 지었다. 무맹의 초창기 시절 단목천을 가장 괴롭혔던 자가 곽초환이었다. 아직도 감정의 앙금이 남아 있는 것이다.

"투입된 자들의 역량과 사전 정보 차단을 고려하면 이번 정남의 싸움은 곽초환과 요진당의 합작품이 아닌가 생각됩니다."

"혈마성과 귀마성이라……."

말끝을 흐리며 생각에 잠기는 듯했던 단목천이 눈살을 찌푸리며 말을 이었다.

"결정은 곽초환이 했을 테고, 진행은 요진당이 했겠군. 곽초환은 지도력이 있는 인물이지만 자잘하게 머리 쓰는 데는 소질이 없지. 반대로 요진당은 지도력은 부족해도 머리 쓰는 데는 일가견이 있고. 둘이 합작을 했다면 혁세기를 제외한 나머지 사마성(四魔星)이 곽초환을 따른다고 보는 게 옳을 걸세. 곽초환에 대한 그자들의 신뢰는 대단히 깊으니까."

"하좌도 그렇게 생각하고 있습니다."

"그럼 정남의 싸움은 육마성이 동의한 결과라는 것인데… 요새 군림성이 자금 문제로 곤란을 겪고 있는가?"

단목천이 왜 이런 질문을 하는지 짐작한 구양일기가 고개를 저으며 대답했다.

"그런 정보는 없습니다."

"그럼 왜 정남에 그처럼 강한 전력을 투입했다고 생각하는가?"

"저도 의아하게 생각하는 게 바로 그 점입니다, 맹주님. 정남의 광산에서 나는 수익이 적은 건 아니지만 혈풍대 부대주를 투입하고, 자신들도 궤멸에 가까운 타격을 받으면서도 물러서지 않을 정도는 아니니까요."

"당장은 의혹을 풀 수 없는가?"

"시간이 필요합니다."

"되도록 빨리 궁금증을 풀어주게나."

"최선을 다하겠습니다, 맹주님."

"정남에 군림성이 구축한 전력은 변화가 없는가?"

"예. 우리 측이 물러난 후 일백삼십 명의 군림성 혈풍대 소속 무사들이 배치되었고, 군림성은 더 이상의 무력을 증파하지 않고 있습니다."

"강호에서는 이번 싸움을 어떻게 본다던가?"

"정무총련에서야 희희낙락입니다. 본 맹과 군림성 양측의 희생자 수가 삼백 명을 넘으니까요. 여타의 문파들과 강호인들은 예전의 싸움보다 더 많은 희생자가 나와 조금 놀란 듯하지만 크게 주목하는 기색은 아닙니다."

"그렇겠지. 정남은 잊을 만하면 싸움이 나는 곳이니까."

잠시 대화가 중단되었다.

단목천은 일어나 창가에 섰다.

뒷짐을 진 그의 등을 넓었다. 뒷모습만 보면 삼십대 장년인도 부럽지 않은 풍채다.

그의 시야가 닿는 곳은 고루거각들로 가득 차 있었다. 저

건물들 중 상당수는 건축된 지 삼십여 년에 가까웠다. 세월을 탄 건물들은 고색이 창연했다.

건물들을 둘러보는 단목천의 눈은 깊었다. 그리고 그 깊은 눈의 더 깊은 안쪽에는 불꽃처럼 타오르는 무엇인가가 있었다. 천천히 다시 자리에 앉은 그가 구양일기를 보았다.

"군사."

"예, 맹주님."

"그 녀석… 왜 지부에 도움을 청하지 않는다고 생각하는가?"

구양일기는 단목천이 '그 녀석'이라 칭한 자가 누구인지 알고 있었다.

"짐작이지만 운신하기 어려운 중상을 입은 게 아닌가 사료됩니다."

"중상이라… 치료를 하고 있다는 말인가?"

"그럴 가능성이 가장 큽니다. 그렇지 않다면 돌아오지 않을 이유가 없으니까요."

"가능성이 가장 크다… 그럼 가능성이 작은 일은 뭔가?"

질문을 받은 구양일기의 콧잔등에 작은 땀방울이 솟았다. 대답하기 껄끄러운 질문이었다. 하지만 대답하지 않을 수도 없다. 그가 조심스런 어조로 입을 열었다.

"귀찮아서 숨어 있을 가능성입니다."

"뭐?"

단목천이 눈을 크게 떴다.

"그게 무슨 말인가?"

"본 맹과 회계산 수련장에 있을 때 그자가 보여준 태도나 정남 지부에 도착한 이후로 그가 보여주었던 행동에 대한 보고서를 종합하면 그는 극단적이다 싶을 만큼 수동적으로 움직이는 인물입니다. 그래서 마지막에 지부의 생존자들을 살리기 위해 그가 했던 행동들이 오히려 의외라 할 수 있지요. 아무튼 군림성과 싸우기 이전에 그가 보여준 태도를 생각할 때, 그가 일부러 복귀를 하지 않고 있을 가능성도 무시할 수 없습니다. 무맹에 복귀하면 정남 같은 곳에 다시 보낼 거라 생각할 테니까요."

"으하하하하하!"

단목천이 고개를 젖히고 유쾌한 웃음을 터뜨렸다.

예상치 못했던 웃음소리였다. 더구나 집무실이 들썩일 정도의 큰 웃음소리다.

깜짝 놀란 구양일기의 눈이 휘둥그레졌다.

"그놈이 조용한 곳에 박혀서 상처나 치료하고 있는 장면은 아무래도 잘 상상이 되지 않는구먼. 내가 불렀을 때도 꾀병을 핑계로 콧잔등도 내비치지 않았던 녀석이 아닌가. 일 시키는 것이 귀찮아서 숨어 있을 거 같구먼그래. 내 생각에는 상처 치료보다 이쪽이 외려 가능성이 더 커 보이는구먼."

구양일기의 눈매가 보기 싫게 일그러졌다. 그는 속내가 그대로 드러나는 딱딱한 어투로 말했다.

"만약 상처 치료를 위한 잠적이 아니라 정말 귀찮아서 숨은 것이라면 엄하게 다스려야 합니다. 오단에 속한 자의 무단 탈맹은 중죄입니다, 맹주님."

"맹주가 불러도 안 오는 녀석일세. 무단 탈맹이 중죄라는 걸 그 녀석이 알고 있을 거라고 생각하는가?"

"끙."

구양일기의 입술 사이로 앓는 듯한 신음 소리가 새어 나왔다.

"하하하하하, 그 녀석 참 재미있는 녀석일세그려."

너털웃음을 터뜨린 단목천이 말을 이었다.

"그 녀석을 빨리 찾아내라고 산운전을 닦달해 보게. 이번에는 정말 그 녀석 얼굴을 보고 싶구먼."

"알겠습니다, 맹주님."

단목천에게 깊게 읍을 한 구양일기는 집무실을 나왔다. 집무실의 문을 닫는 그의 턱 선이 뚜렷했다. 이를 갈고 있었기 때문이다.

'상처 때문이 아니라 일을 피해 숨은 거라면… 고검엽, 넌 그 대가를 아주 진하게 치르게 될 거다.'

대체로 머리 굴리기 좋아하는 사람들은 자신의 휘하에 있다고 생각되는 누군가가 자신의 뜻대로 움직이지 않으면 그것을 쉽게 잊지 못한다.

구양일기도 뒤끝이 있었다.

＊　　　＊　　　＊

 요진당은 평범한 사람처럼 계단을 하나하나 밟으며 내려 갔다. 계단은 둥근 원형의 기둥을 중심으로 빙 돌아가며 나 있었다.
 공력을 돋우어 안력을 강화하지 않으면 석 자 앞도 볼 수 없는 칠흑처럼 어두운 공간이다. 벽면에는 계단을 밝혀줄 횃불 하나 설치되어 있지 않았다.
 단순히 어둡기만 한 것은 아니었다. 어둠은 자신의 영역에 들어선 자의 본능을 자극하는 음산한 기운을 품고 있었다. 어둠 속에 몸을 담는 것만으로도 기분이 나빠지고, 앞에 불행이 기다리고 있는 듯한 기분이 들게 만드는 그런 기운이었다.
 어둡고 음습한 곳을 좋아하는 요진당도 이곳만큼은 좋아하지 않았다. 하지만 이곳에서 이루어지는 일의 최종 책임자가 그인지라 기분과는 상관없이 적어도 이틀에 한 번은 이곳에 와야 했다.
 얼마나 내려갔을까.
 요진당은 평평한 복도에 발을 디딜 수 있었다. 높이 일 장, 폭 다섯 자에 불과한 좁은 길이다. 복도의 반대편에서 희미한 빛이 뻗어 나와 요진당을 비추었다.
 빛이 있는데도 음산한 기운은 그 기세를 더했다. 평범한 사람이라면 사색이 되어 똥오줌을 지릴 만큼 지독한 기운이었다. 하지만 요진당은 보통 사람이 아니다.

생각에 잠긴 눈으로 묵묵히 걸음을 옮기던 그가 불쑥 말문을 열었다.

"왕문."

요진당의 우측 두 걸음 뒤를 따르던 왕문이 공손하게 대답했다.

"예."

"인겸이로부터 소식이 있느냐?"

"아직 없습니다."

"흠."

요진당은 눈살을 찌푸렸다.

그는 군림성의 정보를 총괄하고 있는 귀마안의 주인이다. 하지만 직접 모든 정보를 접하지는 않는다.

귀마안에는 대륙무맹과 정무총련 등 각 분야 별로 정보 책임자가 따로 정해져 있고, 요진당은 그들로부터 최종적으로 정리된 보고를 받는다.

초인겸과 관련된 정보의 수집과 분석, 정리의 책임자는 왕문이었다. 그래서 왕문에게 초인겸의 소식을 물은 것이다.

"삼 개 조를 붙여주었는데도 추적이 제대로 이루어지고 있지 않다는 것이냐?"

"예."

왕문의 대답은 간단명료했다.

요진당은 보고에 감정이 섞이는 것을 싫어했다. 잘했다고 우쭐할 이유가 없고, 잘못했다고 죄송할 이유도 없다는 것이 그의 운영 철학이었다.

그는 잘했으면 상을 받고 잘못했으면 책임을 지면 된다고 생각하는 사람이었다.

그가 운영하는 귀마안은 일백팔 개의 조(組)로 이루어져 있다. 각 조는 열 명으로 구성되었고, 일백팔 개의 조는 수평적인 관계였다. 점조직 형태여서 각 조는 다른 조를 알지 못한다. 그리고 그들에게 명령을 내릴 수 있는 권한은 성주와 귀마안주 요진당밖에 없다.

대륙의 넓이를 생각할 때 군림성의 영역은 물론이고 무맹과 정무총련의 영역에서까지 활동해야 하는 조직의 특성상 일천팔십 명으로 구성된 귀마안 소속 무사의 수는 많다고 할 수 없다.

그 숫자로 대륙의 정보를 수집해야 하는 그들은 당연히 최고의 전문가들이다.

그런 전문가 삼 개 조, 삼십 명이 초인겸을 보좌하고 있는데도 한 달이 훌쩍 넘도록 목표로 한 자의 흔적을 발견하지 못하고 있다는 것은 가볍게 넘길 일이 아니었다.

왕문의 눈가에 그늘이 졌다. 그는 검엽의 무위를 눈으로 직접 본 자였다. 초인겸은 강했다. 하지만 검엽을 압도할 정도로 강하지는 못했다. 초인겸이 당할 거라는 생각은 하지 않았지만 걱정이 되지 않을 수 없었다.

본래 왕문은 귀마안 소속이 아니었다. 그의 신분은 조금 특이했다. 그는 군림성의 특정한 조직에 소속된 자가 아니라 초인겸 개인에게 딸린 자에 가까웠다.

그럼에도 그가 귀마안의 일을 할 수 있었던 것은 그와 초인겸의 관계를 고려한 요진당의 배려 덕분이었다.

"강시들이 가루가 되어 흩어지는 걸 너도 보았다고 했었지?"

"예."

"잘못 본 것은 아니었고?"

"그렇습니다."

"흠. 어떻게 그런 일이 벌어질 수 있었을까? 대형의 군림무적강기(君臨無敵罡氣)라도 네가 본 것과 같은 위력을 발휘하지는 못할 터인데?"

왕문은 침묵했다. 대답을 들으려고 한 질문이 아니라는 걸 알고 있었기 때문이다.

그는 요진당이 대형이라 부르는 사람, 군림마제 혁세기가 무공을 펼치는 장면을 본 적이 없었다. 군림무적강기도 이름이나 들어보았을 뿐이다.

비스듬히 아래쪽으로 경사가 진 복도는 이십 장 길이였다. 앞으로 나아갈수록 복도를 덮고 있던 어둠은 회색으로 변해 갔다. 왕문과 대화를 나누는 동안 요진당은 복도의 끝에 다다랐다.
 복도의 끝은 문이었다.
 문의 양옆에는 복도를 밝히고 있는 어린아이의 주먹만 한 크기의 야명주가 하나씩 꽂혀 빛을 내고 있었다.
 문에는 이곳이 어떤 곳인지를 알려주는 글자 하나 새겨져 있지 않았고, 경비를 서는 무사도 보이지 않았다.
 이곳까지 들어오기 위해서는 입구를 지키는 무사 삼십 명을 쓰러뜨려야 한다. 그리고 아래로 내려오는 계단과 복도에 설치된 기관 매복 열두 개를 통과해야 한다.
 요진당이기에 기관이 발동하지 않은 것이지 침입자였다면 입구의 계단을 다섯 개도 내려오기 전에 화살과 암기를 뒤집어쓰고 벌집이 되어 쓰러졌을 것이다.
 요진당이 문의 어딘가를 슬쩍 만지자 문은 그그궁 하는 낮은 소리와 함께 아래로 꺼지며 입구를 드러냈다.
 "세 시진이나 일찍 오셨소이다."
 기다리고 있었던 듯 회색의 장포를 입은 육십대 초로의 노인이 요진당에게 장읍을 했다.
 광기가 엿보이는 눈빛이 조화를 이루지 못할 뿐 이런 장소와는 전혀 어울리지 않는 청수한 풍모의 노인이었다.
 요진당도 가볍게 고개를 끄덕여 노인의 인사를 받았다.
 "경과가 궁금해서 예정된 시간보다 일찍 와봤소."
 초로의 노인은 쓴웃음을 지었다. 요진당의 속을 어렵지 않게 짐작할 수 있었기 때문이었다.

 그는 요진당을 안으로 안내하며 입을 열었다.

 "혈백강시(血魄殭屍)의 십이 단 가운데 삼 단을 남겨두었을 뿐이오. 반년 이내에 완성된 것을 보실 수 있을 거외다."

 문 밖에 감도는 음산한 기운과는 달리 문 안쪽은 마치 거대한 채약당을 연상시켰다.

 백여 평이 넘는 넓은 공간이었는데, 양편 벽 쪽에는 어른이 통째로 들어가도 자리가 남을 듯한 솥 십여 개가 화로 위에 올려져 있었고, 의생복을 입은 십여 명의 사내가 불을 살피느라 여념이 없었다.

 그들은 요진당이 들어섰음을 알면서도 눈길도 주지 않았다. 익숙한 광경인 듯 요진당도 그들을 일별했을 뿐 별 말이 없었다.

 곳곳에 쌓인 것은 이름도 들어보지 못한 기이한 약초들과 짐승들의 간이나 뼈 따위였고, 헤아릴 수 없이 많은 크고 작은 병들이 중앙의 길 양쪽에 자리 잡은 긴 탁자 위에 어지럽게 놓여 있었다.

 풍경을 보면 코를 찌르는 약향이 나야 옳았다. 물론 약향은 있었다. 그러나 그 약향은 다른 냄새에 묻혀 본래의 향을 잃은 상태였다.

 다른 냄새, 그것은 혈향(血香)이었다.

 탁자 사이로 난 길을 지난 요진당과 초로의 노인은 방의 끝에 섰다. 그곳에는 직경 십 장에 달하는 거대한 핏빛의 연못이 있었다. 실제로 연못을 이루고 있는 선홍빛의 액체는 피였다. 진득한 혈향은 그곳에서 올라오고 있었다.

묵묵히 혈지(血池)를 내려다보던 요진당이 초로의 노인, 서인휴를 돌아보며 말했다.

"그래, 서 노사가 실험에 필요하다고 해서 저들 중 삼십을 깨워 싸움터로 보냈소. 저번에 왔을 때 서 노사는 오늘쯤 결과를 말해줄 수 있다고 했었는데 원하는 결과를 얻은 거요?"

서인휴는 고개를 끄덕였다.

"혈백강시는 혈(血)을 통해 단련되고 막 흙으로 돌아가려는 백(魄)을 붙들어 흡수하며 강해지는 존재외다. 하지만 그냥 백이어서는 안 되고 무공을 익힌 자의 백이어야만 하오. 이는 실험으로 이미 증명된 바이고 귀마안주께서도 아시는 일이오. 죽어서 돌아온 열둘은 살아서 떠날 때보다 훨씬 더 유연해셨고 강해졌소. 내가 만들었던 가설을 저들은 몸으로 입증했소."

"실험이 더 필요하오?"

"오래된 묘지에 떠도는 백(魄)은 혈백강시가 붙들 수도 없고 흡수할 수도 없다는 걸 확인했기에 귀마안주께 부탁을 드렸던 것이었소. 갓 죽은 시신을 떠난 백이 혈백강시를 강화시킨다는 걸 확인한 이상 이제 남은 것은 저들이 붙들고 흡수할 수 있는 백의 한계가 어디까지인지를 알아내는 거외다."

요진당은 눈살을 찌푸렸다.
"싸움이 많아야겠군."
"그렇소."
"흠."
요진당은 혀를 찼다.

서인휴의 실험을 만족시키는 일은 쉽지 않았다. 당대는 난세가 아닌 것이다.

그가 물었다.

"서 노사는 저들이 완성된다면 어느 정도의 위력을 발휘할 수 있을 거라 생각하고 있소?"

혈지를 돌아본 서인휴가 자신감 넘치는 표정으로 대답했다.

"귀마안주라 하실지라도 저들을 쓰러뜨리기 위해서는 적어도 일천 초는 쓰셔야 할 거외다."

"일천 초……."

요진당은 작게 중얼거렸다.

그의 눈 깊은 곳이 뜨겁게 일렁였다.

당대 무림은 수백 년 이래 드문 전성기였다. 문(文)을 중시하고 무(武)를 천시하는 당대의 황조가 역설적으로 무림을 풍성하게 만들었다. 무에 자질이 있고 뜻을 둔 사람은 조정에서 출세하기 어려운 세상이었다. 그런 자들이 무림으로 발길을 향하며 무림은 드문 전성기를 맞이할 수 있었다.

기인고수와 괴걸영재가 속출하는 시대였다.

흔히 고수를 말할 때, 흑도를 대표하는 무인으로는 일마제(一魔帝), 쌍마존(雙魔尊), 오마군(五魔君), 팔효(八梟), 십사(十邪)를, 백도와 정사중간을 대표하는 무인으로는 일무제(一武帝), 일천존(一天尊), 삼성(三聖), 육기(六奇), 팔절(八節), 구객(九客), 십오숙(十五宿)을 꼽는다.

하지만 그들 중 천공삼좌(天空三座)라 불리며 구주삼패세를 이끄는 일마제, 일무제, 일천존을 제외하면 다른 자들은 자신들이 진정으로 무림 중의 최고 서열에 든다고 자신하지 못한다. 그만큼 당대는 고수가 많은 시대였다.

천공삼좌를 제외한 다른 자들의 서열은 호사가들이 편하게 만든 것에 불과했다.

물론 일반인들의 공감을 받는 서열이니 가치가 아주 없다고 할 수는 없을 것이나 무림을 대변하는 서열이라고는 누구도 확언하지 못하는 것 또한 진실이었다.

딩정 요괴당을 비롯한 육마성(六魔星)만 해도 위의 서열에 들어 있지 않다. 하지만 정도의 우내삼성이나 흑도의 쌍마존이라 할지라도 육마성보다 강하다고 말하지 못한다.

육마성이 서열에 들지 않은 것은 그들의 대형인 혁세기를 존경한다는 의미로 자신들이 서열에 드는 것을 거부했기 때문이지 그들이 능력이 없어서가 아니다.

드러나지 않은 강자가 얼마나 되는지 정확히 아는 자는 아무도 없는 것이 당대의 무림인 것이다.

그런 당대무림에서도 요진당의 일천 초를 상대할 수 있는 무인은 극히 드물었다. 정사마와 은거고수들을 통틀어도 삼십 명을 넘지 못할 것이다.

 혈지에 누워 있는 자들의 숫자를 생각한 요진당은 가슴이 뛰었다. 저들이 완성된다면 구주천하는 천추군림성의 깃발로 뒤덮일 것이다.

 말없이 혈지를 바라보며 미래를 생각하던 요진당의 눈가에 살기가 드리워졌다.

 지금 혈지의 바닥에는 빈자리들이 있었다.

 그 빈자리를 만든 자가 떠오르자 미래를 생각하며 뛰던 가슴은 순식간에 살기로 가득 차 버렸다.

 그가 말했다.

 "그놈이 이들을 제거한 수법이 무엇인지 찾아냈소?"

 질문을 받은 서인휴의 얼굴에 난감해하는 기색이 떠올랐다.

 "…죄송하외다. 하지만 꼭 알아내겠소."

 뒷짐을 진 요진당의 손에 힘이 들어갔다. 그는 무섭게 눈을 빛내며 말했다.

 "저 아래 누워 있는 사람들은 본 성을 위해 자신들의 생명을 내어놓은 진정한 충신들이오. 알겠소? 한 명, 한 명이 그저 그런 자들 일백보다 더 귀한 사람들이란 말이오. 그런 사람들이 열여덟이나 쓰러졌소. 서 노사가 요구한 실험에 동원된 사람들 중 삼분지 이가 그야말로 덧없이 소멸했단 말이외다. 그런데 그자가 어떻게 그들을 소멸시켰는지 알 수 없다는 게 말이 되오?"

요진당의 음성은 높지 않았다. 하지만 서인휴는 요진당이 얼마나 노한 상태인지 잘 알았다. 물론 요진당이 화를 내는 게 두렵지는 않았다. 아무리 노해도 요진당은 그에게 손을 쓸 수 없었다.

그는 천하에서 혈백강시를 완성시킬 수 있는 유일한 사람이었으니까. 본래는 두 명이었지만 한 명은 그럴 능력을 상실했다. 서인휴가 그렇게 만들었다.

"드릴 말씀이 없소. 하지만 후일 혈백강시들이 안전하게 활동할 수 있기 위해서라도 그자가 어떤 수법을 사용했는지 알아내겠소. 혈백강시는 내가 평생 동안 배우고 연구한 것들의 결과물이오. 이들을 아끼는 내 마음은 귀마안주께도 뒤지지 않을 것이외다. 그러니까 좀 더 여유를 가져 주시오."

요진당은 잠시 말이 없었다. 하지만 그는 서인휴의 말에 동감했다. 그는 진심으로 화를 낸 게 아니었다. 서인휴를 자극하기 위해 화를 낸 척했을 뿐이다.

요진당은 혈지에 등을 돌리고 문을 향해 걸으며 말했다.

"좋은 소식 기다리겠소."

들릴 듯 말 듯 한숨을 내쉰 서인휴가 대답했다.

"실망시키지 않겠소이다."

문앞에 도착한 요진당이 걸음을 멈췄다. 그리고 힐끗 서인휴를 돌아보며 말했다.

"정남에서 본성의 무사들이 사용한 금강연혼단(金剛練魂丹)의 효과는 뛰어났소. 그 부분에 대해서는 부성주님께서도 아주 흡족해하고 계시오."

"다행이외다."

말없이 뒤따르는 왕문과 함께 요진당이 떠난 후 서인휴는 문가에 놓인 의자에 털썩 주저앉았다.

그는 입술을 깨물었다.

'혈백강시에 대한 실망감을 금강연혼단이 상쇄한 모양이군. 연혼단이 그나마 저들의 분노를 삭여주어서 정말 다행이다. 그렇지 않았다면 요진당이 이리 간단하게 돌아가지는 않았을 테니까. 현재의 연혼단은 통각과 감정을 마비시키고 살기를 증폭시키는 효과만이 있다. 좀 더 개량할 여지가 있다. 연혼단은 성과를 냈지만 혈백강시는 아직도 갈 길이 멀기만 하구나. 후유……. 사부의 머릿속에 들어 있던 귀혼비전(歸魂秘傳)의 후반부를 얻어냈어야 했다. 그것을 얻었다면 당장에라도 요진당의 의혹을 풀어주고 큰소리를 칠 수 있었을 텐데. 생각할수록 그때 사부를 놓친 것이 뼈저리게 아쉽구나. 학정홍에 당했으니 지금쯤 어딘가에서 한 줌 핏물로 녹아버렸겠지. 욕심 많은 늙은이, 그렇게 갈 거면서 비전을 넘기는 걸 거부할 게 뭐야!'

누군가를 떠올린 서인휴의 눈에 진한 아쉬움과 살기가 뒤엉키며 스쳐 지나갔다. 눈앞에 당사자가 있다면 기꺼이 한 번 더 죽여줄 의향이 확연한 눈빛. 하지만 아쉬워해야 소용없는 일이었다. 그가 떠올린 사람은 죽었으니까.

주먹을 몇 번 쥐었다 펴서 앙금을 가라앉힌 서인휴는 자리에서 일어났다. 요진당을 만족시키기 위해서는 쉴 틈 없이 일을 해야 했다. 그것은 그 자신의 미래를 위한 일이기도 했다.

*   *   *

검엽은 동정호를 서쪽으로 멀리 우회하여 장가계와 천자산을 지나 호북성으로 들어섰다. 그리고 형문산을 지나 장강을 건넌 그는 의창의 나루에 발을 디딜 수 있었고, 계속해서 북상했다.

호북성은 장강을 경계로, 북은 정무총련이 남은 무맹이 권역을 장악하고 있다. 하지만 일국(一國)이 아닌 무림 세력이라는 특성상 그들의 영역이 명확한 것은 아니었다.

장강변 백 리 이내는 양측의 무사들이 수시로 왕래했다. 일종의 완충 지대 역할이다.

자신들이 확고하게 장악하고 있는 영역보다 이런 지역에 세작들이 더 많은 건 상식이다. 그래서 몸을 숨기기엔 이런 지역이 오히려 더 어렵다.

검엽이 호북성을 넘어 섬서성 남부의 순양(旬陽)에 도착한 건 정남의 싸움이 있은 지 한 달 반이 지났을 무렵이었다.
 수천 리 길이었고 북상하는 동안 대륙은 여름으로 접어들었다. 그러나 검엽은 힘들다고 생각하지 않았다.
 사람들의 이목을 피하며 움직여야 했기에 귀찮은 점이 없었던 건 아니지만 홀로 강호를 돌아다닌 적이 없는 그에게 이번 행로는 많은 것을 보고 생각하게 했다.
 귀중한 경험이었다.
 일로 북상하던 검엽의 발길은 순양에서 멈췄다.
 그는 순양에서 운려가 수련장에서 나올 때까지 지내기로 마음을 먹었다.
 그렇게 마음먹은 것은 순양을 돌아보던 중 본 한 인물 때문이었다. 하지만 그 사람을 떠나서도 순양은 그가 머물기에 충분한 이유를 가진 지역이었다.
 순양은 정무총련이 둥지를 틀고 있는 여산의 남쪽 이백 리 지점에 위치해 있다. 그리고 섬서성에는 정무총련의 총타뿐만 아니라 주력 문파인 화산파와 종남파, 서문세가와 백가장이 자리 잡고 있다. 무맹이나 군림성의 세작들이 운신하는 게 쉽지 않은 지역인 것이다.
 중원은 넓다.
 평생을 살아도 인연이 없다면 같은 사람을 두 번 만나기 어렵다. 더구나 검엽처럼 아는 이가 적은 이는 두 말이 필요없다.
 대륙무맹은 순양의 서남쪽으로 수천 리 떨어진 곳에 있고,

천추군림성은 남쪽으로 수천 리 떨어진 광서성에 있다. 검엽이 우연이라도 아는 사람을 순양에서 만날 가능성은 만에 하나도 없었다.

'간세들만 조심하면 될 거야.'

검엽은 그렇게 생각하며 자신이 둥지를 틀기로 결심한 순양현 외곽의 노락산으로 들어섰다.

第六章

지난날 인세의 지옥을 연상케 할 만큼 처참한 폐허였던 계곡도 자연의 품 안에서 평안을 얻었다.

아름드리 고목처럼 크고 굵었던 죽림이 되돌아온 것은 아니어도 계곡은 초여름의 밝은 연둣빛으로 가득했다.

절벽에 등을 기댄 듯한 자세로 선 채 계곡을 돌아보는 여은향의 눈길은 착잡했다.

칠 년여 동안 일 년 중 십 개월 이상을 머문 곳임에도 칠 년 전의 그날, 신화곡이 불타오르던 그날 느꼈던 충격과 가슴 저미는 아픔은 퇴색할 기미를 보이지 않았다.

계곡을 돌아보던 그녀가 절벽을 향해 신형을 돌렸다.

고개를 들어 절벽의 면을 살피는 그녀의 눈엔 더 이상 애잔한 감정의 여운은 보이지 않았다. 그 눈에 깃든 것은 일대종사의 위엄이 어린 강렬한 기세였다.

하오의 햇살 아래 드러난 절벽은 검푸른 빛과 금빛이 뒤섞여 신비롭게 빛났다. 절벽은 전체가 건물을 짓는 자들이 최상의 석재로 치는 황철석 덩어리였다.

여은향은 천천히 손을 들어 절벽을 쓰다듬었다.

"칠 년이나 걸렸어."

"칠 년밖에 걸리지 않은 거예요, 곡주님."

그림자처럼 여은향의 뒤에 서 있던 두 여인, 호위선자 손미령과 진애명이 거의 동시에 말했다. 그리고 서로를 일별하며 싱긋 웃었다.

여은향의 입가에도 작은 미소가 피어났다.

"그래, 희대의 천재였던 강 오라버니가 평생을 바쳐 찾아낸 것을 칠 년 만에 찾아냈으니 오래 걸렸다고 말할 수는 없겠지."

미소는 오래 가지 못했다.

그녀는 나직하게 탄식하며 입을 다물었다.

여은향의 속눈썹이 만들어내는 눈가의 그늘에서 희미한 근심의 기색을 알아차린 진애명이 물었다.

"검엽 공자를 생각하시는지요?"

여은향은 고개를 작게 끄덕였다.

"단서를 알려주어야 하나 고민중이라네."

"……."

진애명은 물론이고 손미령도 침묵했다.

그녀들은 칠 년을 하루같이 여은향의 수발을 들었다. 그녀가 말한 단서가 무엇인지 알고 있었고, 그 단서가 검엽에게 전해졌을 때 어떤 상황이 벌어지게 될지 충분히 짐작할 수 있었다. 그래서 더 입을 열 수가 없었다.

일대의 여종사라 할 여은향을 고민하게 만들 문제가 과연 무엇일까. 그것도 검엽과 관련된 고민이…….

여은향은 호리병 형태로 되어 있는 계곡의 하늘로 시선을 돌렸다. 둥글게 뚫린 계곡의 천장으로 보이는 하늘은 주변의 풍광만큼이나 푸르렀고 맑았다.

그 푸른 하늘의 한복판을 흰 구름 몇 조각이 유유히 흘러가고 있는 게 여은향의 눈에 들어왔다.

"하아. 사네들도 아는 것처럼 검엽은 평범하지 않지. 그 아이가 어떤 선택을 하느냐에 따라 수많은 사람의 운명이 뒤틀릴 걸세. 좋은 쪽으로든 나쁜 쪽으로든……."

나직하게 중얼거린 여은향의 시선이 다시 절벽 면을 향했다. 그녀의 눈은 검푸른 절벽 면에 점처럼 빛나는 금빛을 따라 이동했다.

차분하게 움직이는 그녀의 눈앞에서 금빛의 무늬들은 밤하늘을 흘러가는 은하수처럼 아름답고 웅장한 흐름을 드러내기 시작했다. 그 흐름은 절벽에서 피어나 계곡을 품었으며 하늘과 땅을 휘감고 춤을 추었다.

여은향은 눈을 감았다.

천지를 휘감는 춤이었다.

절대라 할 수 있는 그녀의 능력으로도 거부할 수 없는 절대 막강의 기세가 그 춤에는 실려 있었다.

여은향의 하얀 궁장이 태풍에 휘말린 것처럼 펄럭였다. 그녀의 전신에서 흘러나온 반투명한 백색의 광채가 엄밀한 구형(球形)을 이루며 그녀의 몸과 정신을 방호했다.

그녀의 사문에서도 곡주만이 익힐 수 있는 초연신공이었다.

그러나 무상의 초연신공으로도 방금 그녀가 보았던 그 화려하기까지 한 금빛 별무리의 춤을 심상에서 완전히 지우지는 못했다. 한두 번 본 것도 아닌데 볼 때마다 전해지는 충격적인 감흥은 오히려 그 진폭을 더하기만 한다.

그녀는 길게 한숨을 내쉬었다.

'무(武)의 도(道)란 가고 가고 또 가도 끝이 보이지 않는 길이로다. 그 오랜 세월 이전에 이리도 경이로운 것을 만들어낼 능력자가 있었다니, 그의 깨달음은 어디까지 닿았던 것인가. 순(順)과 역(逆)이 둘이 아니며 또한 하나도 아님을, 눈으로 보면서도 믿지 못하는 나의 성취는 또 얼마나 보잘 것 없는 것인가. 그동안의 자부심이 그저 오만에 불과했다는 것을 이것을 보지 않았다면 깨닫지 못했으리라.'

여은향은 자신의 옆구리에 매달린 길고 작은 두 개의 봉을 천천히 어루만졌다.

절벽을 볼 때마다 느껴지는 감흥은 오래전 떨쳤다고 생각했던 호기를 부르고 호기는 무(武)의 춤을 불렀다.

그녀조차도 처음 절벽에 안배된 것을 발견했을 때는 그 충동을 누르지 못하고 이틀에 걸쳐 춤을 추었다. 의지가 그녀를 배반하고 몸이 마음과 유리되었다.

부동심이 무너진 것이다.

그녀와 같은 절대 초강고수의 부동심이 무너지면 그 부작용은 상상을 초월한다. 그때 만약 그녀의 성취가 지금보다 조금만 더 낮았다면 그녀는 주화입마에 들어 폐인이 되었을 것이다.

그 일 이후 그녀는 절벽을 대할 때 언제나 초연신공을 운행했고, 최고의 경각심을 유지해 왔다.

그리고 이제 그녀는 절벽을 보아도 부동심을 유지할 수 있게 되었다. 부동심을 유지할 수 있게 된 것은 작은 일 같았지만 결코 그렇지 않았다. 그것만으로도 그녀는 십여 년간 한계에 봉착해 진전이 없었던 초연신공의 십 성을 넘어 십일 성의 성취를 이루었던 것이다.

초연신공은 십이 성의 경지에 도달하면 반선지경(半仙之境)에 들 수 있다는 절대의 신공절학. 그만큼 성취를 얻기 어려워 아득한 그녀 사문의 역사 속에서도 초연신공을 십일 성에 이르도록 성취한 사람은 열 명이 채 되지 않았다.

깊은 호흡으로 감흥을 진정시킨 그녀가 진애명을 돌아보았다.

진애명은 언제나 그래 왔던 것처럼 차분한 눈빛으로 여은향의 시선을 받았다. 그 눈에는 여은향에 대한 절대적인 신뢰가 담겨 있었다. 여은향은 마음이 따듯해졌다. 그 마음이 그녀의 눈에 드러났다.

"척천산장에 가보게."

진애명은 여은향이 마음을 정했음을 알았다.

"알겠습니다, 곡주님."

산장으로 가는 역할은 진애명이 제격이었다. 그녀는 칠 년 전 검엽을 척천산장에 데려다 주었던 여인이다.

"사 년 전 마지막 소식을 들었을 때 엽아가 산장의 후원에서 밖으로 나오지 않고 있다 했었지?"

"예."

진애명의 대답에 여은향은 쓴웃음을 지었다. 자신이 너무 무심했던 게 아닌가 하는 생각이 뇌리를 스쳤기 때문이다. 하지만 그렇지 않다는 것을 그녀 자신이 너무도 잘 알고 있었기에 쓴웃음은 나타나자마자 사라졌다.

그녀는 무(武) 외에는 아무것도 관심이 없는 여인이었다. 그녀만 그런 것이 아니라 그녀의 사문에 속한 여인들 모두가 그러했다. 그래서 그녀의 문파에는 밖으로 돌아다니는 사람이 거의 없었다. 특별히 그것을 금하거나 하지는 않지만 돌아다닐 시간에 명상과 무공수련을 택하는 게 그녀 사문의 여인들이었다.

검엽에 대한 소식은 사 년 전에 들은 것이 마지막이었다. 그것도 정가장에 있는 그녀의 제자 이옥빈이 호남성으로 가는 인편을 통해 알아온 소식이었다. 그녀가 따로 검엽의 소식을 듣기 위해 손을 쓴 적은 없었다.

여은향은 검엽을 친아들처럼 아꼈다. 하지만 그가 단명할 상이 아님을 알고 있어서 검엽의 신상에 대한 염려는 하지 않았다.

안전한 곳에 맡겼고, 나름의 성취를 얻으면 제 한 몸 건사하기 충분한 무공도 전했다. 게다가 검엽은 남에게 쉽게 해를 당할 만큼 어리석은 아이도 아니었다.

일거수일투족을 살필 필요가 없었던 것이다.

그녀는 불가일세라는 말이 어색하지 않은 무학의 일대종사다. 일반 여염집 여인들과는 사고방식이 크게 달랐다.

"엽아에게 가능한 빨리 정가장에 한 번 들르라 전하게."

"알겠습니다."

진애명에게 명을 내린 여은향이 손미령을 불렀다.

"미령."

"예."

"자네는 신의(神醫)를 찾는 제자들을 도와주게."

손미령의 냉정해 보이는 얼굴에 작은 미소가 피어났다.
"알겠습니다, 곡주님."
여은향은 살짝 아미를 찡그렸다.
"하아, 스물이 넘는 제자를 투입했는데도 칠 년이 넘도록 그의 행방을 찾지 못하다니… 그는 대체 어디로 갔단 말인가? 엽아의 눈을 고칠 수 있는 사람은 당세에 그밖에 없거늘. 미령."
"예"
"엽아가 정가장에 올 때까지는 신의를 찾아내었으면 하는 게 내 바람일세."
"최선을 다하겠습니다, 곡주님."
"그래주게. 아이들의 능력으로도 찾을 수 없을 만큼 깊게 숨을 능력이 신의에게 있었음은 참으로 뜻밖일세."
손미령은 신중한 기색으로 여은향의 말을 받았다.
"조만간 좋은 소식을 전해 드릴 수 있을 것입니다."
"그랬으면 좋으련만……."
여은향의 시선이 손미령에게서 진애명으로 옮겨갔다.
"우리가 찾은 단서가 잘못된 것이 아니라면 자네가 검엽을 만나는 걸 달가워하지 않는 자가 있을지 모르네."
진애명의 눈빛이 깊어졌다.
여은향의 말에 담긴 의미를 알아차린 것이다.
"조심하겠습니다, 곡주님."

"기우로 그치기를 바라지만 만약 그런 상황이 닥치면 자네는 전력을 다해야 할 것이야. 명심하게."

진애명의 얼굴에 긴장된 기색이 떠올랐다.

그녀의 능력을 누구보다 잘 아는 여은향이 저렇게 신신당부할 정도라면 정말 간단치 않은 일이라는 걸 알고 있기 때문이었다.

진애명과 손미령이 떠난 자리엔 여은향 홀로 남았다.

그녀는 다시금 절벽을 보며 생각에 잠겼다.

'이것을 발견한 것은 오래전 오라버니께서 지나가듯 하셨던 말속에 담긴 단서와 더불어 내 마음속에 강한 의심이 있었기 때문이다. 오라버니의 능력은 고금에 드문 것이었어. '그'조차도 천부적인 자질에 있어서는 오라버니를 따르기 어려울 정도라 인정할 정도였으니. 그런 그분이 과연 대법의 폭주를 예상치 못했을까?'

그녀는 고개를 저었다.

'그분의 속내를 짐작할 수가 없구나. 엽아, 너는 알고 있는 것이냐? 네 선친께서 어떤 생각을 하고 계셨는지? 하아. 내 결정이 과연 옳은 것일까? 어쩌면 갈 길을 이미 정했을 아이를 혈해(血海)로 이끄는 것일지도… 오라버니…….'

계곡의 입구를 향해 천천히 걸음을 옮기는 여은향의 발길은 지금 그녀의 마음을 드러내듯 무겁기 이를 데 없었다.

* * *

"이호야, 저 자식 뭐냐?"

관제묘 앞 공터에서 서편으로 기우는 햇살을 전신으로 받으며 개미를 한 곳으로 몰아넣고 솔잎으로 콕콕 찔러대던 이호는 음성이 들린 곳으로 눈동자만 돌렸다. 그의 입술 사이를 비집고 킬킬 소리를 내며 흘러나오던 웃음이 딱 멈췄다.

짜증난다는 기색이 완연하게 담긴 그의 시선이 멈춘 곳에는 까치집이 된 백발에 때가 덕지덕지 묻어 본래의 색을 알기 어려운 오 척 단구의 마의 노인이 석 자 길이의 몽둥이 하나를 지팡이 삼아 짚고 서 있었다.

이호는 퉁명스럽게 물었다.

"누구 말이유?"

"저놈."

노인이 지팡이를 들어 가리키는 방향으로 다시 눈동자만 돌린 이호가 입맛을 다셨다.

노인의 지팡이가 향한 곳은 관제묘 뒤쪽 언덕 아래였다. 오십여 장 떨어진 그곳에는 한창 통나무와 나뭇가지를 대충 얽어 만든 집이 세워지고 있었다.

그 집을 짓고 있는 사람은 머리가 허리춤에 닿는 장신의 사내였는데 정돈되지 않은 머리카락 탓에 얼굴을 알아볼 수가 없었다.

"신경 끄슈. 며칠 전에 굴러들어 온 놈인데 반쯤 미친놈이유."

이호의 대답을 들은 노인의 자글자글한 이마의 주름 고랑이 더 깊게 파였다.

며칠 동안 하루도 거르지 않고 들어오던 멧돼지 요리가 오늘은 아무리 기다려도 들어오지 않기에 궁금해서 나온 길이었다. 나오자마자 그 궁금증을 덮어버릴 만큼 기이한 행각을 하는 자를 발견하고 제자에게 질문한 것인데, 명색이 하나뿐인 제자라는 놈 대답이 삐딱했다.

흑의인을 본 노인의 의혹은 당연했다. 세상에 누가 거지들이 우글거리는 근처에 살고 싶어하겠는가. 그것도 수틀리면 타구봉부터 휘두른다는 성질 더러운 거지들의 거처 바로 코앞에.

노인은 눈가에도 잔뜩 주름을 잡으며 고개를 갸웃했다.

"몸놀림이 미친놈 같지 않은데?"

"그래도 미친놈이유."

딱!

"악!"

이호는 뒤통수를 부여잡고 자신이 콕콕 찌르던 개미들 위로 엎어졌다. 이 장이나 떨어져 있던 노인이 어느새 그의 뒤에 서 있었다. 검버섯이 가득 핀 왼손바닥을 활짝 펼친 채.

이호는 뒤통수를 문지르며 소리쳤다.

"아, 정말! 노인네가 미쳤나! 왜 때리는 거유?"

"죽을래?"

노인이 활짝 폈던 손을 주먹으로 만들며 이호의 눈앞에서 슬쩍 흔들었다.

눈물이 찔끔 새어 나온 눈으로 노인의 손을 따라 눈동자를 움직이던 이호가 들리지 않게 이를 갈며 말했다.

"그 나이가 돼서도 승질이 고따위면 오래 살기 어렵수다."

"사십이 넘은 네놈이 말뽄새를 고따위로 하는 거에 비하면 나는 점잖은 거다, 이놈아. 흐흐흐"

안면 가득한 주름이 출렁이도록 웃던 노인이 재차 물었다.

"저놈 왜 그냥 뒀어? 너무 가깝잖아?"

관제묘와 통나무집의 거리는 오십여 장. 딱히 규정이 있는 건 아니었지만 저 정도밖에 떨어지지 않은 곳에 낯선 자가 자리 잡는 걸 이유없이 방치할 이호가 아니었다.

"처음엔 나도 쫓아내려고 했는데 그게 뜻대로 안 됐수."

"잉?"

노인이 눈을 가늘게 뜨고 이호를 노려보았다.

"애들이 당했다는 거냐?"

이호는 고개를 가로저었다.

"당한 거는 아닌데……."

이호의 음성에는 주저하는 빛이 있었다.

노인이 혀를 찼다.

딱!

"으악!"

요란한 소리와 함께 이호가 다시 한 번 땅에 코를 박았다.

"이놈의 자식이, 약 처먹었구나!"

뒤통수를 부여잡고 끙끙거리던 이호가 발라당 배를 드러내며 누워버렸다.

"이 미친 노인네, 내 머리가 동네북인 줄 아슈! 아주 죽이지 그러우?"

악을 쓰며 고래고래 소리를 지르며 뒹구는 이호를 내려다보며 노인은 히죽 웃었다.

"정말 죽여주랴?"

낮은 음성.

이호는 번개같이 일어나 노인의 앞에 무릎 꿇으며 노인의 바지자락을 움켜잡았다. 언제 소리를 질렀느냐는 듯 그의 눈가에는 생김새와 영 어울리지 않는 여우의 웃음이 매달려 있었다.

"헤헤헤, 사부. 무슨 그런 섭한 말씀을! 그냥 한번 해본 말이라는 거 아시지 않수?"

혀에 기름칠이라도 한 것처럼 사근거리는 음성이다. 하지만 노인은 코를 한 번 찡긋하고는 발을 내질렀다.

우당탕 쿠당탕!

가벼워 보이는 발질이었는데도 이호는 데굴데굴 삼 장을 굴러가며 흙먼지를 뒤집어썼다.

노인의 얼굴에 어이없어하는 기색이 떠올랐다. 자신의 발이다. 어느 정도의 힘으로 걷어찼는지 누구보다 잘 알 수밖에 없었다. 그는 이호가 저렇게 멀리 구르도록 차지 않았다. 그럼에도 이호가 저렇게 멀리 굴러갔다면 그 이유는 하나뿐이었다.

노인이 실실 웃으며 말했다.

"토끼면 죽는다!"

이호는 어깨를 늘어뜨리며 자리에서 일어났다.

"노인네… 눈치는 귀신 같아가지고서는……."

"튀어 와."

노인의 말이 짧아질 때는 개기면 안 된다. 그건 이호에게 진리였다. 그는 어린 시절 그 진리를 의심하다 박살 났던 경험이 밤하늘의 별만큼이나 많았다.

이호의 어깨가 언뜻 비틀거리는가 싶더니 삼 장의 거리를 한걸음에 뛰어넘어 노인 앞에 나타났다.

형체를 분간하기 어려울 정도로 가볍고 빠르면서도 만취한 과객처럼 기이하게 신형이 흐트러져 보이는 신법, 정보력과 방도의 숫자가 천하제일이라는 개방비전의 취선비(醉仙飛)다.

"무슨 약이냐?"

부여잡은 다리를 따라올라 간 이호의 시선이 노인, 개방의 장로 자리를 헌신짝 버리듯 팽개치고 벌써 삼 년째 순양 분타에 처박혀 자신을 괴롭히며 살고 있는 사부, 무중개(霧中丐) 몽완(夢完)의 염소수염이 꼬질꼬질하게 매달려 있는 턱에 닿았다.

"사부도 요 며칠 거르지 않고 멧돼지 다리를 뜯지 않았수? 그거유."

몽완의 눈이 가늘어졌다.

"흠. 네가 넘어갈 만한 약이로구나."

"그렇지유?"

이호가 헤벌레 웃었다.

풀어진 몽완의 기색에 안심한 그의 뇌리에 어제 먹은 멧돼지의 실한 뒷다리가 떠올랐다. 그의 입가에 고인 침이 결국 입가를 타고 주르륵 흘러내렸다.

"뭐, 고기도 고기시만 딱히 약해 보이는 구석이 없더구만유. 나이에 비해 너무 접근하기 어려운 분위기란 게 조금 걸리지만 그런 놈이 흔치는 않아도 아예 없는 것도 아니고유. 경계를 해야 할 만큼 무공이 강한 것 같지도 않고유."

말없이 이호의 얘기를 듣던 몽완은 이호의 마지막 말에 한심하다는 눈빛이 되었다.

"취선비가 칠 성에 도달한 거 보고 이제 좀 어디 가서 맞지는 않겠구나 생각했더니 아직도 한참 멀었다. 네놈 눈 빼버려

라. 눈이 있어도 보지 못하니 쓸 데가 없구나."

"뭔 소리유?"

어벙한 표정을 짓던 이호의 눈매가 잔뜩 일그러졌다.

어느새 코앞에 있던 몽완이 사라진 것이다.

손에 몽완의 바지자락을 잡고 있었음에도 이호는 몽완이 빠져나가는 것을 느끼지 못했다.

고개를 돌린 그의 눈에 통나무집을 향해 휘적휘적 걸어가는 몽완의 작은 등이 들어왔다. 그와 몽완 사이는 벌써 십여 장이나 멀어져 있었다.

'늙어 죽지도 않는 노인네. 어찌 된 게 남들은 늙으면 기력도 쇠하고 무공도 약해진다는데 저 노인네는 약해지기는커녕 갈수록 강해지기만 하네.'

인정 사정 없이 투덜거리는 그의 내심과 달리 몽완의 구부정한 등을 바라보는 그의 눈에는 마치 몸을 가누지 못하는 노인을 바라보는 듯한 깊은 염려가 담겨 있었다. 물론 가당치도 않은 염려였다.

몽완은 열을 헤아리기도 전에 낯선 이웃의 둥지에 도달했다. 관제묘와 통나무집 사이에 작은 오솔길이 나 있는 덕분이었다.

본래 통나무집이 지어진 자리는 관제묘의 거지들이 윗사람의 눈을 피해 개를 잡아먹던 공터였다. 그래서 길이 나 있었던 것이다.

 관제묘와 통나무집은 순양을 내려다보는 노락산 자락에 있었다. 노락산은 높이가 삼백여 장에 불과하지만 넘어가려면 사흘은 걸리는 대산이다. 그래서 통나무집 주변은 아름드리 거목들이 병풍처럼 늘어서 있었다.

 집의 평수는 열 평 정도 되어 보였고, 십여 평의 마당도 있었다. 집을 지은 사람의 솜씨가 형편없어서 간신히 비나 피할 수 있겠다 싶었지만 주변의 풍광과 어우러진 통나무집은 자연의 일부인 양 거스름이 없었다.

 "야!"

 대충 완성된 통나무집을 보며 흐뭇해하던 검엽은 몸을 돌려 운려 외에 누구도 그렇게 부르지 않는 명칭으로 자신을 부르는 낯선 방문자를 맞았다.

 동완은 눈을 가늘게 뜨고 자신의 정면으로 몸을 향하는, 이제 이웃이 된 사내를 보았다. 그리고 고개를 모로 꺾었다.

 흑의인은 드러난 피부로 보아 최대치로 봐주어도 이십대 중반을 넘지 않는 듯했다. 그런데 분위기는 영 나이와 일치가 되지 않았다.

 헝클어진 숱 많은 머리카락과 눈 아래를 천으로 가려서 제대로 보이지 않는 얼굴 윤곽에, 감았는지 떴는지 구분이 되지 않는 눈. 게다가 전신에 흐르는 허무하달까 어딘지 세상과 거리를 둔 듯 무심한 느낌까지.

"너 어디서 온 뭐 하는 놈이냐?"

"발길 닿는 대로 온 할 일 없는 놈이오."

"쿨럭."

예의없는 질문에 시큰둥한 대답이었다. 몽완은 밭은기침을 해야 했다. 명성을 얻은 후로 그가 언제 이런 식으로 자신을 응대하는 후생소배를 만난 적이 있었겠는가.

몽완은 가는 눈을 더 가늘게 떠 검엽을 쨰려보며 말했다.

"얼굴은 왜 가렸냐?"

"사내 얼굴 봐서 뭐 하려고 그런데 관심 두시오?"

"한 수 있다고 개기는 거냐?"

"한 수 없어도 개겼을 거요."

"허, 웃기는 놈일세."

"웃으쇼. 안 말립니다, 노인장."

몽완은 어이가 없기도 하고 재미있기도 했다.

'요상한 놈일세.'

그는 정보력과 방도의 숫자 말고도 정상이라 부를 수 없는 성격 파탄자가 많기로도 당대 제일이라는 개방에서 평생을 보낸 인물이었다. 그런 그도 검엽처럼 특이한 유형의 인물은 거의 보지 못했다.

그가 어찌 알겠는가. 괴팍한 노인이라면 와호당에서 질리도록 겪은 사람이 검엽이라는 것을.

"맞을래?"

"팰 거요?"

"어쭈!"

"해보쇼. 하지만 나중에 후회하지는 마시고."

"흐흐흐흐."

몽완은 웃음이 나왔다. 이유는 알 수 없었다. 그저 웃음이 나왔다. 다른 놈이 눈앞의 흑의인처럼 말했으면 벌써 비명 소리가 노락산을 뒤흔들었을 것이다. 하지만 몽완은 화가 나는 대신 눈앞에 있는 흑의인이 아주 마음에 들었다.

"야."

"자꾸 부르지 마요. 정듭니다."

"흐흐흐흐."

몽완이 웃든 말든 검엽은 통나무집 입구에 놓인 나무 의자에 앉아 다리를 쭉 뻗었다. 그의 오른쪽 옆에는 두 자 높이로 자른 어른 몸통 굵기의 나무등치 하나가 세워져 있었는데, 그 위 평평한 곳에는 멧돼지를 말린 육포 조각이 수북이 쌓여 있었다.

검엽은 육포 한 점을 입에 넣고 씹었다.

"맛있냐?"

"드실 생각 있으면 드십시오. 안 말립니다."

"허, 참. 속 편한 놈일세."

의자는 검엽이 앉은 하나뿐이었다. 그런데 앉은 젊은 놈은 노인을 앞에 두고도 일어날 생각이 전혀 없는 듯했다. 몽완은 검엽을 한 번 째려보고 마당에 뒹구는 잘린 통나무 하나를 세워 검엽의 옆에 놓고 그 위에 철퍼덕 주저앉았다.

시원한 바람이 마당을 휘돌아 두 사람의 귀밑으로 빠져나갔다.

뺨이 불룩하도록 육포를 입에 넣고 씹으며 몽완이 물었다.

"하는 짓을 보아하니 사람들 시선을 싫어할 놈인데 어째서 이곳에 자리를 잡은 거냐? 관제묘에 있는 사람들이 누군지 모르진 않을 놈으로 보이는데?"

"개방 사람들인 거 압니다."

"그럼 저 거렁뱅이들 하는 일이 소문 끌어 모으는 것도 알 거 아니냐?"

"피할 이유가 없으니까요."

"우리가 캐낼 건덕지가 없다는 뜻이냐?"

"그렇다고 할 수 있습니다."

"내 눈에는 그렇게 안 보이는데?"

"막눈이신가 보죠."

"호호호호."

몽완은 어이가 없어 웃었다.

"너 내가 누군지 아냐?"

"할 일 없는 노인이죠."

"쩝, 듣기 좋은 말은 아니구먼. 하지만 나도 양심이 있으니 부인은 하지 않으마. 그래도 그것 말고 다른 거."

"할 일 찾고 싶어하는 노인일지도 모른다는 생각이 들긴 합니다만 상관하고 싶은 마음은 전혀 없습니다."

"말을 참 싸가지없게 하는 놈일세. 흐흐흐."

낮게 흐르는 몽완의 웃음을 들으며 검엽은 새삼 심안으로 몽완을 살폈다.

몽완은 관제묘에 있는 사람들 중 검엽이 가장 강하다고 판단했던 인물이었고, 그가 이곳에 머물기로 결심한 결정적인 동기가 된 인물이었다.

그가 통나무집을 짓기 시작한 건 팔 일 전이었다.

그는 순양현을 돌아보다가 이곳을 발견했고 관제묘 깊숙한 곳에서 뒹굴거리고 있는 몽완을 보았다.

순양현과 반 시진 거리에 있는 관제묘는 사람들의 발길이 끊어진 지 백 년이 넘은 곳이었다. 개방의 거지들이 관제묘를 차지하고 있는 것도 사람들이 이곳을 찾지 않았기 때문이었다.

관제묘에 도착한 그는 거지들이 개방에 속한 자들임을 한눈에 알아볼 수 있었다. 무공을 익힌 거지들이 이십여 명이나 모여 있는데 그들의 정체를 알아차리지 못한다면 그건 강호 초출이거나 바보일 수밖에 없는 것이다.

개방이 정보를 수집하는 업무를 주로 하는 문파라는 것도 그에게는 별문제가 되지 않았다. 그는 강호무림에서 존재감이 있는 인물이 아니었다. 개방이 그를 주목하고 뒤를 캐려

할 이유가 없었다. 무엇보다도 이곳에는 몽완이 있었다.

첫날 잡은 멧돼지로 육포를 만든 것을 제외하면 매일 잡은 멧돼지를 관제묘로 보낸 것도 몽완을 끌어내기 위해서였다.

"노인장이 취절(醉節) 어르신이죠?"

"쿨럭!"

몽완은 목구멍에 걸린 육포 때문에 가슴을 두드려야 했다. 그는 놀란 눈으로 검엽을 보았다.

오 척 단구에 눈이 작고 꾀죄죄한 늙은이는 개방에 흔하디흔하다. 외모만을 보고 그의 정체를 짐작할 사람은 아마도 천하를 통틀어 열이 되지 않을 것이다.

몽완의 눈빛이 차갑게 번뜩였다. 눈빛이 변하자 그의 전신에서 흘러나오던 기세도 변했다. 물에 물 탄 듯 술에 술 탄 듯 흐릿하던 기세가 잘 벼린 보검의 날처럼 날카로운 기세가 되었다.

"찔리겠습니다."

"나를 아느냐?"

"모릅니다."

검엽의 어조는 심드렁했다.

시종일관 변함없는 검엽의 태도에 몽완의 날카롭던 기세도 누그러졌다.

"잉? 알고 있잖느냐?"

"인상착의만 알고 있었을 뿐입니다."
"어떻게?"
"어르신네 만나면 멧돼지 한 마리 잡고 술 한 잔 거하게 대접해 드리라는 분이 계셨거든요."

몽완의 작은 눈이 더 이상 커질 수 없을 정도로 커졌다. 개방의 제자인 그가 개고기보다 멧돼지 고기를 좋아한다는 걸 아는 사람은 천하에 단둘뿐이다.

한 명은 제자인 이호였고, 나머지 한 명은 십여 년 간 코빼기도 보이지 않고 있는 단 한 명의 친구였다.

"천룡이와 어떤 관계냐?"
"칠 년 동안 그 어르신네와 바둑 둔 사입니다."

몽완의 기세가 물에 물 탄 분위기로 돌아갔다.

이천룡과 그는 체구와 생김새가 비슷한데다 같은 팔절에 속할 만큼 무공 수준도 엇비슷해서 강호에서 만나자마자 죽마고우보다 더 친해졌다. 그게 오십 년 전 일이다.

그는 검엽의 말을 믿었다.

그가 멧돼지 요리를 좋아하는 걸 아는 사람은 이호와 이천룡뿐이었으니까.

그리고 그는 온갖 간난신고와 산전수전을 다 겪으며 개방의 장로까지 역임했던 인물이다. 그리고 상대의 말이 진실인지 거짓인지 정도는 눈치로 알 수 있는 나이도 되었다.

몽완은 눈살을 잔뜩 찌푸리며 혀를 찼다.

"쯧, 진즉에 말할 것이지. 그럼 너도 산장 놈이냐?"

내팽개치긴 했지만 삼 년 전까지 몽완은 개방의 팔장로 중 한 명이었다. 개방의 장로란 자리는 이천륭 정도의 거물이 어디에 있는지 정도는 마음먹고 반나절이면 알 수 있는 자리다.

"그곳 밥을 먹긴 했지만 산장에 속해 있지는 않습니다."

"뭔 소리냐?"

"설명하기 복잡합니다."

"들어서 머리 아플 정도냐?"

"아마 그럴 겁니다."

"그럼 말아라."

"하하하."

낮은 웃음을 터뜨린 사람은 검엽이었다. 몽완은 이천륭과 친구 사임에도 괴팍 일변도인 이천륭과는 많이 달랐다. 소탈했고 부담이 없었다. 그는 왠지 몽완과 자신이 죽이 맞는다는 생각이 들었다.

"웃지 마라. 정든다."

몽완은 툴툴거리며 말을 이었다.

"꼴을 보아하니 숨으려는 거 같은데 얼마나 있을 거냐?"

"팔 개월가량입니다."

"누구로부터 숨으려는 거냐?"

"대륙무맹과 천추군림성입니다."

"……."
 몽완은 어이가 없다는 눈빛으로 검엽을 보았다.
 "헐, 거창하구나. 구주삼패세의 둘을 피하는 놈이라니. 천룡이 골칫덩이를 키웠구나. 이유를 물어도 되느냐?"
 "복잡합니다."
 "그것도 들어서 머리 아플 정도냐?"
 "예."
 "그럼 그것도 말아라."
 "하하하."
 "그 후에 할 일이 있는 거 같구나?"
 "예, 돌아가야 합니다. 약속한 게 있어서요."
 "사람들 시선, 차단해 주랴?"
 "그러려고 멧돼지 잡은 겁니다."
 "알았다."
 몽완은 일어났다. 같이 일어난 검엽을 올려다보며 그가 물었다.
 "맨 입으로 부탁할 생각은 아니겠지? 대가는?"
 "팔 개월 동안 멧돼지 요리 원없이 드실 수 있을 겁니다."
 "그거 정말 마음에 드는군. 술은 없냐?"
 "후아주 찾아볼까요?"
 "노락산엔 원숭이가 살지 않는다, 이놈아."
 "혹시 모르는 일 아닙니까? 찾아보지요."

"그럼 기대해 볼까나."

몽완은 지팡이를 휘저으며 관제묘로 난 오솔길을 걸어갔다.

검엽은 싱긋 웃었다.

짧은 은둔 생활의 진정한 시작이었다.

第七章

천마검섭전

뜻밖의 장소에서 든든한 후원자를 얻은 검엽은 만사를 잊고 무공에 몰두했다. 본래 잊을 만큼 많은 일을 머릿속에 담고 살지도 않아서 잊을 것도 별로 없긴 했지만.

그가 마련한 통나무집 뒤에는 깊이 오 장가량의 동굴이 있었는데, 검엽은 이곳의 안쪽을 조금 다듬어 연공실로 만들었다. 폭이 삼 장가량에 높이는 일 장가량이어서 운신보다는 명상을 통한 연공을 주로 하는 그에게 그다지 불편하지 않은 연공 장소가 되었다.

동굴에 불은 없었다. 입구와 연공실 중간은 낫 모양으로 꺾여 있어서 빛이 잘 들어오지 않았지만 눈으로 사물을 보지 않는 검엽에게 빛이 있고 없고는 의미가 없었다.

연공실의 중앙에 가부좌를 틀고 앉은 검엽의 마음은 어지러웠다.

그는 자신에게 일어나는 현상들이 죽음과 맞닿아 있음을 이제는 명확하게 알게 되었다. 형산을 떠나 북상하면서 그는 고민하지 않을 수 없었다.

살기를 뿜으며 싸우던 적들이 죽음으로 그에게 선사한 고민들이었다.

운려와의 약속을 파기할 결심만 하면 고민할 이유는 없었다. 새외로 떠나 평범하게 약초나 캐고 나무나 해다 팔며 살다가 죽는다면 남과 싸울 일도 없을 것이고, 적을 죽일 일도 없을 테니까.

그러나 그렇게 할 수는 없는 일이었다.

그는 돌아가야만 했다.

거창한 이유는 없었다.

그저 운려와의 약속일 뿐.

남들이 속사정을 알면 어이없다고 할 정도로 간단한 이유였다. 약속을 지키지 않는다고 해도 운려는 그를 원망하지 않을 것이다. 오히려 사정을 알게 되면 잘했다고 칭찬할 가능성이 더 컸다.

그럼에도 그는 약속을 지켜야 한다고 믿었다. 다른 사람들의 약속도 간단하고 쉽지만은 않겠지만 그에게 약속이란 그

외의 사람들이 하는 약속과는 무게가 달라도 너무 달랐다.

그가 약속을 결코 깨뜨릴 수 없는 것으로 생각하는 데는 그의 가문의 역사가 미친 영향이 절대적이었다.

그의 가문을 멸망으로 이끌었던 것은 아득한 세월 이전에 이루어졌던 약속 때문이었다. 선대가 맺었던 약속으로 인해 그의 가문은 긴 세월 절치부심해야 했고, 결국 멸문이라는 종말을 맞아야 했다.

그는 약속의 무게를 몸서리쳐질 정도로 잘 아는 사내인 것이다.

그래서 그는 강해져야겠다고 결심했다.

정남에 가기 전에도 그는 강해져야겠다는 생각을 어느 정도 하긴 했지만 지금처럼 강하게 의식하지는 않았다.

운려와의 약속을 지키기 위해서 그는 언제든 전장에 나설 수 있어야 했는데, 적을 죽여야만 이기는 방식은 곤란했다. 죽이면 그 자신도 통제할 수 없는 괴현상이 벌어지기 때문이다.

이기되 죽이지 않고 이겨야만 했다. 그리고 그렇게 이기는 것이 생각처럼 쉽지 않다는 걸 그는 잘 알고 있었다.

정남에서 강시와 싸우기 전 그는 암기로 군림성 무사 수십 명을 무력화시켰다. 그가 그들보다 압도적으로 강했기 때문이다. 하지만 마지막 강시와의 싸움에서 그는 강시의 목을 끊어야만 했고, 결국 스스로를 통제할 수 없는 상황으로까지 몰렸다. 그가 강시보다 압도적으로 강하지 못했기 때문이다.

 살법(殺法)은 쉽고 활법(活法)은 어렵다. 압도적인 차이가 아니라면 상대를 죽이기는 쉬워도 제압하기는 어려운 일이다.

 이는 무공을 익힌 자, 특히 강자라면 누구나 공감하는 말들 중 하나다.

 검엽의 무공노수(武功路數)는 복잡하지 않았다. 물론 다른 사람이 아닌 그니까 복잡하지 않다는 것이지 실제로 그가 배운 것은 복잡하기 이를 데 없었다.

 다섯 노야에게 배운 것과 여은향으로부터 받은 전륜구환공, 그리고 창안절기들이 중심을 이루었지만 강호에 나와 심안으로 본 것들은 부지기수였다. 그가 심안으로 본다는 의미는 그것을 익혔다는 것과 같은 말이다.

 그가 알고 있는 무공의 종류는 이십여 종이 넘고 초식의 수는 일천 초가 넘었다. 어찌 간단할 수 있으랴.

 검엽의 심안에 정남의 전장에서 만났던 장년인, 초인겸이 떠올랐다. 목숨을 걸고 싸웠던 자였고, 능력 또한 간단치 않았던 장년인을 기준으로 그는 자신의 무공을 검토하고 있었다. 그가 상대한 초인겸은 이천릉과 비슷한 수준의 절정고수였으니까.

 '그가 썼던 도법과 내력 운용법은 완성된 것이 아니었다. 만약 그것들이 완성되어 있었더라면 나는 그 자리를 벗어나지 못했을 것이다. 순수한 위력으로만 본다면 그의 도법은 다섯 노야의 무공을 모두 뛰어넘는다. 그리고 은근히 내 운신을 속박하던 그 내력 운용법도 노야들의 운기법을 넘어서는 상승의 절학이었다.'

검엽은 눈살을 찡그렸다.

'그자 정도의 무인을 죽이지 않고 제압하는 건 확실히 쉽지 않다. 내력과 초식의 수발이 호흡처럼 자연스럽고 상대보다 두 배는 더 빨라야 한다. 한순간도 파탄을 드러내지 않을 만큼 정교하기도 해야 하고.'

검엽은 한숨을 내쉬었다. 말이야 쉽지 초인겸 정도의 고수를 상대하는 싸움에서 그런 능력을 발휘할 수 있기 위해서는 그가 지금보다 배는 강해져야 했다.

'내공의 자유로운 수발은 구환공의 성취를 높이기 전에는 얻어질 수 없는 부분이다. 내력과 관련된 부분은 일조일석에 이루기 어렵다. 그렇다면 초식의 수발과 속도를 얻는 데 집중해야 한다.'

상대보다 빠르다고 상대보다 강한 건 아니다. 만약 빠른 것만으로 모든 상대를 제압할 수 있다면 쾌검을 익힌 자가 천하제일고수일 것이다. 그러나 당대무림 최고수들이라는 천공삼좌는 쾌검의 고수들이 아니다.

빠름을 제압하는 방법은 여러 가지가 있다.

초인겸이 사용했던 경천기도 그중의 하나였다. 경천기는

상대의 빠른 속도를 기의 운용으로 속박한다. 그처럼 다양한 방법으로 속도를 제압하려는 무공들이 창안되어 왔고 그 숫자는 무수하다.

그렇다고는 해도 속도가 무공의 가장 중요한 요소 가운데 하나라는 걸 부인할 수는 없다.

검엽의 생각은 물이 흐르듯 이어졌다.

'일단 빨라져야 한다. 구환공에는 절대적인 쾌(快)에 관한 언급이 있다. 하지만 구환공을 만든 분도 그것을 글로는 온전하게 전하지 못했다. 뜬구름 잡는 것 같은 구절 아래 말이 끊어진 경지를 글로 전하는 것이 가능하지 않은 현실의 답답함을 토로하셨을 뿐. 그러나 절대 쾌를 얻기 전 단계인 상대적인 쾌를 얻을 수 있는 수련 방법은 구체적이다. 창안절기들을 만들며 참오하긴 했지만 그것의 정수를 얻지는 못했었지. 운려에게 돌아가기 전 이것에 집중하자. 쾌를 얻으면 초식의 수발은 더 자유로워진다. 속도의 여유를 얻을 수 있을 테니까. 일석이조다. 개별적인 무공 수련은 상대 쾌를 얻은 후로 미룬다.'

구환공이 포괄하고 있는 무공의 이치는 광대했다. 칠 년간 검엽이 얻은 것은 구환공의 무리(武理)중 칠 할 정도. 몸으로 구현할 수 있는 무리는 대략 오 할 정도라고 할 수 있었다. 그의 자질을 생각한다면 변명의 여지없는 노력 부족이다. 하지만 그만한 성취로도 그는 절정의 반열에 들었다.

'구환공을 만든 분은 절대의 무학종사야. 분명 무림사에 이름을 남긴 사람일 것이다. 후일 고모님을 뵙게 되면 구환공의 창안자가 누구인지 물어봐야겠다. 당시 물어보지 않았던 게 무척 아쉽구만.'

검엽은 혀를 찼다.

당시 그는 너무 어렸다. 심적으로도 막대한 충격을 받은 상태여서 만사가 귀찮았다. 구환공도 여은향이 주니까 거절할 수가 없어서 받았을 뿐이지 욕심과는 거리가 멀었다. 구환공의 창안자가 누군지 호기심 같은 건 아예 생기지도 않았었고.

검엽의 정좌한 자세가 유연해졌다.

구환공의 창시자가 수유일관홍(須臾一貫紅)이라 칭한 상대 쾌의 수련 방법은 더할 나위 없이 쉽기도 하고 극악하다 싶을 만큼 어렵기도 했다.

본래 사람이 받아들이는 속도란 상대적인 것이다. 어느 순간 빠르게 느낀 것도 다른 순간에는 느리게 느껴질 수 있다.

십 장의 거리를 셋을 셀 동안 도달하는 돌멩이와 둘을 셀 동안 도달하는 돌멩이를 보면 답이 금방 나온다. 사람들은 후자의 돌을 더 빠른 것으로 받아들인다.

구환공의 창시자는 절대 쾌의 경지를 언급하면서도 실상 절대 쾌에 얽매이지 말라고 말한다. 모든 빠름을 넘어서는 빠름[快]이란 멈춤[止]의 다른 말이라는 아리송한 말과 함께.

대신 상대적인 쾌를 논하며 이렇게 말한다.

사람이 빠르다고 받아들이는 무언가의 속도는 더 빠른 것이 있을 수밖에 없다. 누군가에게는 개[犬]가 빠를 수 있지만 개는 말[馬]보다 느리고 말은 화살보다 느린 것이다.

만약 상대가 말처럼 빠르다면 나는 화살 같은 속도를 발휘할 수 있으면 상대를 이길 수 있다. 말은 화살을 피할 수 없으니까.

궁극적으로 상대의 검이 내 몸에 닿기 전에 상대를 벨 수 있을 정도의 빠름이라면 그로 족하지 않겠느냐고 구환공의 창시자는 말한다.

수유일관홍을 얻기 위해서는 두 가지 수련이 병행되어야 했다.

육체 수련과 심상 수련이 그것이다.

육체의 수련은 자신이 얻은 속도를 감각적으로 구현하기 위한 것이고, 심상 수련은 상대적인 빠름을 받아들이기 위한 것이다. 그리고 이 두 가지 수련 중 더 중요한 것을 꼽으라면 당연히 심상 수련이다.

당연히 그럴 수밖에 없는 것은 속도를 받아들이는 사람의 감각이 먼저 개발되어야 상대적인 속도를 몸으로 체득할 수 있기 때문이다.

이 심상 수련은 마음 안에 사물이 완벽하게 자신의 속도를 발현되는 세계를 먼저 만들어내는 것을 기본으로 삼는다. 사물을 무엇으로 하느냐는 수련자의 마음이다.

돌로 해도 좋고 떨어지는 빗방울로 해도 상관없다. 화살도 나쁘지 않다. 핵심은 자신이 만들어낸 사물보다 분명하게 빠른 속도를 감각적으로 받아들이는 데에 있다. 그리고 그 감각을 완전히 자신의 것으로 만들어 유지시켜야 한다.

쉬운 일인 듯하지만 실제로 해보면 이처럼 어려운 일이 또 있을까 싶을 만큼 어려운 게 심상 수련이었다.

마음 안에 세계를 만드는 것부터 보통 사람이라면 가능하지 않은 일이다. 속도를 느끼기 위해서 반드시 필요한 공간과 시간의 감각을 구현하면서 사물의 형상을 유지하려면 가공할 집중력과 상상력이 필요하기 때문이다.

그렇게 구현된 세계 안의 사물이 제각각의 속도로 날아다녀야 하고 그 속도의 차이를 관념으로 극복해야만 했다. 육체 수련은 관념상의 상대 쾌를 얻은 후에야 가능했다.

수유일관홍을 얻기 위한 검엽의 수련은 끝없는 고행을 예고하고 있었다.

검엽의 생활은 단조로웠다.

잠을 자지 않는 그였기에 하루 중 열시진은 무공 수련으로 채워졌다. 수련을 하지 않는 두 시진은 멧돼지를 비롯한 다른 짐승을 잡거나 수련에 필요한 약초를 캐기 위해 산을 헤매는 데 쓰여졌다. 십여 일에 한 번 씩 동굴을 찾아와 그를 괴롭히는 몽완을 상대하기도 했고.

"나 왔다!"

동굴 천장에서 흙 부스러기가 떨어질 정도로 큰 음성이었다.

검엽은 얼굴이 새파랗게 질릴 정도로 사색이 되어 명상에서 깨어났다. 얼마나 긴장했는지 그의 얼굴은 삽시간에 땀으로 흠뻑 젖어 있었다.

동굴 입구에서 저렇게 큰 소리를 지르는 사람이야 몽완밖에 없다. 호기심을 이기지 못한 이호가 동굴을 기웃거리다가 몽완에게 치도곤이 난 뒤부터 다른 사람들은 통나무집과 동굴 쪽으로는 접근할 생각조차 못한다.

검엽은 가슴을 쓸어내렸다.

하마터면 하늘을 가르며 떨어지는 낙뢰에 맞아 시커멓게 타버릴 뻔했다. 물론 심상의 세계에서의 일이다.

하지만 심상의 세계에서 그가 받은 충격은 현실의 마음과 육체에 직접적인 타격으로 나타난다. 낙뢰에 직격당한다면 어느 정도의 타격이 될지 알 수 없는 일이었다.

불가사의한 일이었지만 실제로 그런 타격을 검엽은 심상수련을 해온 지난 육 개월 동안 적지 않게 받았다. 그가 만들어낸 사물의 속도를 제어하지 못할 때마다.

검엽은 이런 현상에 대해 나름의 결론을 얻은 상태라서 언제나 조심해 왔다. 그리고 그의 신중함을 키우는 데는 몽완의 힘이 상당히 크게 작용했다.

검엽이 무슨 수련을 하는지 알지 못하는 몽완은 언제나 저런 식으로 검엽을 찾았고, 검엽은 그때마다 무시무시한 심상의 위기(?)에 직면해야 했던 것이다.

큰 걸음으로 동굴 안쪽에서 걸어나오는 검엽을 본 몽완이 히죽 웃었다.

"네놈도 이제는 우리 애들이랑 꼬라지가 비슷하구나."

검엽은 소리없이 웃었다.

몽완이 저렇게 말할 만했다.

손질하지 않은 숱이 많은 긴 머리카락은 칡뿌리처럼 제멋대로 뒤엉켜 있고, 흑의는 해질 대로 해진 데다 먼지가 뿌옇게 앉았다. 이곳에 올 때도 얼굴을 알아보기 어려운 외모긴 했지만 지금보다는 훨씬 나았었다.

육 개월이나 외모에 신경을 쓰지 않은 결과였다. 거지왕초급인 몽완이 상거지 꼴이라 할 만했다.

그나마 사냥이나 약초를 채집하러 갈 때 노락폭포 아래의 연못에서 목욕을 하지 않았다면 전신에 땟국물이 줄줄 흘렀을 것이다.

노락산은 온통 하얀빛으로 가득했다.

지난밤 눈이 온 것이다.

멀리 보이는 관제묘의 지붕이 한 자가 넘는 눈의 무게를 이기지 못하고 금방이라도 무너질 듯 기우뚱 기울어 있었다.

몽완에게서 시선을 돌려 사방을 훑어본 검엽의 입가에 씁쓸한 웃음이 걸렸다.

'후우, 이제는 색이 더 선명해졌군. 변화의 이유도 정확하게 알지 못하면서 이런 일이 벌어지는 걸 지켜보는 건 정말 기분이 좋지 않구만.'

검엽의 뜻 모를 상념은 몽완의 투덜거림으로 멈췄다.

"너 표정이 갑자기 왜 그렇게 벌레 씹은 것 같냐? 내가 온 게 그렇게 싫으냐?"

"올 때마다 소릴 그렇게 질러대시는 데 제가 반길 거라고 생각하시는 건 아니겠죠? 제가 주화입마에라도 빠지면 어쩌시려고 그래요."

"육 개월이나 소릴 질러도 멀쩡했던 놈이 갑자기 주화입마에 빠질 일이 무에 있어? 쓰잘데기 없는 소리하지 말고, 너 술 담근 거 아직 남았지?"

"있기야 합니다만, 왜요? 저번에 드린 거 벌써 다 드셨어요?"

몽완은 입맛을 다시며 고개를 끄덕였다. 그는 등에 턱 걸치고 온 술병 뭉치를 땅으로 늘어뜨리며 말했다.

"칠 일 전이잖냐. 아무리 아껴 먹어도 다섯 병으로 칠 일을 버틸 수야 있겠냐?"

검엽은 소리없이 웃었다.

노락산에서 후아주를 찾지 못한 그가 과일주를 담그기 시작한 건 다섯 달 전부터였다.

술 담그는 법을 배운 적이 없는 그가 체계적으로 술을 담글

리 없었다.

그는 노락산에서 딴 과일들을 바위의 한가운데를 판 곳에 넣은 후 구환공의 건천결로 찐 다음 노락산의 음양이기가 모이는 계곡을 찾아 그 깊은 곳에 놓아두었다.

이천룽이 말하기를 몽완의 주량은 한계가 없다고 했었다. 그래서 검엽은 과일을 담은 바위를 다섯 개 만들었다. 그것만으로도 양은 상당했다. 몽완에게는 말하지 않았다. 양이 얼마나 되는지 알면 어떻게 나올지 몰랐으니까.

그리고 술을 담근 지 두 달이 지나기 전 검엽은 바위를 열 개로 늘렸다. 몽완 이외에도 술을 좋아하는 존재가 하나 더 늘었던 것이다. 그 존재는 검엽이 상상도 못해본 존재였다.

어쨌든 후아주라는 게, 원숭이가 모은 과일이 썩은 물이라는 일반의 속설을 따라서 해본 것인데 결과는 기대 이상이었다. 썩어서 그냥 버리지나 않으면 다행이라는 그의 생각과는 달리 과일주는 제대로 술맛을 냈다.

술이라면 입맛이 까다롭기로 개방 내에서 정평이 나 있는 몽완이다. 그런 그가 검엽이 만든 술을 먹기 위해서라면 서슴없이 간이라도 빼줄 것처럼 변할 정도로 술은 맛이 있었다.

"갖다 드릴게요."

미소를 지으며 말한 검엽은 몽완이 지면에 늘어뜨린 술병을 집어 들기 위해 걸음을 떼었다. 그때 몽완이 말했다.

"좀 많이 가져다 주면 안 될까?"

"예?"

검엽이 어리둥절한 표정을 지었다. 몽완에게 주는 술의 양은 언제나 같았다. 열흘에 다섯 병. 과일주는 꽤나 독해서 두 주불사라는 몽완도 반병이면 눈이 풀릴 정도였다. 몽완이 칠일 만에 찾아온 것은 평소보다 사흘이나 빠른 것이다.

"손님이 올 거거든."

그러고 보니 땅에 놓여 있는 술병의 개수가 열 개였다. 평소의 두 배다.

"누군데요?"

모처럼 호기심이 동한 검엽이 물었다.

육 개월 동안 겪은 몽완은 검엽이 산장에서 생활하던 때와 비슷한 생활을 했다.

밖으로 나다닐 생각은 아예 없는 듯했고, 찾아오는 사람도 없었다. 장소가 관제묘여서 그렇지 은거나 다름없는 생활이었다. 그런 사람이 더구나 개방의 전직 장로였던 사람이 술을 준비하고 싶다고 할 정도의 손님이라면 범상한 사람일 리 없었다.

"오후에 도착한다고 기별이 왔으니 오면 소개시켜 주마. 나중에 네가 강호를 돌아다닐 때 적지 않게 도움이 될 게다."

검엽의 마음에 차올랐던 호기심이 흔적도 없이 사라졌다. 그는 술병의 목을 연결한 끈을 잡으며 고개를 가로저었다.

"소개까지는 저어언혀 필요없습니다. 나중에 강호를 돌아다닐 일 같은 건 없을 테니까요."

"흐흐흐, 사람의 앞일은 누구도 모르는 거다, 이놈아. 사내는 사람이 재산이야."

"그거야 어르신네 생각이구요."

시큰둥하게 대답한 검엽의 신형이 희뿌옇게 흐려지는가 싶더니 그 자리에서 꺼지듯 사라졌다.

검엽이 사라진 자리를 바라보는 몽완의 눈빛이 묘하게 빛났다.

'경공 하나는 정말 일품이란 말이야. 이제 열아홉에 불과하다는 놈이 내가 전력으로 펼치는 취선비보다도 나은 점이 있을 정도라니. 천릉이 능력으로는 저런 놈을 키워낼 수 없었을 텐데. 장현이나 노굉 같은 이들도 저놈을 가르쳤다고 하지만 천릉이보다 나을 거 없는 그들의 무공을 배워서는 저놈만큼 될 수는 없는 일이고……'

옆에 집을 지은 사람이 누군지 궁금한 건 인지상정이다. 그 궁금증을 풀 방법이 있다면 누구나 그 방법을 쓸 것이다. 몽완은 검엽의 정체가 궁금했고, 이호를 시켜 검엽에 대해 알아보았다. 이호에게서 결과물을 받은 것은 심부름을 시킨 지 이틀 만이었다.

검엽에 대해 원체 알려진 게 없어서 상세하지는 않았지만 몇 가지는 쉽게 알아낼 수 있었다. 몽완이나 검엽의 생각보다 검엽이 유명했던 것이다.

'저놈, 자기 이름이 장강 이남에서 얼마나 유명한지 알려나 몰라. 철혈권마 고검엽… 그런데 별호를 대체 누가 지은 거야? 저 세상 관심없는 헐렁한 놈하고 전혀 일치되는 느낌이 들지 않잖아.'

몽완은 구시렁거리며 동굴 입구 안쪽에 주저앉았다.

장강 이남에서 검엽의 명성은 상당했다. 혈조사마를 죽인 것은 작은 일이었다. 그의 명성을 결정적으로 드높인 건 정남 지부에서의 싸움이었다.

정남의 싸움에서 무맹은 단 두 명의 생존자만을 남기는 대패를 당했다. 그러나 승리를 한 군림성의 피해도 막대했다. 알려진 바로 군림성의 생존자 수는 이십여 명에 불과했다.

거의 양패구사라 할 수 있는 결과.

그러나 생존자가 더 많았던 군림성은 발 빠른 후속 조치로 정남을 장악했고, 무맹은 정남에서 이백오십 리 떨어진 서현 지부에 무사를 증원하는 것으로 만족해야 했다.

검엽의 이름이 퍼진 것은 그 직후였다.

살아 돌아온 무맹 무사 방건이 검엽의 활약상을 가감없이 무맹 무사들에게 전했고, 그것이 외부로 퍼져 나간 것이다.

방건이 전한 소식에는 정남 지부의 싸움 속에서 검엽은 가히 절세고수에 버금가는 신위를 발휘한 인물이 되어 있었다.

검엽은 정남 지부장 심중탁을 비롯한 고수들이 죽은 뒤에도 정남 지부의 살아남은 무사들을 살리기 위해 처절하게 고

군분투하였을 뿐만 아니라 그의 손에 오십여 명의 군림성 무사가 쓰러지고, 군림성 무사를 이끌던 혈풍대 부대주까지도 패퇴시켰다고 했다.

그리고 의문의 실종.

몽완이 알아본 바로는 무맹과 군림성은 검엽을 먼저 찾기 위해 혈안이 되어 있었다. 무맹은 살리기 위해서 군림성은 죽이기 위해서.

하지만 몽완은 세상 사람들이 아는 것과는 속사정이 다르다는 것을 이제는 안다.

군림성이야 그렇다 쳐도 검엽은 무맹까지 피하고 있었다. 그의 내심을 알 수는 없었지만 검엽과 무맹의 사이가 세상에 알려진 것과 다르다는 건 자명했다.

검엽에 대해 이런저런 일을 떠올리던 몽완은 혀를 찼다.

'쩝, 정남의 싸움이라… 나도 그렇게는 못하지. 천룡이도 그럴 능력은 없을 거야. 저놈이 괴물인 게지. 그런데 저 녀석 어째 날이 갈수록 분위기가 어두워지는 것처럼 보이는데… 잘못 본 건가?'

몽완은 검엽이 돌아오기를 기다리며 머리를 긁어댔다.

우수수.

허옇게 떨어지는 이들의 생명이 몽완의 시커먼 손톱에 달렸다.

노락산은 높지는 않지만 정상인 상락봉을 중심으로 사방 끝자락까지의 거리가 오십여 리에 달할 정도로 범위가 넓어서 깊은 계곡이 많은 산이다.
　검엽은 동굴에서 십여 리 떨어진 계곡에 들어설 때까지 쉬지 않고 직선으로 달렸다.
　시전한 경공은 그가 아는 경공 중 장거리 이동에 가장 적합한 섬전유운신법.
　길이 없는 곳은 나뭇가지를 밟으며 나아갔고, 십 장 이내의 계곡이나 개천은 그대로 뛰어넘었다.
　일로직진.
　꽤 폭이 넓은 계곡을 건너뛸 때는 위태로워 보였다. 그러나 검엽은 우회하지 않았다. 수십 번 왕복한 길이라 보이는 것처럼 위험하지 않았고, 무엇보다도 우회하는 게 귀찮았기 때문이었다.
　검엽이 경공을 멈춘 곳은 상락봉 뒤편에 숨듯이 자리 잡은 계곡의 입구에서였다. 숲이 우거져 있어 모르는 사람은 이곳에 계곡이 있다는 것도 모를 만큼 외진 곳이었다.
　계곡의 입구는 장정 서넛이 어깨를 나란히 하면 꽉 찰 정도로 좁았다. 안쪽도 그리 넓다고는 할 수 없어서 입구에서 계곡 끝의 다른 봉우리가 시작되는 곳까지 가장 폭이 넓다고 할 수 있는 장소도 오 장을 넘지 않았다.
　계곡의 끝에 도착한 검엽이 훌쩍 뛰어올랐다. 삼 장을 솟구친 그의 신형이 줄에 이끌리기라도 한 것처럼 수평으로 주욱 나아갔다. 그의 정면은 나무가 몇 그루 자라고는 있어도 절벽이나 다름없는 수직의 면이었다.

부딪치기라도 하려는 것처럼 수평으로 나아가던 그의 손이 나뭇가지 하나를 잡더니 나무 밑으로 쑥 들어갔다. 나무들이 가리고 있는 절벽의 면은 폭이 다섯 자에 높이 여섯 자가량 되는 동굴의 입구였다.

동굴 내부는 이런 곳이라면 의당 있어야 할 습기가 전혀 없었다. 대신 심신을 맑게 하는 청량한 기운으로 가득했다.

동굴은 비스듬히 아래로 나 있었는데 내부는 들어갈수록 넓어졌다.

저벅저벅.

소리를 내며 삼여 장을 걸어간 검엽은 높이 이 장에 사방 너비 십여 장에 달하는 거대한 광장에 들어설 수 있었다.

광장의 중앙에는 동굴 입구를 어떻게 통과할 수 있었을지 의심스러울 정도의 큰 바위 열 개가 원을 그리며 놓여 있었다. 바위는 높이만 해도 다섯 자는 됨직했고, 폭도 넉자가 넘었다.

바위들을 볼 때마다 검엽은 절로 혀를 차게 된다. 옮길 때 했던 고생이 떠오르기 때문이다. 조금 과장하면 당시 그가 바위들을 옮기며 흘린 땀을 모으면 한 말은 될 것이다.

바위들의 안쪽은 깊이 파여 있었고 그 안은 향기로운 주향을 풍기는 술과 과일 껍데기들로 가득했다.

'이놈이 어디 있나?'

바위들을 하나하나 살피던 검엽이 중앙의 서쪽에 놓여 있는 바위 앞에서 멈춰 섰다.

'여기 있구만.'

검엽이 내려다보는 술단지 바위(?)에는 묘하게 생긴 짐승이 쌕쌕하는 숨소리를 내며 배를 드러내고 큰 대자로 잠들어 있었다.

얼굴 생김새가 아기 곰과 비슷한 짐승은 코끝에서 꼬리 끝까지 한 자가 채 되지 않았다. 전신은 탐스러운 은빛의 털로 덮여 있었고, 체구는 통통했다.

언뜻 보면 곰의 새끼라고 착각할 만했지만 이 짐승을 본 사람 누구도 절대로 곰의 새끼가 아니라는 것을 대번에 알 수 있는 것을 짐승은 갖고 있었다.

그것은 날개였다.

날개 하나의 크기는 석 자가량 되었는데, 털의 색과 같은 은빛이었고 투명한 느낌이 났다.

지금 세상에 알려진 적이 없는 날개 달린 짐승은 한쪽 날개는 바위 밖으로, 다른 날개 한쪽은 술 단지에 담근 채 깊이 잠들어 있었다.

"이 주정뱅이 같은 녀석!"

검엽은 웃으며 짐승의 겨드랑이를 손가락으로 간질였다.

손길이 귀찮은 듯 몸을 또르르 말고 뒤척이던 짐승이 힘겹게 눈을 떴다. 초점이 풀린 눈이었다.

검엽의 입에서 절로 한숨이 나왔다.

"취령(翠靈)아, 내가 너무 많이 마시지 말라고 했지! 주취객은 몽 어르신 한 분으로도 충분하다고 내가 몇 번을 말해야 알아듣겠냐."

"끼잉."

취령이라 불린 짐승이 비틀거리며 일어나 바위에 걸터앉았다. 취령의 눈은 크고 둥글었는데 눈빛이 보는 이의 넋을 빼놓을 만큼 아름다운 비취색이었다.

콧날의 선이 곰보다는 조금 덜 둥글고 가늘었지만 성인 곰의 눈만큼이나 크고 둥근 눈을 깜박이며 정신을 차리려 머리를 휘휘 내젓는 취령의 모습은 마치 장난꾸러기 아이를 보는 듯했다.

취령은 일시간 술이 깨지 않는 듯 머리를 저으며 눈을 비비다가 헤 웃으며 펄쩍 뛰어 검엽의 품에 안겼다.

풀썩 웃은 검엽이 취령의 머리를 쓰다듬었다.

그가 술단지 바위를 다섯 개에서 열 개로 늘린 건 그가 취령이라고 이름 붙여준 이 짐승 때문이었다.

석 달 전부터 바위의 술이 빠르게 줄어드는 것을 발견한 검엽은 암귀행으로 바위의 그림자에 숨어들어 범인을 기다렸고, 자신의 집인 양 태연자약하게 들어와 술을 먹고 큰 대자로 뻗어버린 취령을 잡을 수 있었다.

사람의 마음을 가진 자 중 취령의 겉모습을 보고 악감정을 가질 사람은 없을 것이다. 취령은 그만큼 아름답고 귀여운 외모를 갖고 있었다. 더구나 날개까지 달려 있지 않은가.

검엽은 그에게 잡히고도 두려워하기는커녕 가슴에 안겨 뺨을 비벼대는 취령에게 반했다. 일반인이라면 놀랍고 신기해했을 취령의 기이한 형상을 검엽은 아무렇지도 않게 받아들였다.

그의 가문에 전해지는 지존신마기의 신비함에 비하면 취령의 형상은 평범 이상이 될 수 없었기에.

취령은 그가 신화곡을 벗어난 후 정을 준 두 번째 존재였다. 그래서 취령이 좋아하는 술을 그가 더 많이 담그게 된 것은 자연스런 수순이 되었다.

취령을 안아 어깨에 앉힌 검엽은 들고 온 술병에 술을 퍼담았다. 술이 가득 담긴 술병 열 개를 끈으로 묶은 검엽은 취령의 머리를 쓰다듬었다.

"오늘도 같이 가지 않을 거냐?"

마치 취령이 말을 알아듣기라도 하는 듯한 어투였다. 놀라운 것은 그 말을 들은 취령의 태도였다.

취령은 아직도 초점이 잘 맞지 않는 비취색 눈에 웃음을 담으며 고개를 끄덕였던 것이다.

검엽은 아쉬움에 혀를 찼다.

"쯧, 네 고집도 만만치 않다."

한 번 머리를 쓰다듬은 검엽은 통통한 취령의 허리를 한 손으로 잡아 바위 턱에 올려놓았다.

"너무 마시지 말고."

"낑."

취령은 혀를 내밀어 검엽의 손을 핥았다. 왠지 검엽의 말을 못 들은 척 딴전을 피우는 기색이었다. 검엽은 풀썩 웃었다. 그는 중지를 구부려 취령의 머리에 가벼운 꿀밤을 먹였다.

"하하, 이 술고래 같은 녀석."

검엽이 연공하는 동굴로 돌아왔을 때 몽완은 동굴의 입구 안쪽에 앉아 맞은편에 앉은 사십대 후반의 중년인과 노닥거리고 있었다.

검엽의 등장과 함께 몽완의 눈빛이 풀렸다. 침이 뚝뚝 흐를 짓 같은 얼굴이다. 강한 주향이 코를 자극했기 때문이다.

"왔구나."

몽완은 벌떡 일어나 검엽에게서 술병들을 건네받으며 중년인을 가리켰다.

몽완을 따라 일어선 중년인은 중키에 전체적으로 선이 가늘고 수려한 풍모여서 언뜻 보면 무림인이 아니라 서생이라는 생각이 드는 인물이었다. 그는 호기심이 어린 눈으로 검엽을 보고 있었다.

몽완이 말했다.

"운자허라는 놈이다. 입이 무거운 놈이니까 안심해도 된다. 알아둬서 나쁠 것도 없는 놈이고. 천하에 장강의 물길을 이놈보다 더 잘 아는 놈은 없거든."

몽완이 중년인의 이름을 말했을 때 검엽의 꿈틀거리던 눈썹은 눈에 보일 정도로 일그러졌다.

"장강포룡객 운자허……?"

검엽이 낮게 중얼거렸다.

운자허가 눈을 가늘게 떴다. 강호삼괴는 당대의 절정고수를 서열화시킨 십오숙에 든다. 당연히 그의 이름은 높다. 무림에 몸담은 자가 그의 명호를 알고 있는 것은 이상한 일이 아니었다. 하지만 그는 검엽의 어투에서 자신을 개인적으로 알고 있는 듯하다는 느낌을 받았다.

"자네, 나를 아나?"

"모릅니다."

고개를 저은 검엽은 신속하게 몸을 돌려 동굴 안으로 들어갔다. 운자허를 검엽에게 소개시켜 주러 왔던 몽완은 어안이 벙벙하다는 얼굴로 운자허와 검엽을 번갈아 보았다.

검엽은 모른다고 말했지만 삼척동자도 믿지 않을 말이었다. 검엽의 몸짓은 그가 운자허를 알고 있다는 것을 너무도 분명하게 드러내고 있었다.

"야 이 녀석아! 그렇다고 그냥 들어가?"

"사람 사귀고 싶지 않다고 했잖습니까! 어르신을 찾아온 분이니 알아서 대접하세요."

시큰둥하기 이를 데가 없는 말이 동굴의 안쪽에서 흘러나왔다.

몽완은 어깨를 으쓱하고는 운자허를 돌아보며 혀를 찼다.

"저놈 성격이 정상이 아니라네. 자네가 이해하게."

운자허는 쓴웃음을 지으며 고개를 저었다.

"괜찮습니다, 선배님. 좀 뜻밖이긴 하지만 기분이 나쁠 정도는 아니니까요."

"다행이구먼."

히죽 웃은 몽완이 손에 든 술병을 운자허의 눈앞에서 흔들었다.

"대신 천하일품의 명주 맛을 보게 해주지. 흐흐흐."

"저야 감사할 뿐입니다, 하하하."

웃음과 함께 몽완과 어깨를 나란히 하고 관제묘로 걸어가던 운자허의 눈이 번뜩였다.

'맞아. 그다! 막간산에서 본 그가 틀림없어. 무양 형님이 혀를 내둘렀던 그! 실종되었다고 들었던 거 같은데 이런 곳에 있었군. 그나저나 무양 형님이 이 소식을 들으면 무척 좋아하겠는걸.'

싱긋 웃은 운자허의 발걸음은 가벼웠다.

*　　　*　　　*

　수련생들이 돌아가고 난 절망탑은 쥐 죽은 듯 조용했다. 밤이어서 더 조용하게 느껴지는 것일지도 몰랐다. 절망탑의 구층 창가에 선 사내는 밖의 적막한 풍경에 시선을 주었다.
　겨울 바람은 시리게 차가웠다. 봄이 머지않았다는 것을 알고 있는 듯 동장군이 마지막 발악을 하듯 맹위를 떨치고 있었다.
　식사 시간도 지난 때라 계곡 입구의 경비병들을 제외하면 수련장 전체에 인적이 끊겨 있었다. 이곳에 있는 사람들은 계곡 입구의 경비무사들까지도 일류에 근접한 무인들이다. 이 정도 추위에 어깨를 움츠릴 사람은 없었다.
　인적이 끊긴 것은 고된 훈련의 뒤인 데다가 새벽이면 시작되는 수련을 위해 수련생들이 일찍 잠자리에 들었기 때문이다.
　사내는 창턱을 손으로 짚은 편안한 자세로 생각에 잠겼다.
　'일 년이라는 짧은 기간 동안 잡은 수련 계획 치고는 투자가 너무 과하군. 지나치게 효과적이기도 하고. 구양일기의 생각일 테지. 일천 마리의 여우를 머릿속에 담고 있다는 놈. 후후, 자신의 똑똑함을 과신하는 자들은 종종 자기 꾀에 자기가 넘어가곤 한다는 걸 구양일기는 과연 알고 있을까?'
　달빛에 희미하게 드러난 사내의 얼굴이 미미하게 움직였다. 그는 웃고 있었다.

사내는 칠 척이 넘는 장신이었고, 보는 이가 압도당할 만큼 풍채가 좋았다. 넓은 어깨와 잘록한 허리 긴 팔다리는 무공을 익히기에 최적의 체형이다.

 '팔층에서 수련하는 다섯 명의 자질과 성취는 꽤 쓸 만했다. 조만간 구층에 오를 것 같던데, 이 상태로 몇 년 더 다듬으면 무맹의 오대세력 내의 중, 장년층에서도 그들을 당할 자가 많지 않을 거야.'

 사내는 반나절 동안 절망탑을 조사했다. 이곳에 있는 자들 중에는 절정의 반열에 든 고수도 있었지만 누구도 사내의 기척을 알아내지 못했다.

 그들이 사내의 기척을 알아차리는 건 애시당초 불가능했다. 사내는 그들과는 차원이 다른 고수였으니까.

 사내의 생각은 계속되었다.

 '다섯 중 남장을 한 여자 한 명이 있었지. 대사형이 제일 좋아하는 취향이있어. 그녀를 보았다면 아마도 대사형은 눈이 뒤집혔을 거야. 팔층에 오른 것을 보면 자질도 대단한 여인인데⋯ 무맹오룡이라 불리는 철부지들 가운데 한 명일까? 좀 더 일찍 그녀를 발견했다면 계획을 앞당길 수 있었을 것을. 하지만 지금도 늦은 것은 아니다. 누굴까? 이곳에 있는 자들에게 물어볼 수도 없는 노릇이니 천상 무맹 총타에 들러야겠군. 그녀를 품은 지도 열 달이 넘어서 생각이 간절하던 참인데 잘되었다. 그녀라면 그 남장 여인의 정체를 알고 있을

것이다. 설사 모른다고 해도 금방 알아낼 것이고.'

사내의 입가에 드리워진 미소는 헌앙한 풍채와 어울리지 않는 것이었다. 그 미소는 보는 이의 가슴을 섬뜩하게 만드는 분위기를 갖고 있었다.

한순간 흘러가는 구름이 달빛을 가렸다.

달빛이 다시 절망탑을 비추었을 때 절망탑 구층은 언제나 그랬던 것처럼 텅 비어 있었다.

第八章

천마검섭전

"간이 부은 거냐, 아니면 제정신이 아닌 거냐? 아무리 제 사부가 뒤에 있다고 해도 감히 서안에서 그따위 짓을 하다니!"

정무총련의 정보를 책임지고 있는 비각(秘閣)의 제십이영주 비도낙혼(飛刀落魂) 표청진은 어처구니가 없다는 얼굴로 중얼거렸다.

보고를 한 삼십대 초반의 장년인, 십이영 부영주 곡승도 표청진과 비슷한 표정이었다.

표청진이 물었다.

"희생자가 몇 명인가?"

"파악된 건 셋이지만 더 있을 것이라고 판단됩니다. 간살이라면 공개적으로 범인을 추적할 사람들도 강간의 경우는 쉬쉬하며 숨기기에 급급한 경우가 적지 않습니다. 더구나 일반 여염집도 아니고 무림 문파의 여식들이 아닙니까. 비록 중소 문파이긴 하지만 문파의 위상이 달린 일이라 당하고도 입을 다물고 있는 사람들이 더 있을 겁니다."

"그렇겠지."

표청진은 인상을 있는 대로 찡그렸다.

"그 스승에 그 제자야. 백면음마(百面淫魔)가 제자 하나는 똑 소리나게 키웠다. 개잡종 놈들."

섬서성의 성도, 서안(西安)의 남부 지역을 담당하는 정무총련 비각 제십이영의 정보망에 채화음적으로 추정되는 자의 행적이 걸린 것은 이틀 전이었다.

채화음적의 행적이란 게 무엇인지는 뻔했다. 강간 사건이었다. 일반 백성들의 일이었다면 비각은 육선문에 통보하는 것으로 사건을 마무리 지었을 것이다. 비각의 역량이 대단한 바는 있지만 관의 일과 무림의 일은 다르니까.

그러나 비각은 그렇게 일 처리를 할 수 없었다. 채화음적에게 당한 여자들이 서안에 있는 무림 문파의 여인들이었고, 음적이 무림인이었기 때문이다.

이틀 동안 곡승은 범인을 추적했고 정체를 밝혀냈다. 음적이 무림인이라는 것이 확실해지자 곡승은 영주인 표청진에게 보고를 하러 온 것이다.

표청진은 고민스럽다는 얼굴로 곡승을 바라보았다.

중원무림에서 정무총련의 영향력이 미치는 영역은 군림성과 대륙무맹이 합친 것에 버금갈 정도로 넓다. 그래서 정무총련의 정보를 책임지는 비각의 규모도 컸다.

총 사십구 개의 영(影)이 있고, 각 영에는 삼십 명의 비영(秘影)이 소속되어 있다. 비영들 개개인은 담당하고 있는 지역이 있고, 그 지역 내에서 발생하는 일에 대해서는 상당 부분 재량권도 인정된다.

휘하 비영들의 권한이 그러한데 부영주인 곡승의 권한이 작을 리 없다. 통상의 경우라면 채화음적 하나를 처리하는 정도의 일을 사전에 표청진에게 보고하지는 않는다. 곡승 선에서 처리해도 충분한 것이다.

그럼에도 곡승이 이번 사건을 표청진에게 보고한 것은 음적의 정체가 간단하지 않았기 때문이다.

'허, 백면음마의 유일한 제자라니, 골치 아프군. 만일을 대비하려면 사신당(四神黨)에 협조를 구해야 하는데……'

표청진의 미간에 내천자가 생겨났다.

채화음적의 이름은 곽인봉, 별호는 채화랑군이었다. 그는 무림에 출사한 지 십여 년 된 자로 십사(十邪)에 속하는 흑도의 절정고수 백면음마 양위주의 하나뿐인 제자라고 알려져 있었다.

혹자는 그가 백면음마의 아들이라고도 했는데, 그런 설이 무림 중에 돈다는 것은 백면음마가 곽인봉을 자식처럼 아낀다는 걸 의미했다. 고슴도치도 제 자식은 귀여워한다는 속설처럼 양위주도 자신의 행적을 답습하는 제자가 귀여운 모양이었다.

'곽인봉의 제거는 어렵지 않다. 문제는 그 뒤야. 양위주가 가만히 있을 리가 없지. 손을 대지 않을 거라면 몰라도 곽인봉을 손댄다면 양위주를 어떻게 할지도 결정하고 움직여야만 한다.'

표청진은 손가락을 뚜둑 소리가 나도록 꺾으며 한숨을 쉬었다.

백면음마 양위주의 무공은 십사에 속할 만큼 높지만 구주삼패세의 한 축, 정무총련이라는 거대 세력에 속한 표청진이 두려워할 정도는 아니었다. 하지만 그의 역용술은 표청진을 걱정하게 만들 만큼 놀라운 바가 있었다.

양위주가 사십여 년 가까운 세월 동안 음악한 짓을 하고 다니면서도 아직까지 목숨을 부지할 수 있었던 것은 누구도 그의 진면목을 알 수 없었기 때문이다.

다섯 걸음을 옮기기 전에 모습을 바꿀 수 있다는 그의 역용술은 당대무림뿐만 아니라 전대의 무림을 통틀어도 그 비슷한 것을 찾을 수 없다고 할 정도로 독보적인 경지에 도달해 있었다.

'사신당의 협조를 구하려면 천상 각주님께 보고를 할 수밖에 없겠군. 요새 군림성과 무맹의 움직임이 심상치 않아서 가뜩이나 신경이 곤두서 계신데 이런 일까지 벌어졌으니… 각주님 얼굴이 어떻게 변할지 눈에 선하군. 휴우…….'

표청진은 자리에서 일어섰다.

내키지 않았지만 그의 선택지가 너무 좁았다. 그가 이끄는 십이영의 역량만으로는 양위주를 감당할 수 없었다.

* * *

운자허를 본 순간 느꼈던 불안감이 현실화되는 데는 이십일 정도밖에 걸리지 않았다.

검엽은 동굴의 입구에 버티고 선 키가 크고 머리가 작은 중년인을 보며 아주 길게 탄식했다.

눈부신 늦겨울의 햇살을 온몸으로 받으며 위무양은 빙글빙글 웃고 있었다.

"으하하하, 오랜만일세. 운 아우에게서 자네 소식을 듣고 얼마나 반가웠는지 자네는 상상도 못할 걸세. 거짓말 안 보태고 한시도 쉬지 않고 달려왔다네. 발에 물집이 다 잡혔다니까."

"별로 상상하고 싶지 않군요. 그런데 왜 온 겁니까?"

검엽의 첫마디는 시큰둥했다. 하지만 위무양은 멋쩍어하

거나 어색해하지 않았다. 그의 별호는 추풍객이었지만 사람들은 추풍객이 아닌 풍파만리라는 별호로 그를 부른다. 풍파가 만리에 걸쳐 일어난다는 그를 누가 반가워할까. 홀대는 그가 늘상 겪는 일이어서 그는 넘치도록 단련되어 있었다.

"험험, 내 생명의 은인이나 마찬가지인 자네가 아닌가. 당시에는 정신이 없어서 고맙다는 말을 하지도 못했는데, 자네가 이곳에 있다는 소식을 듣고 어찌 그대로 있을 수 있었겠나. 난 그렇게 후안무치한 사람이 아닐세."

"후안무치해도 되는데요."

"……."

말문이 막힌 위무양이 두꺼비처럼 눈만 끔벅거렸다. 아무리 그가 무림의 말썽꾼이라 해도 그는 칼밥을 먹은 지 삼십 년 가까운 강호의 중견이다. 속으로는 몰라도 면전에서 대놓고 이처럼 그를 박대하는 사람은 흔치 않았다.

하지만 역시 위무양은 충분히 단련된 사람이었다.

"하하하, 자네는 그때 일을 마음에 두지 않을 만큼 대범한 사람이지만 나는 그렇지 못하다네. 은혜를 입고 갚지 않으면 개돼지만도 못한 인간이 되지 않나."

검엽은 끈질기게 달라붙으려는 위무양의 속을 짐작하기가 어려워 눈살을 찌푸렸다.

'이 인간이 내게 무슨 은혜를 입었다는 거야? 그때 상황이야 내가 나설 수밖에 없어서 나선 것이었고, 혈조사마가 나보다 약해 죽었을 뿐이잖아. 모른 척해도 누구도 뭐라 할 수가 없었던 것이 그때의 일인데, 무슨 생각으로 여기까지 쫓아온 거야?'

"은혜를 입게 해준 기억도 없고, 은혜를 갚으라고 할 생각도 없습니다. 위 대협께서 은혜라 생각하는 걸 갚지 않으셔도 개돼지로 볼 사람도 없는 거 같고, 제 입장에서는 오히려 은혜를 안 갚으려 하시면 더 고맙겠습니다만."

검엽의 계속되는 시큰둥한 반응에도 위무양은 넉살 좋게 웃을 뿐이었다.

"껄껄껄, 역시 나와는 달리 대인의 마음을 가진 사람일세. 생명의 은혜를 베풀고도 보답을 원치 않으니 어찌 진정한 의협이요, 대장부라 하지 않을 수 있겠는가. 자네의 바다처럼 넓고 깊은 마음에 탄복하는 바일세. 하지만 나는 은혜를 갚지 않고서는 두 발을 뻗고 잠을 잘 수가 없을 정도로 괴로우니 마음이 바다처럼 넓은 자네가 내 입장을 이해하여 주시게나."

위무양은 벙글벙글 웃으며 말을 맺었다.

"몽 노선배의 말로는 자네가 이곳에서 절세의 신공절학을 연공한다고 하니 연공할 때는 방해하지 않겠네. 지금 내가 온 것은 그저 왔다는 것을 얘기하고 자네 얼굴을 한 번 보고 싶어서였다네. 당분간은 자네의 통나무집 옆에 나도 거할 곳을 마련하고 머물 생각이니 계속 보게 될 걸세. 너무 박대나 하지 말아주게나."

 손까지 흔들어주고 돌아서는 위무양의 등을 보며 검엽은 느글거리는 속을 진정시키느라 애써야 했다.

 그가 어디서 저런 경극에서나 나올 법한 투의 말을 들어본 적이 있으랴. 현실에서 저런 투로 말하는 사람이 있을 거라고는 생각도 해본 적이 없는 그였다.

 검엽은 한숨과 함께 동굴 안으로 들어갔다.

 '이제 여기도 슬슬 떠날 때가 되었구만.'

 위무양이 왜 그를 찾아왔는지 알 수는 없었지만 대하는 태도로 보아 곁에 두면 귀찮은 일이 산더미처럼 생길 게 뻔했다.

 어차피 운려가 수련장을 나올 때도 두세 달밖에 남지 않아 짐을 싸려던 참이었다. 섬서의 순양에서 절강의 항주까지 가는 데는 짧게 잡아도 한 달 반은 걸린다.

 연공실로 돌아온 검엽은 얼굴을 가렸던 수건을 벗은 후 중앙에 손을 늘어뜨리고 섰다.

 가늘게 뜬 그의 두 눈에 신비로운 빛이 어렸다.

 그는 자신이 연공실에 있다는 것을 잊었다.

 칠흑처럼 어두운 공간.

 찬연한 빛을 뿌리는 유성의 비가 내리고, 백룡처럼 꿈틀거리며 어둠을 가로질러 지면에 내리꽂히는 낙뢰의 숲이 그와 함께 있었다.

쿠쿠쿠쿠쿠.

쉴 새 없이 두드려대는 낙뢰에 화답이라도 하듯 지면엔 거대한 웅덩이가 생겨났다 사라지는 광경이 반복되었다.

검엽이 만들어낸 세상.

별의 조각과 흰빛을 번득이는 낙뢰로 가득한 이곳은 검엽의 상상력이 만들어낸 세상이었다.

처음 만들어냈을 때는 부족한 점이 너무 많아 당사자인 검엽조차 몰입하기 힘들었던 세상은 시간이 흐르며 완벽에 가까워졌다. 이제는 창조자인 검엽도 이 막막할 만큼 광대하며 황량한 세상과 현실을 구분하는 게 쉽지 않을 때가 있을 정도로.

조용히 손을 늘어뜨리고 있던 검엽의 정수리로 백룡 한 마리가 날아들었다.

낙뢰.

우르르르릉.

빛의 뒤를 이어 몸이 들썩일 정도의 천둥소리가 따랐다.

낙뢰에 맞은 검엽의 몸이 재로 화하는 듯한 장면이 이어질 듯했지만 검엽은 어느새 낙뢰가 직격한 자리에서 뒤로 반보를 물러나 있었다. 그리고 그를 스쳐 지나간 낙뢰는 지면에 닿지 못했다.

빛으로 이어진 번개는 검엽의 어깨와 같은 높이의 지점이 끊어져 있었다. 끊어진 아래쪽의 흰 빛줄기는 안개처럼 흐려지다 아지랑이가 되어 소멸했다.

마치 잠에서 깨어난 사람처럼 검엽은 가볍게 고개를 저었다. 그의 안색은 창백했다. 심력과 체력의 소모가 상상 이상으로 막대하기 때문이었다.

심상의 세상을 만들고 그것을 유지하면서 특정한 현상을 완벽하게 현실과 일치된 모습으로 구현하는 데 소모되는 심력은 막대했다. 그리고 그 안에서 일어난 현상에 실제 육체가 개입하여 변화를 야기시키는 데 필요한 체력 또한 심력에 버금갔다.

심상 수련과 더불어 가혹한 육체 수련을 반복했음에도 검엽이 받는 체력의 부담은 상상 이상이었다.

낙뢰를 끊어낸 것은 검엽의 손이었다.

상상이 아닌 실제의 손이 움직여 심상의 낙뢰를 끊어냈던 것이다. 상상과 현실이 하나로 이어지는 기이하기 이를 데 없는 일을 그는 실현해 냈다.

'수유일관홍……. 구환공의 창시자가 말했던 수준에 도달하는데 근 팔 개월이 걸렸다. 관념상의 수유일관홍은 완성되었다고 할 수 있다. 실전에서 몸이 따라주기만 한다면 어떤 상황에서도 후발선제(後發先制)가 가능하다.'

검엽은 천천히 가부좌를 틀고 앉았다.

그가 속으로 생각한 대로라면 그는 수유일관홍을 얻었다. 그럼에도 그의 안색은 밝지 않았다. 아니, 밝기는커녕 어둡다고 해야 할 만큼 그늘이 완연했다.

 '짧은 시간이었지만 많은 것을 얻었다. 그리고… 더 많은 의문이 생겼다. 빌어먹을이구만.'

 번민은 깊었다.

 수유일관홍의 수련이 구환공에 언급된 것에 가까운 성취를 이루어가면서 그는 자신의 몸에 이상이 생기고 있다는 것을 깨달을 수 있었다.

 그 이상은 두 가지였다.

 하나는 눈이 보이기 시작한 것이었다.

 심안이 아닌 육안에 사물이 보였다.

 처음에 그는 그 사실을 깨닫지 못했다. 심안으로 보는 것이 너무 익숙했을 뿐만 아니라 눈으로 보는 것과 심안으로 보는 것이 다르지 않았기에 구분을 하지 못했던 것이다.

 그가 육안이 보인다는 걸 깨달은 건 색 때문이었다. 심안으로는 검은 바탕에 흰 윤곽 선으로만 보이던 사물의 색이 조금씩 눈에 들어왔던 것이다.

 일곱 살 이후로 잊었던 검고, 희고, 푸르고, 노란 색들의 향연이 다시금 그의 앞에 펼쳐졌다. 그 진척은 대단히 느렸다. 처음 색을 구분하게 된 후로 넉 달이 지났지만 아직도 검엽은 사물이 지닌 본래의 색을 선명하게 보지는 못하고 있었다.

 하지만 그것만으로도 검엽의 눈에 일어난 변화는 필설로 형용하기 어려운 경이였다.

그러나 검엽은 자신의 눈이 태어날 때의 기능을 발휘하기 시작한 것을 기쁘게만 받아들이지 못했다.

 왜냐하면 그의 눈이 앞을 보지 못하는 것은 선친 고천강이 대법의 완성을 가늠하는 척도의 기능을 위해 봉인했기 때문이지, 태어날 때부터 있었던 장애가 아니었기 때문이다.

 '대법은 실패했다. 부작용 또한 계속되고 있다. 성공했을 때가 아니면 이 눈은 앞을 보지 못해야 한다. 그것이 정상이니까. 대법이 성공했다면 지존신마기는 정련된 혼돈의 힘으로 내 눈을 봉인한 선친의 기운을 소멸시키고 내게 신화(神化)된 마령(魔靈)의 기운을 주었을 것이다. 하지만 그런 기미조차 보이지 않는데 왜 눈이 제 기능을 되찾아간단 말인가?'

 검엽은 가늘게 반개하고 있던 눈을 크게 떴다. 심안이 아닌 육안을 뜬 것이다. 그의 눈은 자신의 것임에도 남의 눈인 것처럼 빡빡하고 낯설어서 자꾸 평소의 눈으로 돌아가려고 했다. 하지만 검엽은 그럴수록 눈을 더 크게 떴다. 강요된 움직임에 힘이 든 탓인지 그의 눈가에 물기가 맺혔.

 본인에겐 어색한 눈이었지만 섬광처럼 빛을 발하는 크고 흑백이 뚜렷한 그의 눈은 아름답고 신비로운 빛으로 가득했다. 아득한 심연처럼 깊고 고요한 바다처럼 흔들림이 없는 눈이었다.

 심안에 보이는 흑백의 광경과 육안이 닿는 주변의 모습이 기묘하게 합일되어 검엽의 시야를 채웠다.

일부러 내공의 흐름을 차단했음에도 동굴의 울퉁불퉁한 윤곽과 다갈색의 색감은 손에 잡힐 듯 눈에 들어왔다. 아직 바위의 색은 화선지에 튀긴 먹물 한 방울이 번지듯 경계 면이 뿌옇기는 하지만 색 자체는 확연했다.

윤곽을 보는 것은 심안, 색을 보는 것은 육안이었다.

'미치겠구만⋯⋯.'

검엽은 허벅지에 팔꿈치를 대고 턱을 괴었다.

왜 이런 일이 벌어지는지 그는 이유를 알 수가 없었다. 추측이 가능한 단서는 있었다. 육안이 본래 가진 역할대로의 기능을 하기 시작한 것은 그가 상상으로 창조해 낸 세계가 현실과 근접할 만큼 정교한 형태를 갖추어갈 때쯤부터였다. 그게 넉 달 전이었다.

하지만 창조한 세계의 완성과 눈의 회복이 어떤 상관 관계를 갖는지를 알 수는 없었다. 둘을 연결해 주는 고리를 찾을 수가 없었기 때문이었다.

'이것뿐만이 아니야. 어쩌면 눈이 회복되는 것은 작은 일이다. 더 큰 문제는 내공이다.'

이상을 일으킨 두 번째 문제는 내공이었다.

그는 내공을 구환공으로 쌓았다. 구환공은 제일결인 건천진결에서부터 제구결인 일원진결까지 연환되어 일어나며 내력을 쌓는다. 그 힘은 일반적인 내공과는 달리 음양이기와 오행지기를 포괄하고 있기 때문에 힘의 균형이 탁월했다.

구환공의 아홉진결이 연환되는 것은 상생만으로 이루어지지 않는다. 상궤를 벗어날 정도로 빠른 내력의 축적은 오히려 진결들간의 충돌로 이루어진다.

그 충돌하는 힘은 강력하기 이를 데 없어서 균형을 잡아주는 일원결이 없다면 사람의 몸으로 버티지 못한다. 마차 바퀴에 깔린 물푸대 자루처럼 터져 버리는 것이다.

이 구환공에 문제가 생긴 것은 눈이 보이기 시작한 지 한 달이 지났을 때, 그러니까 석 달 전부터였다.

구환공은 아홉진결의 충돌 연환으로 내공을 쌓지만 단전의 운용은 전통적인 무리(武理)를 따랐다.

즉, 하단전의 정(精)을 기(氣)로 충만케 한 후 남은 여력이 중단전을 완성시킨다. 그리고 완성된 중단전의 기운은 상단전으로 올라가 신(神)을 키운다.

운공의 행로 또한 마찬가지였다.

허리의 대맥을 통한 후 등의 독맥을 뚫고 신체 전면의 임맥을 일기관통한 후 단전과 정수리의 백회혈을 잇는 충맥으로 흐른다. 그 후 단전으로 돌아온 기는 단전을 중심으로 방사형을 이루며 전신경락으로 퍼져 나갔다가 단전으로 돌아온다. 그 모든 과정이 한 호흡지간에 이루어지면 구환공의 아홉 진결의 속성을 가진 아홉 개의 무형의 고리, 환(環)을 얻게 된다.

일단공인 득구환(得九環)에 도달한 것이다. 득구환경일 때의 환은 동시에 아홉 개를 드러낼 수 없다. 하나하나 개별적으로 운용되며 각각의 공능만으로 이루어진 힘을 외부로 투사할 수도 없다.

이처럼 구환공은 아홉 진결의 충돌이라는 아연실색할 방법으로 내력을 쌓으면서도 무리의 기본에 충실한 순(順)을 따랐다. 그래서 구환공의 수련에는 비약이라는 것이 있을 수 없었다.

오직 긴 시간 동안 꾸준히 단계를 밟으며 수련해야만 공능을 얻을 수 있었고, 진정한 위력을 발휘할 수 있었다.

그러나 검엽은 동굴에서 수련하며 구환공에는 있을 수도 없고, 있어서도 안 되는 비약을 경험해야 했다.

득구환의 단계를 넘어서면 구환득련의 경지를 보게 된다. 이 구환득련의 경지는 구환공의 아홉 가지 기운으로 이루어진 아홉 개의 고리가 하나의 고리처럼 꼬리를 물고 연이어지는 경지를 말한다.

이 구환득련경에 도달하면 구환공은 특정한 장소나 자세에 구애됨이 없이 스스로 주천행공을 하게 될 뿐만 아니라 고리가 인위적인 힘에 의해 끊어지지 않는 한 내력이 탈진되는 일은 일어나지 않게 된다.

무림에서 흔히 절세고수들을 언급하며 말하는 써도 써도 마르지 않는 내력의 바다를 얻게 되는 것이다.

구환공의 삼 단계인 전륜구환경은 구환득련경에서 한발

더 나아가 아홉 개의 고리가 유형화되면서 일환(一環)에서 구환(九環)까지 수에 구애받지 않으며 형태를 변환시켜 사용할 수 있는 경지를 말한다. 이 유형화된 고리의 공능은 상상을 초월한다. 후일 검엽이 전륜구환공에 기반한 무공을 펼쳤을 때 전 무림은 전율했다.

각설하고, 당연히 구환득련경에 도달하는 길은 지난하다.

검엽이 산장을 벗어날 때의 수준이 네 개의 고리를 연결시키는 것에 불과했고, 외부로 드러난 환의 기운은 내력의 고리 역할 이상을 하지 못했다. 살상력도 호신지력도 없었던 것이다.

그런데 그런 구환공이 동굴의 연공 과정 중에 기이하게 변화했다.

산장을 나온 후 정남의 싸움이 있을 때까지도 검엽은 다섯 번째 고리를 완성하지 못했었다. 순양에 거처를 정한 검엽은 연공하며 구환공을 완성시키려 노력했고, 연공한 지 석 달 만에 다섯 번째 고리를 완성시켰다.

여기까지는 문제될 것이 없었다.

문제는 그다음에 생겼다.

본래 구환공의 창시자는 최후 단계인 전륜구환경의 마지막 완성을 기가 영체를 이루는 원영신(原靈身)이 구현되었을 때로 보았다.

원영신은 선도(仙道)에서 시공을 초월하여 우화등선(羽化

登仙)하는 존재라 이야기하는 전설의 경지다. 이 경지에 도달하기 위한 첫 걸음은 백회가 열려 천지의 기운과 몸 안에 쌓은 기운이 서로 통할 때 얻어진다.

무림상의 신공류 중에도 백회를 열고 천지의 기운을 받아들이는 것들이 있다. 하지만 구환공에서 말하는 천지의 기운은 내력으로 전환될 수 있는 단순한 영기(靈氣)가 아니라 천지를 이루는 근원적인 기운, 선천영기(靈氣)를 뜻하는 것이어서 그 의미의 차원이 완전히 달랐다.

그래서 구환공은 백회를 여는 것을 우선으로 하지 않는다. 수련자가 준비되어 있지 않으면 백회가 열려 영기가 들어온다 해도 선천영기가 들어오지 않기 때문이다.

검엽이 다섯 번째 고리를 완성한 후 생긴 이상이 바로 백회가 열린 것이었다. 구환공의 비결대로 수련을 한 검엽은 백회가 열릴 이유도 없었고 그럴 때도 아니었다. 검엽은 준비가 되어 있지 않았으니까.

백회가 열리며 쏟아져 들어온 기운이 선천의 영기인지 아닌지 구분할 수 있는 능력이 현재의 검엽에게는 없었다. 그러나 검엽이 얼마나 당황하는지의 여부와는 무관하게 그의 백회를 타고 들어온 기운은 검엽의 상단전에 자리를 잡았다.

지금 그 기운은 겨자씨처럼 작았다. 하지만 검엽은 알고 있었다. 그 기운이 조금씩 커져가고 있다는 것을.

두 번째 이상 증상은 그 자체로는 이상해도 검엽의 신체에 변화를 불러일으키고 있지는 않았다. 겨자씨처럼 작은 영기는 내공과 다른 기운인 듯 그가 익힌 공력과 합일되지도 않았고, 그의 의지로 움직일 수도 없었다.

마치 낯선 손님처럼 검엽의 상단전에 자리를 잡고 그저 그렇게 조용히 있을 뿐이었다.

하지만 검엽은 선천영기로 추측되는 그 기운이 상단전에 자리를 잡은 후 형산에서 느꼈던, 몸을 둘러싸고 느리게 회전하는 두텁고 어두운 기운을 더 분명하게 느낄 수 있었다.

이처럼 설명하기 어려운 일들이 두 가지나 동시에 벌어지자 검엽은 심각한 고민에 빠졌다. 예전처럼 속 편하게 마음 깊은 곳에 묻어두고 나 몰라라 하고 있기에는 벌어지는 일들이 지나치게 심상치 않았던 것이다.

'생각할 수 있는 가능성은 단 하나뿐이다. 이 모든 것이 대법의 부작용이라는 것. 하지만 실패한 대법의 부작용이 이처럼 광범위하게 일어날 수 있는 걸까? 알 수가 없구나. 운려와의 약속이 마무리되면 고모님을 한 번 뵈러 가자. 그분이라면 내가 겪는 일들이 어떤 것인지 알고 계실 수도 있다.'

그가 아는 여은향은 선친 고천강과 같은 반열에 있는 사람이었다. 그녀가 모르는 일이라면 아마도 천하의 누구도 알지 못할 것이다.

이런 상황에서도 검엽은 고향으로 돌아갈 생각을 하지 않았다. 보통 사람이었다면 아마도 벌써 봉인된 가문의 비전을 뒤져 문제의 원인을 찾아내려 했을 것이다.

그의 몸에 벌어지는 일들은 그 개인의 문제였기 때문이다.

검엽은 쓴웃음을 지었다.

'생각한 것처럼 이 모든 일이 대법의 부작용이라면 어디까지 진행될까? 급사(急死)로 마무리 지으려나…….'

부작용이란 것은 본질적으로 순(順)이 아닌 역(逆)이다. 그런 역의 진행이 몸 안에서 지속적으로 계속되면 금강불괴라도 버티지 못한다.

검엽은 손을 들어 턱을 쓸었다.

'살아 있는 모든 것은 어차피 죽지. 별로 아쉬울 거 없는 삶이 아닌가. 흐흐흐, 차라리 죽음을 두려워할 이유가 있는 삶이면 고민도 짧고 선택도 쉬웠을 것을.'

검엽은 자리에서 일어났다.

그는 의식하지 못했지만 그는 그의 선친 고천강과 아주 많이 닮아 있었다. 고천강의 고집스러움은 봉황의 그늘 아래 있던 불가일세의 인물들이 모두 혀를 내두르며 인정했던 것이었으니까.

*　　　*　　　*

곽인봉은 눈을 번뜩였다.

술병으로 보이는 병 십여 개를 어깨에 턱하니 걸친 장신의 흑의인이 털레털레 산길을 걷고 있었다.

그가 은신하고 있는 상락봉의 뒤편으로 이어지는 길은 무림인이나 길이라고 부를까 일반인이라면 길이라고 생각하지 않을 만큼 수풀로 덮여 있었다.

곽인봉 쪽으로 넓은 등을 드러낸 흑의인은 귀찮은 듯 손으로 수풀을 헤치며 느릿하게 앞으로 나아가는 중이었다.

곽인봉의 땀으로 범벅된 얼굴에 회심의 미소가 떠올랐다.

그는 장신이었고, 머리카락도 허리춤까지 내려올 정도로 길었다. 수풀을 헤치며 나아가고 있는 흑의인과 외모가 비슷한 것이다.

'허름한 옷차림에 익숙한 몸짓으로 봐서 이 길을 한두 번 다닌 놈이 아니다. 그렇다면 주변에 얼굴이 팔린 놈일 테니 저놈으로 화신한다면 호연당(浩然黨)의 어린놈들에게서 시간을 벌 수 있을 거다.'

평소의 곽인봉이었다면 이런 외지고 깊은 숲 속을 홀로 걷고 있는 흑의인을 일단 의심하고 경계했을 것이다. 하지만 그는 그렇게 하지 못했다.

무서운 자들에게 열흘이 넘도록 쫓기며 풀뿌리로 끼니를 때우고, 하루에 일각 이상 잠을 잔 적도 한 손으로 꼽을 정도인 터라 심신이 피폐해질 대로 피폐해진 상태였기 때문이다.

검엽은 눈살을 찌푸렸다.

일각 전부터 코를 찌르는 악취와 시끄러운 소음이 그의 감각을 파고들고 있었다.

'거참, 이제는 살기까지? 그냥 가라. 귀찮다.'

검엽은 혀를 찼다.

십여 장 뒤에서 전해지는 살기는 예리하지도 강하지도 않았다. 쇠한 기력이 그대로 느껴졌고, 방심까지 한 듯 흐트러져 있었다.

검엽의 탄식이 깊어졌다.

은신한 자는 살기와 기척을 숨길 생각도 하지 않은 채 그를 향해 신형을 날리고 있었던 것이다.

'죽여달라고 고사를 지내는구만.'

눈살을 찌푸린 검엽이 비좁은 오솔길에서 반보를 우측으로 움직이자 곽인봉이 작정하고 펼친 음화산수(淫花散手)의 경기는 헛되이 허공을 갈랐다.

곽인봉의 눈이 찢어질 듯 커졌다.

"어!"

놀라 어정쩡한 탄성을 토해내는 순간 그는 자신을 향해 신형을 돌려세운 검엽과 시선을 마주쳐야 했다.

눈 아래를 천으로 가린 검엽은 평소와 달리 눈을 뜨고 있었다.

보통 사람처럼 평범하게.

검엽은 아직 어색하고 **빡빡한** 느낌 때문에 보통 사람처럼 눈을 크게 뜨는 것이 부자연스럽고 힘들었지만 익숙해져야 한다는 생각에 억지로 크게 뜨려 하고 있었다. 그의 눈가에는 물기가 맺혀 있어서 모르는 사람은 검엽이 눈물을 흘리려 하는 줄 알 수도 있었다.

검엽 본인에게는 한심스럽기도 한 눈이었지만 그 눈을 마주한 곽인봉의 반응은 결코 평범하지 않았다.

"허흑!"

폐가 찢어지는 듯한 신음소리와 함께 사색이 된 곽인봉이 정신없이 뒤로 물러났다. 그의 얼굴은 공포에 젖어 있었고, 어느새 솟은 굵은 땀방울이 턱 선을 타고 흘렀다.

"너, 너… 뭐냐!"

검엽은 어이가 없어 웃지도 못했다.

뜬금없이 공격을 하더니 혼자서 별 해괴한 행동을 다 하는 자였다. 기력이 빠진 공격이었지만 현묘한 구석이 있는 무공을 보지 않았다면 미친놈이라 생각했을 것이다.

"사람이다."

시큰둥하게 대답한 검엽의 눈이 이채를 발했다.

그는 신기하다는 기색이 담긴 눈으로 곽인봉의 얼굴을 요리조리 살펴보았다.

곽인봉의 단전은 내공이 금제라도 당한 듯 단단히 뭉쳐 있었는데 그 와중에도 단전에서 흘러나온 한 가닥 기운이 곽인봉의 목 부위부터 이마까지 거미줄처럼 경락과 세맥들을 뒤덮고 있었던 것이다.

처음 봤을 때는 곽인봉의 얼굴을 덮은 기의 흐름이 어떤 역할을 하는지 이해하지 못했지만 두 번 보았을 때는 짐작이 갔고, 세 번 보았을 때는 그 효용을 이해할 수 있었다.

검엽은 흥미롭다는 눈길로 곽인봉을 응시하며 중얼거렸다.

"재미있는 무공을 익혔구만. 바쁜 것 같아서 그냥 보내주려고 했는데 그러기는 힘들겠다."

말을 마친 그의 손이 느리게 곽인봉을 향해 뻗어갔다. 곽인봉은 자신의 멱살을 잡아오는 검엽의 손을 보면서도 사색이 된 얼굴로 전신을 떨 뿐 꼼짝도 하지 못했다.

마치 뱀을 앞에 둔 개구리처럼.

곧 절정의 경지에 발을 들여놓을 거라 자신하던 곽인봉이었다. 비록 십여 일을 쫓기며 심신이 정상적인 상태가 아니라 해도 이처럼 무기력하게 남의 손에 목을 내놓을 그가 아니었다.

그럼에도 그는 아무런 저항을 하지 못했다.

곽인봉의 멱살을 간단하게 잡아채며 그의 마혈을 누른 검엽은 그를 길 한쪽 수풀 속에 숨겨 놓은 후 원래 하려던 일을 하기 위해 술단지 바위를 숨겨놓은 동굴로 향했다.

'신마기의 기운도 강해졌다. 하도 이런저런 일들이 생겨서 그럴 가능성도 있다는 예상은 했지만 이건… 예상을 너무 많이 넘어선다. 무공에 사기가 가득하긴 해도 현기가 숨어 있는 것으로 보아 꽤 강한 축에 드는 놈 같은데도 저항할 생각을

하지 못하는 듯했다. 이놈의 부작용! 아주 여러 가지로 사람 머리 아프게 하는구만. 휴우.'

동굴에 들어선 검엽은 자신을 반기는 향기로운 주향을 맡으며 취령을 찾았다.

취령은 한결같은 모습으로 그를 반겼다. 술에 취해 바위 턱에 절반쯤 걸친 모습으로.

검엽은 고개를 절레절레 흔들며 피식 웃었다.

그가 가슴에 안아 겨드랑이를 간질여서야 취령은 정신을 차렸다. 여전히 해롱거리는 초점 풀린 비취색 눈동자로 검엽을 올려다본 취령은 코를 찡긋거리며 방실방실 웃었다.

검엽은 연공하는 동굴을 나선 후로 눈을 크게 떴고, 예전처럼 가늘게 뜬 눈으로 돌아간 적이 없었다. 취령의 눈을 마주한 지금도 그는 눈을 크게 뜨고 있었다.

취령은 검엽의 눈에 매혹되었기 때문인지 아직 술이 덜 깼기 때문인지 알 수 없었지만 황홀한 표정이었다.

자신의 왼손에 엉덩이를 맡기고 해롱거리는 취령을 내려다보며 검엽은 진지한 얼굴로 말했다.

"취령아, 난 이제 여기를 떠나야 한다. 너를 데리고 가고 싶은데, 같이 갈래?"

취령은 술이 확 깨는 듯 순식간에 눈에 초점이 돌아왔다. 그리고 안타까운 눈빛으로 어깨를 늘어뜨렸다.

고개를 젓는 취령을 보며 검엽도 어깨를 늘어뜨렸다.

"너도 참 고집 세다. 말이나 할 줄 알면 왜 같이 갈 수 없는지 이유라도 알 수 있으련만."

아쉬움이 가득 묻어나는 음성이었다.

날개가 달린 것으로 알 수 있듯이 취령은 인세에 드문 영물이어서 사람의 말을 알아들을 수 있었다.

취령이 말을 알아듣는 것을 알게 된 이후 검엽은 취령을 사람 대하듯 했다. 말을 하지 못할 뿐 사람의 말을 알아듣고 생각을 할 수 있는 동물을 그저 단순한 산짐승처럼 취급할 수는 없는 일이었다.

그리고 검엽은 취령을 그와 대등한 하나의 완성체로 존중했다. 취령을 함부로 대한 적도 없고, 취령이 원치 않는 일을 하도록 강제한 적도 없었다.

검엽은 취령이 아기 곰과 흡사한 모습이라고 어린아이 취급해서는 안 된다고 믿었다. 날개가 달린 영물이다. 실제로는 이 노락산보다도 더 오랜 세월을 살아온 존재일 수도 있는 것이다.

게다가 그는 성장 과정이 독특했던 만큼 남이 자신의 의지에 반하는 것을 시켰을 때 싫어할 법한 일을 남에게 시키는 걸 극단적일 정도로 좋아하지 않았다.

검엽은 취령을 술단지 바위 턱에 올려놓았다.

"너와 나의 인연이 여기까지인 모양이다. 별 수 없지."

마음을 비운 검엽은 누구에게도 보여주지 않았던 부드러

운 미소를 지으며 검지 손가락으로 취령을 배를 슬쩍 찔렀다.

취령도 웃었다. 하지만 그 웃음에 담긴 의미는 검엽과 다른 듯했다. 취령은 인연이 다했다는 검엽의 말에 동의하지 않는 듯 작은 머리를 휘휘 내저었다.

검엽은 눈을 빛내며 물었다.

"다시 만날 수 있다는 것이냐?"

이번에는 취령이 고개를 세차게 아래위로 주억거렸다.

"하하하하, 그렇게 되었으면 좋겠구나."

취령의 어깨를 어루만진 검엽은 어깨에 걸치고 있던 술병을 내려 술을 가득 담았다.

바위 턱에 앉아 검엽을 올려다보는 취령의 눈에 슬픈 빛이 어렸다. 검엽은 빙긋 웃으며 신형을 돌렸다. 그의 눈에 더 이상 취령에 대한 미련은 남아 있지 않았다.

그는 선친 고천강이 했던 말을 기억했다.

"세상에 우연이란 없다. 이어지는 인연은 누구도 피하지 못하고, 이어지지 않는 인연은 무슨 수를 써도 맺어지지 않는다."

검엽은 그 말을 굳게 믿었다.

第九章

"술 가져오라고 보낸 놈이 사람을 잡아오네?"

동굴 입구에서 통으로 칼에 꿰어 불에 구워지고 있는 멧돼지 한 마리를 침을 꿀딱꿀떡 삼키며 지켜보던 몽완은 어리둥절한 얼굴이 되어 중얼거렸다.

"그러게요."

옆에 있던 위무양도 고개를 갸웃거렸다.

노락산 안쪽에서 모습을 드러낸 검엽의 오른쪽 어깨에 길쭉하게 걸쳐진 채 두 팔을 땅으로 늘어뜨리고 있는 것은 분명 사람이었다.

몽완 옆에 도착한 검엽은 곽인봉을 집어던지듯 땅에 내려놓았다.

겨냥이라도 한 것처럼 자신의 어깨로 떨어지는 곽인봉의 발을 취선나(醉仙拿)의 수법으로 휘어잡은 몽완은 곽인봉을 그대로 땅에 패대기쳤다.

털썩.

얼굴을 다른 곳으로 돌리고 딴청부리는 검엽을 째려본 몽완이 퉁명스럽게 물었다.

"그 자식 누구냐?"

"모릅니다."

몽완의 질문에 대한 검엽의 답은 간단명료했다.

얼굴의 반 이상을 가린 천 위로 드러난 그의 눈은 뜬 듯 감은 듯한 원래의 모습으로 돌아와 있었다. 몽완과 위무양에게 눈물 맺힌 눈을 보여줄 수는 없는 일이다. 이유를 설명하기도 난감하지만 일단 망신이 아닌가.

"잉? 왜 몰라?"

"길을 가는데 숲에서 갑자기 뛰쳐나와 저를 덮친 놈입니다. 누군지 제가 알 리가 없죠."

"덮쳐? 네가 계집으로 보였나?"

몽완은 눈 아래를 천으로 가린 검엽을 요리조리 살펴보며 말을 이었다.

"머리가 길고 피부가 희긴 해도 네 키와 절벽인 가슴, 넓은 등판을 보면 그런 착각을 하지는 않았을 텐데?"

"거참, 흰소리 좀 하지 마세요. 그 나이에 그러시고 싶으십니까? 누가 저를 여자로 보겠습니까!"

검엽이 퉁명스럽게 타박을 했다.

"내 나이가 어때서 그랴, 이놈아! 누구는 해가 바뀌어도 평생 서른아홉이라고 잘도 우기기만 하더구만."

"누가요?"

"그런 인간이 있다."

검엽의 호기심을 모처럼 자극했지만 몽완은 화제를 바꾸었다.

"덮친 건 덮친 거고 왜 데려왔어? 그것도 산 채로?"

"죽였으면 성에 차실 거처럼 말씀하시네요."

죽였으면 어떤 일이 벌어질지 알 수 없다. 정남의 싸움 이후 검엽은 가능한 살수를 쓰지 않기로 마음먹은 상태였다.

"말하는 거 보게. 내가 인간 백정이냐! 무공을 익힌 놈이 덮쳤으면 살의가 있었을 텐데 이놈이 너무 온전하니까 그렇지. 팔다리 하나 부러진 곳도 없고."

진짜 호기심이 동한 어투였다.

장난스럽게 받아주는 것도 어느 정도다. 몽완의 나이는 검엽의 네 배를 넘는다.

"알아볼 게 있어서요."

"무얼 말인가?"

이번에 질문한 사람은 위무양이었다.

그의 반짝이는 눈은 그의 호기심이 몽완의 것보다 결코 약하지 않다는 것을 말해주고 있었다.

그의 질문이 쉴 틈 없이 이어졌다.

"이자가 왜 자네를 공격한 것인지? 정체가 무엇인지? 이곳에는 무슨 일로 왔는지? 이런 걸 알아보려 하는 건가? 그런 거라면 이놈을 깨워서 내가 알아볼 수도 있네. 그런 쪽으로는 나도 꽤 솜씨가 있거든."

"그런 건 궁금하지 않습니다."

검엽의 심드렁한 대답에 위무양은 머쓱한 얼굴이 되었다.

'저 자식은 만날 사람을 민망하게 만들어. 강호에 나가서 빌어먹다 뒤로 자빠져서 코나 깨져라'

가져온 술병을 몽완에게 건넨 검엽이 곽인봉의 옆에 앉았다.

"이 사람의 정체가 뭔지는 모르겠지만 재미있는 무공을 익히고 있더군요."

"뭔데?"

몽완이 술병의 입구에 박혀 있는 나무 마개를 꺼내며 물었다.

"역용술의 일종으로 생각되는데, 면구나 약품을 사용하지 않고 내공을 이용한 역용술입니다."

술병 하나를 위무양에게 건네주려던 몽완의 손이 허공에서 딱 멈췄다. 그는 놀람이 완연한 기색으로 쓰러진 자의 얼굴을 살폈다. 눈길이 무척이나 바빴다.

 곽인봉의 외모는 여자들이 보면 한눈에 반할 만큼 수려했다. 이목구비가 뚜렷했고, 형태는 곱상하면서도 선은 굵어서 남성적인 매력과 여성적인 매력이 어우러져 절묘한 분위기를 풍겼다.

 남자의 외모를 중시하는 여자라면 아마도 곽인봉을 보는 순간 정신을 차리지 못할 것이다.

 곽인봉의 얼굴에서 자연스럽지 못한 구석을 발견한 듯 손으로 한참 그의 얼굴을 매만지던 몽완이 손을 떼고는 앉은 채로 곽인봉의 허리를 부러져라 걷어찼다.

 "변체환용공(變體換容功)! 이 호래자식은 그 개잡종 놈의 제자로구먼. 며칠 전부터 정무총련의 호연당이 이 호래자식의 뒤를 쫓고 있다고 해서 어디 처박혀 벌벌 떨고 있겠구나 했더니 어느새 여기까지 와 있었구먼. 이놈도 제 사부인 개잡종 놈을 닮아서 숨고 도망치는 데는 천하절세의 고수인 모양이다."

 짜증이 잔뜩 서린 몽완의 말에 위무양이 눈을 크게 떴다.

 "그럼 이자가 채화랑군 곽인봉이란 말씀입니까?"

 위무양의 풍파만리란 별호는 견식이 일천한 자라면 얻고자 해도 얻을 수 없는 종류의 것에 속한다. 풍파를 일으키려면(?) 일단 끼어들어야 한다. 그러려면 아는 것이 남보다 많아야 한다. 아는 게 있어야 끼어들 것이 아닌가.

강호는 녹록하지 않다. 아무것도 모르면서 끼어들어 풍파를 만리에 걸쳐 일어나게 했다면 위무양은 강호에 발을 딛었던 그날 시체가 되었을 것이다.

"그렇지 않으면 친하에 누가 있어 양위주 그 개잡종 놈의 변체환용공을 익히고 있겠나."

몽완의 눈이 검엽을 향했다.

"떠나기 전에 네가 한 건 크게 했구나. 총련의 아이들이 좋아하겠다. 이놈 추적한다고 꽤나 고생 중이라고 들었거든."

몽완과 위무양의 말을 들은 검엽이 입맛을 다셨다.

그는 채화랑군 곽인봉이라는 이름을 들어본 적은 없었다. 강호의 인물에 대한 검엽의 지식은 와호당의 다섯 노인에게 들은 것이 거의 전부다. 그리고 와호당의 다섯 노인이 입에 올리기에는 곽인봉의 격이 너무 낮았다.

그들에게 들은 것 이상을 알려고 한 적이 없는 검엽이 곽인봉의 이름을 알 리는 만무했다.

하지만 백면음마 양위주는 달랐다.

할 일 없는 와호당의 노인들은 가끔 심심파적으로 천하에 가장 먼저 쳐죽여야 할 자의 순위를 매기곤 했는데, 그때 의당 제일순위에 있어야 한다고 거품을 물며 언급하던 자의 이름이 백면음마 양위주였기 때문이다.

'살 가치가 없는 놈이었구만.'

눈살을 찌푸린 검엽은 속으로 중얼거렸다.

이제는 재로 화해 사라졌지만 그의 가문의 대전 중앙에 걸려 있던 편액에는 '부약제강(扶弱制强)'이라는 글귀가 쓰여 있었다. 약한 자를 돕고, 힘을 믿고 횡포를 부리는 강자를 제압한다는 뜻이다.

 강간을 업으로 삼는 자를 검엽이 어떻게 생각할지는 두 말이 필요없었다.

 검엽이 몽완에게 물었다.

 "호연당이 뭔데 이자를 쫓는단 말씀입니까?"

 "정무총련에서 일 년쯤 전에 만든 건데 각 문파와 세가의 후기지수들이 소속된 곳이야. 인원은 삼백 명 정도이고, 만들어진 이후에 장강 이북에서 활동하는 사마외도의 무리들을 제거하고 있지."

 몽완의 일사천리로 이어지는 대답을 들은 위무양이 고개를 갸웃했다. 그는 호기심과 의혹이 뒤섞인 눈으로 몽완을 보며 물었다.

 "호연당이 이자를 추적한다고요?"

 "그렇다니까."

 "이자를 잡으면 양위주가 나설 게 뻔한 일이잖습니까? 호연당에 소속된 후기지수들의 무공이 약하지 않다는 건 알지만 그들만으로 양위주를 상대하면 희생이 엄청나게 커질 텐데……."

 "총련 수뇌부라고 그걸 모를까. 호연당의 뒤를 백호당이 받쳐 주고 있다고 하더라. 전면에 나서지는 않고 있지만 양위주의 흔적이 보인다면 그들도 모습을 드러내겠지."

그제야 상황을 납득한 위무양이 고개를 끄덕였다.

그들이 대화를 나눌 때 검엽은 곽인봉의 마혈을 풀어주고 있었다. 그가 곽인봉을 데리고 온 것은 이유가 있어서였다. 그리고 몽완과 위무양이 어떻게 생각하든 그와는 상관없는 일이다.

마혈을 점멸당했지만 정신은 멀쩡했기에 벌어지는 일들을 모두 보고 들은 곽인봉은 사색이 되어 있었다.

그를 단 일 초로 제압한 귀신같은 흑의인이 가장 무서웠지만 그가 존대를 하는 노인과 장년인의 눈빛도 범상치 않았던 것이다.

쪼그리고 앉은 곽인봉을 가늘게 뜬 눈으로 응시하던 검엽이 말했다.

"변체환용공인가 하는 그거 한번 펼쳐 봐."

"예?"

곽인봉뿐만 아니라 몽완과 위무양도 어리둥절한 기색이었다. 검엽의 재능을 알 리 없는 그들이다. 검엽이 무슨 생각을 하고 있는지 짐작할 리가 만무했다.

"펼쳐 보라고."

곽인봉은 바짝 긴장한 눈으로 검엽을 힐끔거렸다. 변체환용공을 펼치는 거야 어려운 일이 아니다. 하지만 이유를 모른

채 강요당하자 왠지 섬뜩할 정도로 꺼림칙했다.

곽인봉의 머리가 바쁘게 돌아갔다.

흑의인 일행이 나눈 대화의 내용으로 봐서 저들은 정무총련과 깊은 사이로 보이지는 않았다. 그리고 거지 노인이 그를 호연당에 넘기라고 했지만 흑의인은 가타부타 대답이 없었다.

희망의 끈을 발견한 곽인봉의 얼굴에 화색이 돌았다.

"펼치는 건 어렵지 않은 일인데요. 대협께서 저에게 변체환용공을 펼치라고 하는 건 그것을 볼 필요가 있기 때문이지요? 그럼 뭔가 저한테도 대가가 있어야 하지 않을까요?"

검엽은 쓰게 웃었다.

다짜고짜 등 뒤에서 기습한 놈이 이제는 대가를 논한다. 어이없는 일이었다. 하지만 검엽은 곽인봉과 오래 말을 섞고 싶은 생각이 조금도 없었다.

"시키는 대로 하면 몸 성하게 호연당에 넘겨주마."

검엽의 음성에서 감정은 읽히지 않았다. 그것이 더 섬뜩하게 느껴진 곽인봉은 주눅이 잔뜩 든 어투로 물었다.

"시키는 대로 하지 않으면요?"

"어깨 위에 달려 있는 것만 잘라서 호연당에 넘기겠다."

곽인봉의 얼굴빛이 허옇게 떴다.

그의 뇌리에 자신을 사로잡을 때 보았던 흑의인의 눈이 떠올랐다. 보자마자 전신의 맥이 탁 풀리고 기력이 쭉 빠져나가

게 만들던 눈. 그 눈을 떠올리는 것만으로 그의 마음은 공포로 가득 찼다.

곽인봉이 공포에 질린 기색으로 전신을 사시나무 떨듯 떠는 것을 본 몽완과 위무양은 어리둥절한 얼굴로 눈을 크게 떴다.

곽인봉의 나이는 사십대 초반이었고, 십수 년간 강호에서 칼밥을 먹어 온 자였다.

무림인 중 그에게 호감을 가진 자는 손에 꼽을 정도로 적었고, 보는 순간 목을 자르고 싶어하는 자는 그를 아는 사람의 거의 전부라 할 수 있을 정도로 많았다.

주변이 온통 적으로 둘러싸이다시피 한 강호에서 험하게 살아온 자가 검엽과 같은 후생소배 앞에서 마치 고양이를 만난 쥐처럼 떨고 있는 게 이해가 되지 않은 것이다.

몽완이 물었다.

"너 쟤한테 약 같은 거 먹었냐?"

"그런 거 안 먹였습니다."

고개도 돌리지 않은 채 시큰둥하게 대답한 검엽은 다시 한번 곽인봉에게 말했다.

"머리를 보존할 수 있는 마지막 기회야. 펼쳐 봐."

저항을 포기한 곽인봉이 숨을 몇 번 들이쉬자 그의 얼굴이 미묘하게 변해갔다.

눈썹이 좀 더 가늘어지고 짙어지더니 콧날의 중간 부분이 꺾이며 매부리코가 되었다. 눈도 양 옆으로 쭉 찢어지고, 입이 두텁고 옆으로 길어졌으며 광대뼈도 툭하고 돌출되었다.

미남이 한순간에 추남이 된 것이다.

"볼수록 신기하네. 다시!"

검엽이 빙긋 웃으며 말했다.

곽인봉은 검엽 일행이 지켜보는 가운데 변체환용공을 다섯 번 시행해야 했다. 여섯 번째 시행하려 할 때 검엽이 곽인봉을 제지했다.

"그만, 더 볼 거 없겠다."

검엽은 곽인봉의 마혈을 누른 후 그를 들어다 연공 동굴 안에 던져 놓고 제자리로 돌아왔다.

"저놈을 호연당인가 하는 곳에 넘겨주는 건 어르신네가 하십시오."

"귀찮은 거 전부 나 시킬 생각이냐?"

"생색내실 기회를 드리는 겁니다."

투덜거리는 몽완이나 말을 받는 검엽이나 서로의 마음을 어렵지 않게 읽을 수 있었다. 곽인봉은 곧 그들의 뇌리에서 지워졌다.

몽완이 술병을 검엽과 위무양에게 하나씩 건네주었다. 이곳에 도착한 날 저녁 몽완의 닦달을 견디지 못한 검엽이 꺼내 온 술맛을 본 적이 있는 위무양은 희희낙락하며 술병을 받았고, 검엽은 떨떠름한 표정으로 술병을 받았다.

"떠나는 마당이다. 한 잔 정도는 괜찮아. 영웅호걸은 본래 두주불사에 호색가들이야, 이놈아."

서운한 기색이 역력한 말투였다. 왜 그렇지 않을까. 몽완은 평생 동안 이처럼 자신과 죽이 잘 맞는 젊은이를 만난 적이 없었다. 게다가 술도 끝내주게 잘 담그지 않는가.

"영웅호걸이 되고 싶은 생각도 그런 말 듣고 싶은 생각도 없습니다, 어르신."

술병을 한 손에 쥔 검엽은 마실까 말까 고민하는 표정으로 술병을 만지작거렸다.

그는 술을 좋아하지 않았다. 술뿐만 아니라 정신을 흐리게 만드는 것이라면 전부 좋아하지 않았다.

무공을 익힌 자들 가운데 술을 싫어하는 자는 중밖에 없다는 지론을 가진 몽완이 검엽을 이해하는 건 불가능에 가까웠다.

"어휴, 내가 벽창호하고 말을 하고 말지."

몽완이 장난스럽게 가슴을 두드리며 한탄했다.

그새 한 모금 마신 위무양이 두 사람의 대화를 들으며 히죽 웃었다. 그가 물었다.

"고 소협은 무맹으로 갈 건가?"

"그래야죠."

"무맹에 금송아지라도 숨겨놓았나? 자네 신색을 보면 그다지 내켜하지 않는 거 같고, 딱히 무맹에 매인 몸 같지도 않은

데 부득불 돌아가려 하는 게 이상하네만."

"돌아가야만 하는 이유가 있습니다."

위무양은 더 이상 묻지 않았다. 검엽의 어투는 덤덤했다. 하지만 찔러도 피 한 방울 나오지 않을 만큼 단단해서 이유를 물어보아도 돌아올 대답이 없을 거란 걸 깨달은 것이다.

몽완이 혀를 차며 말문을 열었다.

"쯧쯧, 동굴 안에 처박혀 코빼기도 비추지 않을 때 네놈 고집 센 건 알아봤다."

꿀꺽꿀꺽.

술병을 목에 꽂고 시원하게 들이킨 몽완이 소맷자락으로 입술을 훔치며 말했다.

"네놈 얼굴 본 지도 육 개월이 넘는다. 구렁이 뱃속 같은 네놈 속을 내가 전부 알 리야 있겠냐마는, 한 가지는 확신할 수 있다. 넌 싸우는 걸 별로 좋아하지 않아. 하지만 무맹에 돌아가면 싸움을 피할 수 없을 거나. 일고는 있는 거냐?"

검엽의 눈가에 그늘이 졌다.

"알죠."

"뭐, 알면서 간다니까 말리지는 않으마. 말린다고 들을 놈도 아니지만. 한 가지 당부하고 싶은 게 있는데 들을려? 싫으면 말고."

검엽의 눈가에 드리워졌던 어딘가 심란해 보이던 기색이 사라졌다.

"훗, 말씀하십시오."

몽완의 풀어졌던 얼굴이 진중해졌다. 촌로 같기도 하고 죽을 날을 코앞에 둔 상거지 같던 그의 기세가 변했다.

오 척 단구의 왜소한 그의 체구에서 흘러나오는 기세는 엄중하기 이를 데 없어서 위무양은 자신도 모르는 사이 자세를 바로 해야 했다. 물론 검엽은 해당 사항 없었고.

몽완은 무거운 눈빛으로 검엽을 보며 입술을 뗐다.

"사람들은 당대 무림을 수백 년 래에 드문 전성기라고 말한다. 틀린 말은 아니지. 구주삼패세의 주인들인 천공삼좌는 백 년 래 적수를 찾을 수 없는 절대고수들이고, 삼패세의 휘하에는 절정고수가 발에 채일 정도로 많으니까. 하지만 현재의 무림이 뿌리부터 썩어가고 있다는 걸 아는 사람은 드물지. 아는 사람은 입도 뻥긋하지 않고 있고."

검엽은 말없이 귀를 기울였다. 관심없는 무림에 대한 얘기였지만 몽완은 진지했다.

검엽과 달리 위무양은 몽완의 이야기가 이어지면서 착잡한 얼굴이 되어갔다. 술병을 기울이는 그의 손길은 우울해 보였다.

"천공삼좌를 중심으로 구축된 구주삼패세의 저력은 너무나 강력하다. 각기 정도와 흑도, 그리고 정사중간을 표방하는 그들의 힘은 초기부터 강력했지만 성립 후 삼십여 년이 흐른 지금은 무림에 존재하는 어떤 문파도 혼자서는 절대로 상대할 수 없을 정도로 막강해졌다."

꿀꺽.

"삼패세가 정족지세를 이루면서 무림은 평화를 얻었다. 자잘한 분쟁이야 늘 있어도 무림 전체를 휩쓰는 혈풍 같은 건 그야말로 골방 노인들이 손자들에게 들려주는 이야기 속에나 있게 되었지. 사람들은 이 평화로운 시기가 구주삼패세의 덕분이라며 그들을 칭송한다. 나 또한 그들이 무림의 평화에 공헌한 부분이 있다는 것을 부인하지 않는다. 하지만 천하의 모든 일에는, 동전에 양면이 있듯이 눈에 보이는 앞면이 있으면 눈에 보이지 않는 뒷면도 있는 법이지."

검엽의 얼굴에 흥미로워하는 기색이 떠올랐다. 그는 불과 일 년 전에 몽완이 하는 얘기와 비슷한 얘기를 들었던 적이 있었다.

"차라리 독보적인 하나의 세력이 나머지 둘을 압도했다면 무림의 상황은 지금보다 더 나았을 것이다. 두 세력은 독보적인 세력을 견제하거나 압도하기 위해 문호를 개방하고 힘을 키웠을 테니까. 하나, 헛된 바람일 뿐이다. 현실은 다르거든. 세 개의 세력이 지닌 힘이 우열을 가리기 어려운 상태로 수십 년간 지속되면서 삼패세의 영향을 벗어난 사람이나 세력은 무림에 발을 들여놓을 수조차 없을 정도로 현재의 무림은 폐쇄적으로 변했다. 다른 세력에 힘을 보태줄 수 있는 역량을 가진 개인이나 세력은 싹이 올라오기도 전에 제거되는 무림이 된 거지. 삼패세에 속하지 않은 개인이나 세력은 온전히 중립을 지켜야만 하게 되었다. 그렇지 않으면 제거될 수밖에 없으니까. 삼패세는 밖으로는 자신들 이외의 강력한 힘을 제거하는 한편으로 내부적으로는 공고한 신분의 질서를 완성했다. 아무리 능력있는 자라도 삼패세의 핵심을 이루는 상부로 진입하려면 수뇌부를 장악하고 있는 자들이 허락해야만 가능하다. 외부인으로 삼패세의 의사 결정권을 가진 자들과 어깨를 나란히 할 수 있는 자리에 오르려면 최소한 그들과 혼인으로 관계를 맺거나 그 문파에 소속되어야만 하는 거지. 그렇지 않으면 하늘을 뒤집는 재능이 있어도 삼패세의 상층부로 진입하는 건 불가능하다. 삼패세 외부에서 뜻을 세우고 자신과 꿈을 함께하는 자들을 모아 세력을 이루는 건 더 불가능하다. 그런 세력에 대한 삼패세의 대응은 가혹하게 이를 데 없고⋯ 외부의 적을 말살할 때는 삼패세가 암중으로 손을 잡은 게 아닌가 하는 생각이 들 정도로 일사불란한 모습을 보여주곤 한다. 그렇게 누구도 감히 저들의 아성을 건드리지 못한 채 흐른 세월이 삼십여 년이다."

꿀꺽.

술병의 목을 잡아채 들이켜는 몽완의 손길이 거칠었다.

"삼패세의 수뇌부는 겉으로 속내를 드러내지 않는다. 그들은 자유로운 경쟁을 보장하고 언제나 능력있는 자의 영입을 환영하는 모습을 보여준다. 하지만 자세히 들여다보면 그건 요식행위일 뿐이야. 그렇게 수뇌부로 들어간 자들은 사전에 그들과 깊은 연을 맺은 자들이고, 그렇지 않은 자들은 세인들이 그들을 잊을 무렵 흔적도 없이 사라져 갔다. 삼패세의 정립은 무림에 평화를 가져다주었지만 그 평화는 그들만의 평화다. 진정한 의미에서의 경쟁도, 기꺼이 협의를 위해 목숨을 걸던 열정도, 무의 완성을 꿈꾸던 이상도 사라졌다."

몽완의 눈빛이 무서울 정도로 강렬해졌다.

"무림은 본래 무(武)로써 협(俠)을 행하며 도(道)를 꿈꾼 사람들이 만든 세상 속의 또 다른 세상이다. 생사의 간극에서 평화를 얻을 수는 있을지언정 인위적으로 주어진 평화를 향유하기만 하는 자는 이미 무인(武人)이라 불릴 수 없는 것이다. 칼끝을 밟고 살지 않는 자가 어찌 무의 끝을 꿈꿀 수 있으랴. 당대의 무림은 자신의 한계를 인정하는 자와 현재의 위치에 안주하는 자로 넘쳐 나고 있다. 고난을 즐기며 인간의 한계를 넘어서려는 노력과 끊임없는 도전이 전제되었을 때라야 무(武)는 상승의 길을 보여준다. 삼패세는 사람들의 마음에서 무인(武人)의 근본을 지우고 있어. 그들은 사람들을 자신들이 만든 세상 속에서 다른 생각을 품지 않기를 바라고, 또 그렇게 만들고 있다."

몽완은 이를 갈고 있었다.

"진정한 무도(武道)를 추구하는 자들은 세상을 버리고 숨어버렸어. 삼패세는 무림을 무림이 아닌 것으로 만들고 있는 자들이다!"

 검엽은 몽완의 진한 안타까움과 분노가 느껴져서 가슴이 답답해졌다. 몽완이 개방의 장로 자리를 버리고 퇴락한 관제묘에 숨어 살고 있는 이유를 알게 되었기 때문에 더 그랬다.

 관심은 없어도 그는 무맹을 직접 겪어본 사람이다. 무맹의 힘이 어느 정도인지 너무 잘 아는 것이다. 그리고 천하에는 무맹에 버금가는 세력이 둘이나 더 있다.

 검엽은 내심 고개를 저었다.

 '이놈이나 저놈이나 묘한 구석이 있긴 했었지……. 구주삼패세… 천공삼좌… 속에 무슨 꿍꿍이를 품고 있는지 조금 궁금해지는구만. 이들의 세력 구도에도 묘한 구석이 있어.. 마치 누군가 인위적으로 판을 짠 듯한 느낌이 난다. 그것이 가능할 거 같지는 않지만. 뭐, 어떻게 돌아가든 나와는 상관없는 일이다. 쩝.'

 그는 혀를 찼다.

 그가 맞장구를 쳐줄 수 있는 일이 아니었다. 그는 전대의 중원무림이 어떠했는지 그리고 당대의 중원무림이 어떠한지에 대해 아는 것이 거의 없었고, 관심은 아예 없었다. 그는 자신을 무림인이라고 생각한 적이 없는 사람이다.

 설령 자신을 무림인이라고 생각했다 하더라도 중원무림에 대한 그의 관심은 크지 않았을 것이다.

 그는 중원인이 아니기 때문이다.

그는 중원에 살고 있는 사람들이 장성이북이라 부르는 세외의 지역에서 태어났고, 그곳에 살고 있는 사람들의 피를 이은 사람이었다. 운려라는 끈이 없었다면 중원무림에 이렇게까지 발을 들여놓을 일도 없었을 것이다.

침묵이 흘렀다.

몽완은 자신이 지나치게 흥분했다는 것을 자각했는지 멋쩍어하며 연신 술을 들이켰다.

힐끔 검엽을 본 몽완이 흐흐거리며 웃었다.

"미안하다, 이놈아. 술기운 탓이야. 술이 너무 독하잖냐. 어쨌든 네놈은 그렇게 생각하지 않을지라도 거대한 세력 속에 몸을 담고 있다는 것만으로도 네 의지와 무관하게 이용당할 수 있다. 머리가 나쁘지는 않은 것 같으니 믿기는 한다마는 내가 한 말 잊지 마라."

몽완의 진정이 그대로 가슴으로 전해져 왔다. 만지작거리던 술병을 들어 한 모금 들이켠 검엽이 소리없이 웃었다.

"오래 머물지 않을 거라 그런 일이 있으리라고는 생각하지 않습니다. 하지만, 만약 저를 마음대로 휘두르려는 자가 있다면 꽤 많은 값을 치러야 할 겁니다."

몽완과 위무양은 순간적으로 움찔했다. 정체를 알 수 없는 섬뜩한 무엇인가가 그들의 목을 베고 지나가는 기분이 들었던 것이다. 착각이었지만 지나칠 정도로 생생한 감각이어서 몽완과 위무양은 손을 들어 목을 매만져야만 했다.

목이 이상없다는 것을 확인한 위무양이 물었다.

"뭐 좀 물어봐도 되겠나?"

곧 헤어질 사람이다. 검엽은 고개를 끄덕였다.

"내가 이곳에 온 지 사흘이나 되었는데 왜 자네는 막간산에서 내가 무맹에 쫓긴 이유를 물어보지 않나?"

"물어봐야 되는 거였습니까?"

위무양은 헛기침을 해야 했다.

"꼭 그런 건 아니지만… 그래도 궁금하지 않은가?"

"궁금하지 않습니다."

호기심 대마왕 소리를 들을 정도로 궁금증을 참지 못하는 위무양이 검엽의 정신세계를 이해하는 건 무리였다. 그는 내심 두 손 두 발 다 들었다고 구시렁거리며 말했다.

"그래도 나는 말해주고 싶네. 자네는 무맹으로 돌아간다고 하지 않았는가? 나를 추적하도록 했던 자는 금백단을 움직일 수 있는 무맹의 요인이었네. 막간산에서 금백단이 나를 놓친 건 어떻게 보면 자네 때문이라고 할 수 있는데, 나를 추적하도록 지시했던 자가 자네에게 좋지 않은 마음을 품고 있을 수도 있거든."

혀를 내밀어 입술을 적신 위무양이 말을 이었다.

"내가 금백단의 추적을 받은 것은 무맹의 내원 뒤편 건물에서 내가 물건을 하나 훔쳤기 때문이라네."

위무양의 뺨에 엷은 홍조가 떠올랐다. 홍조는 술기운 때문만은 아닌 듯했다.

'속곳을 훔쳤다고는 절대로 말할 수 없지.'

그가 말을 이었다.

"내가 훔친 것은 여인의 물건이었다네. 그 물건은 크게 중요하지 않은 것이었는데도 무맹은 금백단을 동원해 나를 추적했지. 여인은 아무리 많게 봐도 삼십이 되어 보이지 않았으니 그녀의 지시는 아니었을 거라고 생각하네. 그녀의 부탁을 받은 누군가가 금백단에 지시를 내린 거지. 어쨌든 여인의 영향력이 무맹 내에서 작지 않다는 건 분명하네. 후일 무맹 내에서 호접 문양의 귀걸이를 한 여인을 보게 되면 주의하게나."

한 귀로 듣고 흘리는 기색이던 검엽이 생각난 듯 위무양에게 물었다.

"그거 청부받고 한 일이었죠?"

"……!"

위무양의 얼굴에 놀란 빛이 떠올랐다.

"어떻게 알았나?"

"그냥요."

심드렁한 어투로 대답한 검엽은 입맛을 다셨다. 범상치 않은 기도를 흘리던 은의청년이 떠올랐던 것이다.

고개를 갸웃하며 검엽을 바라보던 위무양이 말했다.

"마지막으로 하나만 더 묻고 싶네. 무맹에 오래 머물지 않을 거라고 했는데, 사실인가?"
"예."
"그럼 무맹을 떠날 거라는 말인가?"
"그렇습니다."
"그래?"
위무양의 눈이 장난감을 발견한 아이처럼 반짝였다.
"얼마나 머물 건가?"
"길어도 일 년 반을 넘지 않을 겁니다."
"그럼 그 후에 우리 집에 한번 놀러 오게나."
검엽은 위무양의 기대에 찬 얼굴을 가차없이 외면했다.
'내가 미쳤수?'
"바빠서 그럴 시간이 없을 겁니다. 기대하지 마십시오."
"흐흐흐, 천하가 넓다 하나 인연이 있는 자라면 하루에도 세 번을 만날 수 있다네. 자네를 다시 만나는 날을 기대하며 기다리고 있겠네."
몽완이 희한하다는 눈으로 위무양을 보았다.
"자네 알고 보니 특이한 구석이 있네. 왜 그렇게 저 녀석과 함께 있고 싶어해?"
"고 소협과 함께 있으면 재미있는 일이 많이 있을 거 같아서요."
거침없는 위무양의 대답에 몽완은 어처구니없다는 듯 고개를 휘휘 저었다.

"별일이네그랴."

검엽은 자리에서 일어났다.

헤어져야 할 시간이었다.

그는 빈손이었다.

이곳에 올 때도 빈손이었다.

몽완이 서운한 얼굴로 따라 일어섰다. 검엽이 갑자기 생각난 듯 몽완에게 말했다.

"보는 시각이 조금 다르고 깊이도 다르지만 어르신과 엇비슷한 생각을 가진 친구가 있습니다."

몽완의 눈이 조금 전 위무양의 눈만큼이나 반짝였다.

"잉? 어디에?"

"무맹에요. 그 친구는 어르신이 말씀하신 대로의 무림을 다르게 바꾸고 싶어합니다. 삼패세가 등장하기 전의 거칠고 분방하지만 자유로웠다던 무림으로요. 능력도 있는 친구라 아마도 가능할 겁니다. 시간이 많이 걸리겠지만요. 흐흐흐."

"누군가? 보고 싶구먼. 기회가 되면 소개시켜 주게."

"생긴 거 하고는 좀 다르게 깔끔한 걸 좋아하는 친구라, 그 친구는 어르신을 보고 싶어하지 않을 거 같습니다."

몽완이 자신의 아래위를 훑어보았다.

"이 정도면 개방의 거지로서 품위가 넘치는 거야. 꼭 소개시켜 줘야 하네. 알았지?"

떼쓰는 폼이 완전 어린애다.

검엽은 풀썩 웃었다.

"말은 해보죠."

"친구라고 했지?"

"예."

"도울 생각이 없어 보이는데, 친구 맞는 거야?"

갈 길이 다르다고 하는 마당에 더 할 말이 있을 리 없었다. 사람마다 살아가는 방식은 다르다고, 친구라 해도 그 일을 반드시 도와주어야 한다는 법은 없는 것이다.

몽완은 입을 다물었다.

검엽도 마지막 대답 이후로 입을 열지 않았다. 사방은 풀벌레 소리도 들릴 만큼 조용해졌다.

서운한 얼굴로 검엽을 물끄러미 바라보던 몽완이 주섬주섬 허리춤을 뒤적이더니 나무로 만든 손가락 두 마디 크기의 대나무 조각을 꺼내어 검엽에게 내밀었다.

푸른빛이 은은하게 흐르는 대나무 조각은 거지의 허리춤에 들어 있기에는 지나치게 귀물이었다.

"뭡니까?"

"개방의 친구임을 증명할 수 있는 물건이다. 정무총련의 영역에서 그것을 보이면 곤란을 당할 일이 없을 것이다. 무맹이나 군림성의 영역에서 그것을 내보이면 반대의 일이 벌어질 것이고."

필요하다는 생각은 들지 않았지만 받지 않는다면 몽완의 서운함이 깊어질 게 뻔했다.

"고맙습니다."

검엽은 몽완과 위무양에게 포권으로 인사를 한 후 망설임 없이 등을 돌렸다.

인연에 연연하지 않는 그다. 세 걸음을 걷기도 전에 그의 뇌리에서 몽완과 위무양의 모습은 사라졌다.

그리고 그 자리를 다른 사람의 모습이 채웠다.

그는 검엽에게 몽완이 했던 얘기와 흡사한 내용의 얘기를 했던 사람이었고, 검엽이 세상에서 보고 싶다는 생각을 하는 유일한 사람이기도 했다.

'한마디 전언도 남기지 않고 떠났으니 머리에 뿔이 단단히 났을 거야. 다리를 부러뜨리겠다고 덤벼들지도 몰라. 쩝, 큰 일이구만.'

그 사람은,

물론 운려였다.

* * *

처얼썩, 처얼썩.

절벽에 부딪친 파도가 흰 포말을 남기며 부서졌다. 낮게 날던 갈매기들이 부서지는 파도에 놀라기라도 한 듯 수직으로 솟아올랐다.

깊은 바다를 연상시키는 남빛 무복을 입고 등에 삼 척 장검을 멘 헌원미림은 절벽의 끝을 향해 걸어갔다.

절벽의 끝에는 두 여인이 파도를 바라보며 낮은 목소리로 이야기를 나누고 있었다. 그녀들의 다섯 걸음 뒤에 도착한 헌원미림이 깊이 읍을 했다.

"출관하였습니다, 사부님."

헌원미림의 기척을 익히 알고 있었던 듯 돌아서는 여인들의 얼굴에 놀란 빛은 보이지 않았다.

오른쪽에 서 있는 여인은 헌원미림과 함께 대륙무맹을 방문했던 정현 사태였고, 왼쪽의 여인은 온화한 기품이 전신에 흐르는 사십대 후반의 여승이었다.

그녀는 당대의 청조각을 이끄는 당주이자 무림 중의 초절정고수라 일컬어지는 창천육기(蒼天六奇)의 일원인 혜인 사태였다. 이미 세수 팔십을 넘은 지 오래라 알려진 그녀였지만 겉으로는 사십대로밖에 보이지 않았다.

그녀는 맑은 눈으로 헌원미림의 인사를 받았다.

"네 신색이 폐관에 들어갈 때보다 훨씬 나아졌구나. 망아검의 심득을 얻은 것이더냐?"

"티끌 같은 자락을 보았을 뿐입니다. 아직 갈 길이 너무나 멉니다, 사부님."

"선재… 선재… 과공(過恭)은 비례(非禮)이니라. 네 나이에

망아의 흔적을 보았음은 유례가 드문 성취다. 고생하였구나."

헌원미림은 말없이 고개를 숙였다.

반년의 폐관이 끝나는 날이었다. 나오자마자 혜인 사태의 부름을 받은 그녀는 내심 의아해하고 있었다. 혜인 사태가 부른 장소가 평소와 달랐기 때문이다.

그녀들이 있는 이 절벽의 이름은 단정애(斷情涯)로, 청조각의 뒤편에서도 가장 끝에 있는데다가 오는 길이 칼날 같은 바위로 이루어져 있어서 경공을 수련하는 사람이라면 모를까 일부러는 아무도 오지 않는 곳이었다.

손짓으로 헌원미림을 옆으로 부른 혜인 사태는 등을 돌려 바다에 시선을 주었다. 옆에서 헌원미림과 눈인사를 하였을 뿐 침묵을 유지하던 정현 사태와 헌원미림은 혜인 사태의 상념을 방해하지 않기 위해 입을 다물고 바다를 보았다.

짧은 침묵이 흐른 후 혜인 사태가 품 안에서 황지로 된 봉투를 꺼내어 헌원미림에게 건네주었다. 그녀는 공손히 봉투를 받아 품에 넣는 헌원미림의 흰 이마를 보며 말문을 열었다.

"서신은 청조각을 떠나서 보도록 해라."

늘 청정하기만 하던 혜인 사태의 음성은 무거웠다.

"고검엽이라는 소협과 함께 정남에 다녀왔기에 네게 이 일을 맡기려 한다. 네가 그 아이를 동료라 여겼던 때가 있었음을 알지만 이 일을 행함에 있어 결코 감정에 좌우되어서는 아니 된다."

영문을 알 수 없는 말이었다.

하지만 헌원미림은 궁금해하는 기색도 없이 고개를 숙였다. 젖먹이 때부터 혜인 사태의 손에서 자란 그녀였다. 청조각 내에서 혜인 사태가 어떤 사람인지 그녀보다 더 잘 아는 사람은 전무했다.

"알겠습니다, 사부님."

온화한 가운데 안쓰러워하는 빛으로 헌원미림을 바라보던 혜인 사태가 몸을 돌렸다.

"상세한 것은 정현에게 듣도록 하여라. 뭍에 도착할 때까지 정현이 너를 인도할 것이야."

"예, 사부님."

혜인 사태가 떠나는 것을 배웅한 정현 사태가 헌원미림의 손을 부여잡았다.

"사숙, 소성을 축하드려요."

"감사합니다, 사질님."

헌원미림도 그제야 부드럽게 웃었다.

배분으로는 그녀가 정현 사태보다 한 배분이 높았다. 하지만 정현 사태의 나이가 그녀보다 배는 많아서 정현에게 말을 놓은 적은 없었다.

배분과 나이를 떠나서도 헌원미림은 감히 정현 사태에게

말을 놓을 수가 없었다. 그녀에게 무공과 학문을 가르친 사람은 혜인 사태다. 하지만 젖동냥을 해서 그녀를 키운 사람은 정현 사태였다. 그녀에게 정현 사태는 어머니나 다를 바가 없는 것이다.

그래서 두 사람이 서로를 생각하는 정은 각별했다.

잡았던 헌원미림의 손을 한 번 더 꼭 쥐었다가 놓은 정현 사태가 말했다.

"이번 일은 오래 걸릴 일이기도 하고, 어쩌면 위험하기 그지없는 일이 될 수도 있어요. 사숙께서는 신중하셔야 합니다. 뭍으로 나가면 백화궁 사람들이 사숙을 도울 거예요."

"고 소협과 관련된 일인 듯한데 왜 사부님께서 그를 주목하시는지 궁금하군요."

"사조님께서 주신 서신을 보면 다 아시게 될 것입니다. 제가 아는 바는 한계가 있고, 게다가 사조께서 함구령을 내리셔서 말씀드리기 어려워요."

"함구령까지요?"

"예. 사안이 사안인지라 제가 하는 얘기가 사숙에게 선입견을 심어줄 수도 있다고······."

"음······."

헌원미림은 낮은 침음성을 토했다.

정현 사태의 말을 들을수록 품에 있는 봉투가 무겁게 느껴졌다.

헌원미림은 한 사람을 떠올렸다.

생사를 장담할 수 없는 상황이었음에도 망설이지 않고 뒤를 맡아주던 사내.

'무슨 일일까?'

의혹은 깊어갔지만 헌원미림의 눈빛은 시린 가을하늘처럼 차갑고 맑았다. 그녀는 검후의 길을 걷는 사람, 검의 마음을 가진 여인이었다.

* * *

똑!

목이 잘린 말리꽃이 사방에 향기를 뿌리며 바닥으로 떨어졌다.

분재용 칼을 든 여인의 그린 듯한 아미에 굴곡이 졌다.

여인을 지켜보던 흑의문사 차림의 사내는 속으로 한숨을 내쉬어야만 했다. 아미를 살짝 찡그리는 것만으로 보는 이에게 하늘이 무너지는 듯한 슬픔과 절망을 안겨주는 여인이 천하에 다시 있으랴.

'세월이 흐를수록 아름다움이 더해간다는 전설의 내미지상… 전설은 실제보다 못하다.'

수련한 무공 때문에 여자를 돌처럼 보는 그조차 이럴진대 보통 사람이라면 그가 누구든 여인의 매력을 거부하지 못할 것이다.

 칼을 책상 위에 놓은 여인은 자리에서 일어났다.

 크지도 작지도 않은 키에 틀어 올려 옥비녀로 꽂은 숱 많은 머리카락 밑으로 사슴처럼 길고 흰 목이 그대로 드러났다. 소매 품이 넓은 화의궁장을 입은 여인은 창가로 걸어갔다.

 창밖은 기화이초가 만발한 화원이었다. 계절은 봄으로 넘어갔지만 날씨는 여전히 쌀쌀했다. 그런데도 화원은 따스한 온기와 만개한 꽃의 향기로 가득했다.

 "유마원주님."

 "예, 대공녀님."

 "인겸 오라버니가 찾는 자의 종적은 아직인가요?"

 "닷새 전 귀마안에 접수된 것 외에 다른 소식이 있다는 말은 듣지 못했습니다."

 "섬서라고 했지요?"

 "예, 순양 부근에서 그자와 흡사한 자에 대한 단서를 발견하고 추적 중이라고 하였습니다."

 여인의 눈가에 근심의 빛이 떠올랐다.

 "정무총련의 핵심 영역까지 가실 필요는 없는데……."

 "이 공자님은 한 번 마음먹은 것은 끝을 보셔야 하는 분이라는 건 대공녀님께서도 잘 아시지 않습니까."

 "이상하게 마음이 불안해요."

"적지라는 걸 무시할 분이 아닙니다. 이 공자님은 강하고 현명한 분이십니다. 게다가 귀마안주님께서 가르친 삼귀가 그분과 함께 있습니다. 염려하지 않으셔도 될 것입니다."

"하아."

여인은 가볍게 고개를 저었다.

"오라버니께서 왜 그렇게 그자에게 집착하는지 알 수가 없군요. 비록 정남의 싸움에서 큰 활약을 했다고는 하지만 고작해야 무맹의 후기지수 중 하나에 불과한데……."

흑의문사는 저절로 열리려는 입을 다물기 위해 애써야 했다. 탄식과 함께 흘러나오는 여인의 음성은 어떤 섭혼술보다도 무서운 위력을 갖고 있었다.

"하하하, 이 공자님께서 복귀하시면 궁금한 것들을 전부 물어보시면 되지 않겠습니까. 기다리시면서 이 공자님께 물어볼 것들을 정리해 보시지요."

여인의 눈이 별처럼 빛났다.

"좋은 생각이네요. 고마워요, 유마원주님."

"별 말씀을. 하좌의 짧은 생각이 대공녀님의 마음에 드셨다면 오히려 제가 고마워해야 할 것입니다."

여인은 고개를 돌려 흑의문사를 보았다. 흑의문사는 조심스럽게 고개를 숙였다. 그녀를 정면으로 볼 자신이 생기지 않았기 때문이다. 동자공 류의 마공을 익힌 후로 여색에 흔들리지 않는 그였지만 그도 사내였다.

"조부님은 여전히 인겸 오라버니에게 화가 나 계신가요?"
 흑의문사는 쓴웃음을 지으며 고개를 끄덕였다.
 "이 공자님께서 자리를 비운 지 근 팔 개월에 달합니다. 그만한 가치가 있는 일이라면 모르겠지만 성주님께서는 그자를 추적하는 일이 가치있는 일이라고 생각하지 않으십니다."
 여인의 붉디붉은 입술 사이로 다시 한숨이 흘러나왔다.
 "저도 납득하기 어려운데 조부님이야 어련하실까요."
 여인의 시선이 바닥에 떨어진 말리꽃으로 향했다.
 "오라버니께서 빨리 돌아오셨으면 좋겠어요. 마음이 너무 불안해요."
 "제가 귀마안주님을 만나보겠습니다."
 "고마워요."
 여인의 얼굴이 조금 밝아졌다.
 "하좌가 해야 할 일일 뿐입니다, 대공녀님."
 여인에게 깊숙이 허리를 숙인 흑의문사는 창밖을 바라보며 상념에 잠긴 여인을 방해하지 않도록 조심하며 방을 나섰다.
 '성주님께서도 그 성취가 어느 정도인지 알 수 없다고 하신 분이 대공녀님이다. 무공 이외엔 아무것도 관심이 없으신 분. 이 공자님, 대공녀님의 평안한 일상을 위해서라도 빨리 돌아오시기를 바랍니다. 진행되고 있는 일을 위해서라도 말이지요.'

속으로 뜻 모를 말을 중얼거린 유마원주의 걸음이 빨라졌다. 귀마안주가 머무는 귀마집정전은 꽤 멀었다.

*　　*　　*

노락산을 벗어난 검엽은 관도를 따라 남쪽으로 향했다. 운려가 수련장을 벗어날 때까지는 두어 달의 시간적 여유가 있었기 때문에 급할 것이 없었다.

당연히 그의 발길은 느렸다.

관도는 폭이 삼 장가량밖에 되지 않았고, 길을 가는 사람도 없었다. 관도의 양편은 어른 허리 높이의 억새풀이 지평선 너머까지 낮은 숲을 이루고 있었다.

순양의 남쪽 관도는 섬서를 넘어서 호북으로 가는 사람들이 이용하는 길이다. 성을 넘어가는 사람이 많을 리 없는 것이다.

덕분에 혼자 관도를 차지하고 걸어가는 검엽의 모습은 왠지 외로워 보였다.

물론 당사자는 오히려 이런 상황을 반기고 있었지만.

검엽은 길을 가면서 가끔 양손으로 얼굴을 쓸곤 했다. 그는 여전히 눈은 가늘게 떴지만 눈 아래를 가렸던 천은 벗은 상태였다. 그래서 햇살 아래 드러난 얼굴은 그가 양손으로 쓸어 올리거나 내릴 때마다 마치 떡 반죽이 움직이듯 기괴하게 변하곤 했다.

'변체환용공은 도가의 축골공과 합마공류의 피부를 움직이는 기공을 결합하고, 천축의 유가술까지 가미된 정종의 절학이다. 인피면구가 필요없구만. 강호에 나와 배운 무공 중에 최고로 쓸 만한 공부다. 색마 소리를 듣는 인간이 어떻게 이런 무공을 익혔을까. 불가사의하군.'

떡 반죽처럼 이리저리 일그러지던 그의 얼굴은 어디서나 볼 수 있는 흔한 얼굴이 되어 있었다.

곽인봉을 협박해서 배운 변체환용공의 공능이었다. 협박에 굴해 기공을 펼친 곽인봉도, 함께 그것을 본 몽완이나 위무양도 검엽이 변체환용공을 배웠으리라고는 상상도 하지 못할 것이다.

검엽의 심안이 기공의 구결을 따라 움직이는 기의 흐름을 볼 수 있다는 걸 알지 못하는 한 상상도 하지 못하는 게 정상이었다. 싸우는 와중에도 상대가 사용하는 내공의 대략적인 흐름을 볼 수 있는 그가 코앞에서 곽인봉이 다섯 번이나 펼친 변체환용공을 보았다. 배우는 데는 그것만으로 충분했다.

지금은 배운 것을 반복하는 시간이었다.

'곽인봉인가 하는 놈은 이걸 제대로 활용하지 못했었군. 이건 단순히 인피면구 대용으로 사용하기엔 정말 아까운 무공인데 말이야.'

생각과 함께 검엽은 오른손 검지 손가락을 정면으로 쭉 뻗었다. 그의 손가락이 물결치듯 일렁이더니 점점 가늘고 길어졌다. 길이가 두 자에 달해서야 손가락은 일렁임을 멈췄다.

그의 손가락은 바늘처럼 가늘고 창처럼 꼿꼿하게 변해 있었다.

'무기가 없다고 안심시킨 후 이렇게 변한 손가락에 내공을 실어 찌르거나 벤다면 피하기가 쉽지 않을 것이다.'

내공을 주입하면 나뭇가지로 쇠를 끊어낼 수 있는 사람이 절정의 고수들이다.

검엽의 손가락이 원상으로 돌아가는 데는 찰나의 시간밖에 걸리지 않았다.

'변체환용공은 기(技)에 치중한 공부여서 심후한 내력 운용을 필요로 하지 않는다. 게다가 사용할 방법은 생각할수록 정말 무궁무진하다. 색마야, 고맙다. 흐흐흐.'

소리없이 이를 드러내고 웃던 검엽의 미간에 주름이 졌다. 그는 고개를 돌려 자신이 지나온 관도를 보았다.

그는 방금 작은 언덕을 넘어왔다. 그의 심안에 들어오는 관도는 비어 있었고 특별히 이상하게 보이는 것들도 없었다.

하지만 검엽은 일단의 무리가 자신이 있는 곳으로 빠르게 달려오고 있다는 것을 느낄 수 있었다.

'언덕 너머다. 거리는 오십 장. 이십 명 정도인가? 기척을 숨길 생각들은 있는 거 같은데 능력이 마음을 따르지 못하는군. 경신술 자체는 상당한 듯하지만 제대로 배운 자는 몇 없군. 흠, 한 명을 제외한 다른 사람들에게서는 절정고수의 기세가 느껴지지 않는다. 한 명은… 위험하구만. 꽤 강한 걸? 나머지는 완숙함보다는 미숙한 패기가 느껴지는 걸 보니 젊은 친구들 같은데. 정무총련이 웅거하고 있는 섬서의 경내에서 이십여 명이 무리를 지어 경신술을 쓰며 거침없이 관도를 질주한다. 호연당인가 하는 곳에 속한 자들이로군.'

찌푸린 미간의 기색이 눈 밑까지 번졌다.

'이틀이나 지났는데 몽 어르신이 곽인봉을 호연당에 넘겨주지 않은 건가? 이 엉덩이 무거운 노인네 같으니라구!'

투덜거린 검엽의 신형이 꺼지듯 그 자리에서 사라졌다.

그와 동시에 언덕 위의 관도에 이십여 명의 영기 발랄한 젊은 남녀들이 나타났다.

이십대 초, 중반인 그들의 선두에 있는 자는 흰 영웅건과 백색의 무복을 입은 스물대여섯가량의 청년이었는데, 호쾌한 기개가 군계일학처럼 돋보이는 대단한 미남이었다.

그가 꽉 쥔 오른손을 들어 올리자 내쳐 달리려던 젊은이들이 일제히 걸음을 멈췄다.

마른 흙바닥에서의 급격한 정지였지만 먼지는 거의 일어나지 않았다. 검엽은 능력이 모자란다고 평했지만 그들의 나이에 비한다면 걸맞지 않다 싶을 만큼 높은 성취의 경신술이었다.

걸음을 멈춘 백의청년은 고개를 갸웃하며 날카로운 눈으

로 사방을 훑어보았다.

일행 중에 까치집 머리와 땟물이 흐르는 지저분한 옷을 입은 거지꼴의 청년이 물었다.

"서문 형, 왜 그러시오?"

백의청년은 의혹이 깃든 음성으로 대답했다.

"관도상에 누군가 있는 것 같았는데 보이지 않는군. 내가 잘못 본 건가?"

백의청년의 말을 들은 다른 남녀들이 긴장된 빛으로 사방을 둘러보기 시작했다.

백의청년은 정무총련의 노고수들조차 인정하는 무공의 소유자였다. 그가 무언가를 보았다면 본 것이다. 그리고 백의청년의 이목으로도 사라지는 자의 기척을 감지하지 못했다면 간단하게 생각하고 넘어갈 일이 아니었다.

거지꼴의 청년이 재차 물었다.

"서문 형, 곽인봉일까요?"

"글쎄."

백의청년은 날카로운 눈으로 일행을 돌아보며 말했다.

"네 명씩 조를 이루어 흩어져서 찾아봅시다. 아무래도 내가 본 것을 확인하지 않으면 안 될 것 같은 기분이 듭니다."

백의청년의 말을 들은 사람들 중 다른 의견을 밝힌 사람은 아무도 없었다.

그들 간에는 지위의 차이는 없었지만 그들 모두 암묵적으로 백의청년이 지휘하는 걸 인정하고 있었기 때문이다.
 관도 우측의 억새풀 밑으로 신형을 숨기고 일백 장을 벗어난 검엽은 이십여 명의 젊은 남녀가 네 명이 한 개 조를 이루어 사방으로 흩어지는 것을 보며 입맛을 다셨다.
 '들켰었나 보구만.'
 그의 심안은 백의청년의 뒤를 쫓았다.
 '서문이라는 성을 쓰는 저자, 경지에 달한 안력에 판단력과 지도력을 겸비한 자다. 게다가 자신에 대한 자부심과 강한 확신까지. 뉘 집 자식인지 잘 키웠구만.'
 내용은 칭찬에 가까운데 여운은 시큰둥했다. 백의청년의 신속하고 과단성있는 움직임은 충분히 칭찬받을 만한 것이었지만 그 대상이 된 그에겐 좋게 보일 리 없는 것이다.
 드넓은 억새의 숲을 허리를 구부리고 통과하는 검엽의 신형은 한줄기 바람과 같았다.
 그가 사용하는 신법은 이천륭의 섬전유운신법이있다. 하지만 창안자인 이천륭이 와서 보더라도 그것이 섬전유운신법이라고 생각지 못했을 것이다.
 검엽이 펼치는 섬전유운신법은 이천륭이 직접 펼친 것보다 배에 가까울 만큼 빠른데다, 옷자락이 스치는 소리도 들리지 않을 정도로 은밀했다.
 섬전유운신법에 암귀행과 부운탄섬의 요결 중 내력 소모를 자극하지 않는 부분을 뽑아내어 결합시킨 결과였다.

그 결과 탄생한 새로운 섬전유운신법은 부운탄섬보다는 느리고 암귀행보다는 은밀하지 못했지만 본래의 섬전유운신법보다 빠르고 은밀했으며 섬전유운신법이 지녔던 장점, 장거리를 최소의 내력 소모로 이동할 수 있는 묘용을 그대로 간직할 수 있었다.

지난 육 개월의 폐관(?)은 속도에 대한 검엽의 감각을 극에 이르도록 발전시켰다.

짧은 시간 동안 이루어지는 육신의 속도에 관해서라면 그것이 경공이 되었든 손이 되었든 검엽은 누구에게도 상수를 양보하지 않을 자신이 있었다.

검엽이 추측한 대로 백의청년과 젊은 남녀들은 호연당에 속해 있는 정파의 후기지수들이었다. 그들은 거대 문파와 세가의 후손들로, 어렸을 때부터 상승무공을 체계적으로 배웠다. 하지만 그들의 능력으로 검엽을 추적하는 것은 가능하지 않았다.

검엽은 한줄기 바람이 되어 오십여 리를 남하한 후에 신형을 세웠다. 관도는 십여 리 밖에 있었고, 억새의 숲은 아직도 끝이 보이지 않았다.

'이 정도면 안심할 만하겠지.'

검엽은 헛물을 켤 백의청년 일행을 생각하며 싱긋 웃었다.

백의청년 일행이 수색할 범위가 아무리 넓어도 오십 리를 넘기는 어려웠다. 그들의 수는 이십 명에 불과했다. 그 숫자로 사방 오십 리를 뒤지려면 전력으로 경공을 펼친다 해도 반나절은 걸릴 터였다.

'이십여 리 안쪽이나 뒤지다 포기할 거다. 그게 옳은 일이니까. 지나친 미련은 어리석을 뿐이지. 이십 리를 뒤지고 추적을 개시한다면 내 종적을 발견했다고 해도 한 시진 정도는 시간을 버는 거지. 굳이 그들이 나를 끝까지 쫓을지 의심스럽긴 하지만. 어쨌든 그 정도 시간이면 그들과 다시 충분한 거리를 벌릴 수 있다. 서문 성을 쓰는 친구, 다시 볼 일은 없을 듯하니 내게 너무 미련을 갖지 말게나. 흐흐흐.'

만약 백의청년이 검엽의 예상과 달리 오십 리 범위를 뒤지기로 결정했다면 검엽은 기꺼이 백의청년에 대한 첫인상을 철회할 의향이 있었다.

그러나 일은 검엽의 생각처럼 쉽게 흘러가지 않았다.

유유자적 걸음을 옮기던 검엽의 신형이 조금씩 느려지더니 한순간 석상처럼 정지했다.

가늘던 검엽의 눈꺼풀이 조금씩 위로 올라가며 흑백이 너무도 뚜렷해 비인간적일 만큼 강렬한 두 눈이 드러났다.

억새가 듬성듬성 자라서 환하게 트인 칠십여 장 앞쪽에 누군가 우뚝 서서 검엽을 바라보고 있었다.

평범한 낭인 차림이었지만 장대한 체구의 장년인의 전신에서 흘러나오는 패도적인 기세는 일개 낭인의 그것이 절대 아니었다.

피할 수 없는 기세였다.

눈가에 물기가 맺히려 하자 검엽은 다시 눈을 가늘게 떴다.
속도를 줄이지 않은 검엽과 장년인의 거리는 눈 서너 번 깜박일 동안에 십여 장 간격으로 좁혀졌다.
검엽은 모르는 척하며 물었다.
"내게 볼 일이 있으십니까?"
장년인, 초인겸의 굳어 있던 얼굴에 옅은 웃음이 떠올랐다.
"얼굴을 바꾸면 못 알아볼 거라 생각하는 건가?"
초인겸의 말에 검엽은 손으로 얼굴을 쓸었다.
"바꿀 만큼 바꿨는데, 어떻게 알아본 거지?"
초인겸은 손을 들어 검엽의 눈을 가리켰다.
"괜찮은 역용술이다. 그런데 다른 건 다 바꾸어도 그건 바꾸지 못하는 모양이야."
그의 뇌리에 팔 개월 동안 검엽을 추적하며 겪은 고초가 주마등처럼 스쳐 지나갔다.
검엽의 눈을 보고 그를 알아보았다고 말했지만 그건 사실이 아니었다. 그가 검엽을 발견한 것은 한 달 전이었다. 그럼에도 검엽을 놓아두었던 것은 몽완과 개방 순양분타의 제자들 때문이었다. 이곳은 정무총련의 영역, 개방에 신분이 노출된다면 검엽을 잡기 전에 그부터 잡혔을 것이다.
반개한 검엽의 눈에 어이없다는 기색이 떠올랐다. 쓴웃음을 짓던 그가 조금은 감탄한 어투로 말했다.
"끈질기구만."

초인겸은 빙긋 웃었다.

"후후후, 난 포기라는 말을 모르는 사람이다."

'다' 자의 여운이 사라지기도 전 초인겸의 좌우로 세 개의 그림자가 늘어났다.

반개했던 검엽의 눈이 가늘어졌다.

초인겸이 기세로 저들의 기척을 차단한 듯했다. 그러나 초인겸은 검엽보다 강하지 않다. 그의 능력으로는 저들의 기척을 온전히 차단할 수 없었어야 했다. 그리고 검엽은 미약한 것이라도 저들의 기척을 잡아냈어야 했다. 하지만 검엽은 그렇게 하지 못했다.

그것은 저들 개개인이 초인겸에 비해 그리 못하지 않은 고수라는 것을 뜻했다.

검엽의 입술 사이로 낮은 한숨이 흘러나왔다.

'빌어먹을. 새옹지마(塞翁之馬)라더니, 지난 몇 달 동안 너무 편하다 싶긴 했었다.'

초인겸은 그의 애병인 패도를 오른쪽 어깨에 턱 걸치고 검엽에게 말했다.

"네가 나를 따라간다면 정남에서의 일은 잊겠다."

"바쁜 일이 있어서 힘들겠어."

"뜻밖이군. 목숨이 걸린 일이라는 걸 굳이 상기시켜 주어야 할 정도로 바보라고는 생각지 않았는데?"

"그럼 나도 잘못 봤다고 해야 하는 건가? 말로 뜻을 관철할 사람으로 보지는 않았거든."

 가늘게 뜬 검엽의 눈과 이글거리며 타오르는 초인겸의 눈이 마주쳤다.

 초인겸은 이를 악물었다. 각오했던 일이었지만 가슴을 옥죄는 공포가 등골을 타고 흘러내렸다. 정남에서의 일이 방금 전 겪은 일처럼 생생하게 되살아났다.

 지난 시간 동안 그처럼 노력했음에도 공포는 여전히 그를 전율케 했다. 하지만 노력의 대가는 적지 않았다. 게다가 그와 흑의인들은 호연당을 피해 움직이는 검엽을 발견하자마자 금강연혼단을 복용한 터였다.

 두려움 속에서도 초인겸의 기세는 오히려 더 크게 일어났다. 피가 나도록 입술을 깨문 초인겸이 한 발 앞으로 나서자 그의 뒤에 서 있던 세 명의 죽립인도 함께 전진했다.

 공기가 얼어붙었다.

 폭풍과도 같은 살기에 휘말린 억새들이 미친 듯이 날아올랐다.

〈제3권 끝〉

閻王眞武
염왕진무

김석진 新무협 판타지 소설

"그, 그럼 어디서 오셨습니까?"
무심하게 고개를 돌리며 진무가 속삭이듯 말했다.

······지옥에서.

인간이라면 절대 익힐 수 없다는 강호삼대불가결!
그것에 얽힌 비사를 풀기 위해 그가 강호로 나섰다!
피처럼 붉은 무적의 강기, 혼돈혈애를 전신에 두르고
수라격체술과 염왕보로 천하를 질타하는 쾌남아, 진무!
염왕의 진실한 무학을 발현하여 무림삼패세와 고금십대진명을
이겨내고 속세의 악업을 심판하는 진정한 염왕이 되어라!

이제 강호는 진무의
일거수일투족에 열광한다!

유행이 아닌 자유추구 -
WWW.chungeoram.com
Book Publishing CHUNGEORAM

Book Publishing CHUNGEORAM

백준 新무협 판타지 소설

토사구팽(兎死狗烹)!
토끼를 모두 잡으면 사냥개를 삶는다.

사냥개는 모두 죽었다… 나 혼자만을 남겨두고…

그게… 그들의 실수였다.

무림맹의 제자와 백화성의 제자 사이에서 태어난 운소명.
천변만화(千變萬化)의 얼굴과 성격을 지닌,
본인조차도 자신의 능력에 대해서 단정 짓지 못하는 가운데
무림맹주는 그를 척살하기 위해 움직이는데…

끊임없이 쫓고 쫓기는
숨 가쁜 추격전 속에서 펼쳐지는 대복수극.

유행이 아닌 자유추구 -
WWW.chungeoram.com
Book Publishing CHUNGEORAM

눈매 퓨전 판타지 소설

the Mask of Leon

가면의 레온

중원을 공포로 떨게 만든 희대의 악마, 혈마존.
그의 영혼이 기억을 잃은 채 차원 이동을 한다.

한 소년과 몸이 바뀐 후 깨어난 혈마존.
기억은 지워지고 싸가지없는 본성만 남았다!
욱할 때마다 튀어나오는 살벌한 말투와 그의 독자 무공.

'아, 나는 왜 이렇게 성격이 더러운가?
어째서 이리도 잔인한 기술을 알고 있는 것인가? 착하게 살고 싶다.'

살인광이었던 그가 전혀 어울리지 않는 대신관이 되기로 결심한다.
하지만 그 본성이 어디 가나…….

"이런 빌어 처먹을 놈들, 신전에서 봉사 활동 안 할래?"

유행이 아닌 자유추구 -
WWW.chungeoram.com
Book Publishing CHUNGEORAM

임준욱 장편 소설

무적자
WITHOUT MERCY

그의 이름은 임화평(林和平)이다.
이름처럼 살기를 소망했고 그렇게 살아왔다.
그를 건드리지 말았어야 했다.
조용히 살게 놔두었어야 했다.

"너희들 실수한 거야.
내 세상의 중심.
내 평안의 그것을 깨뜨린 거다.
세상 전부와도 바꿀 수 없는……
알게 해주마, 너희들이 누구를 건드린 건지."

그의 고독한 여정이 시작되었다.

─오, 바라타족의 아들이여. 언제든지 정의가 무너지고 정의가 아닌 것이
판을 치는 때가 되면 나는 곧 나 자신을 나타내느니라.
올바른 자를 보호하기 위하여, 악한 자를 멸하기 위하여, 그리하여 정의를
다시 세우기 위하여, 나는 시대에서 시대로 태어난다.

〈바가바드기타 중에서〉

유행이 아닌 자유추구 ─
WWW.chungeoram.com
Book Publishing CHUNGEORAM

정봉준 新무협 판타지 소설

『철산전기』의 작가 정봉준!!!
팔선문을 통해 또 다른 유쾌함을 선사한다!!

뛰어난 자질을 갖춘 팔선문의 대제자 유검호,
그의 치명적인 단점은 게으름과 의지박약!

천하제일마두의 기행에 재수없이 동참하게 된 의지박약아.
갖은 고생 끝에 가까스로 고향으로 돌아오다.

"무림? 그딴 건 개나 주라 그래. 나만 안 건드리면 돼!"

시간을 가르는 그의 행보에 무림이 뒤집어진다!!!

 유행이 아닌 자유추구 -
WWW.chungeoram.com
BOOK PUBLISHING CHUNGEORAM

War Mage

워메이지

김재한 퓨전 판타지 소설

사람들이 인식하는 상식의 세계 이면,
짙은 어둠이 드리워진 그곳에 사는 괴물들이 있다.

문명이 드리운 그림자 속에서, 전투기계들과
인간의 사념으로부터 태어난 마물들이 격돌한다.
마법과 주술이 난무하는 초현실적인 전장,
소년은 그곳에 서는 대가로 인생을 잃었다.
운명의 노예가 되어 가족과 인성을 잃어버린 소년, 진유현.

총염(銃炎)과 검광(劍光)이 뒤얽히는
어둠의 거리에서, 운명의 족쇄를 끊고 나온
소년의 눈이 살의를 발한다.

유행이 아닌 자유추구 -
WWW.chungeoram.com
Book Publishing CHUNGEORAM